L'Arlésienne

고려대학교청소년문학시리즈 022

L'Arlésienne

알퐁스 도데
손주경 옮김

아를의 여인 외

고려대학교출판부
KOREA UNIVERSITY PRESS

차 례

아를의 여인 외

9

코르니유 영감님의 비밀

가끔씩 우리 집에 들러 아페리티프용 포도주를 마시며 밤을 새우곤 했던 늙은 피리 연주자 프랑세 마마이는 어느 날 저녁, 이 마을에서 20여 년 전에 벌어졌던 내 풍차방앗간과 관련된 조그만 사건 한 토막을 들려주었다. 이 사람 좋은 노인네의 이야기는 나를 감동시켜서, 내 들은 그대로를 당신들에게 다시 들려주고자 한다.

독자들이여, 잠시 동안만이라도 향기 가득한 포도주 단지를 앞에 두고 앉은 늙은 피리 연주자가 당신들에게 이야기를 하고 있다고 상상해 보시기 바란다.

이보시오, 우리 지방은 지금처럼 언제나 황량하고 노랫

소리도 들리지 않는 그런 곳은 아니었다오. 예전에는 제분업이 아주 활발했다오. 주변 40킬로미터에 사는 농가 사람들은 방앗간에 밀을 찧으러 가져오곤 했고…. 마을 주변 언덕 어느 곳이나 풍차방앗간들로 가득했다오. 오른쪽을 보나 왼쪽을 보나 소나무 숲을 넘어 불어오는 북동풍을 받아 돌아가는 풍차 날개와 자루를 가득 싣고 길을 따라 오르락내리락 하는 작은 당나귀 무리를 볼 수 있었소. 일주일 내내 언덕에서 채찍질하는 소리, 풍차 날개의 삐걱대는 소리, 그리고 방앗간 일꾼들의 '이랴, 이랴'* 하는 소리를 듣는 것이 여간 즐거운 일이 아니었소… 일요일만 되면 우리는 떼를 지어 방앗간으로 가곤 했다오. 거기에서 방앗간 주인들은 뮈스카**를 한 잔씩 돌렸다오. 술 달린 목도리에 황금 십자가를 목에 건 방앗간 집 안주인들은 여왕처럼 아름다웠소. 내가 피리를 가지고 가면 밤이 컴컴해질 때까지 사람들은 파랑돌***을 추곤 했소. 저기 보이는 저 풍차방앗

* 도데는 프로방스 사투리를 쓰고 있다—옮긴이 주(이하 주석은 모두 옮긴이 주석)

** 생과일 맛이 나는 백포도주.

*** 프로방스 지방의 춤.

간들은 이 지방의 기쁨과 부의 원천이었다오.

그런데 유감스럽게도 파리에서 온 프랑스 사람들*이 증기제분소를 타라스콩 길목에 세울 생각을 하게 되었다오. 새 것이 다 좋은 법 아니겠소! 사람들은 차츰 밀을 그 제분소로 보내게 되었고, 가련한 우리 풍차방앗간은 할 일이 없게 되었다오. 한동안은 버티어도 보았으나 증기제분소를 당해 낼 수는 없었고, 그래서 하나둘씩, 쯧쯧,** 문을 닫지 않을 수 없게 되었고… 더 이상 작은 당나귀들도 보지 못하게 되었소…. 아름다운 방앗간 안주인들은 황금 십자가를 팔지 않을 수 없었소…. 더 이상 뮈스카를 마시지도 않았고, 파랑돌 춤도 추지 않았소…. 북동풍이 불어 봤자 허사였고, 풍차 날개는 돌아가지 않았소…. 그런데, 어느 화창한 날에 코뮌에서 사람들이 나와 이 허름한 집들을 모두 헐어 버리고 대신에 거기다 포도와 올리브 씨를 뿌려 버렸다오.

* 도데는 파리 사람들과 프로방스 지방 사람들을 구분하여 '파리의 프랑스인들'과 '나의 프로방스 사람들'이라는 표현을 자주 사용하고 있다.

** 도데는 프로방스 사투리를 쓰고 있다.

그런데 모든 것이 무너져 가는 가운데에도 풍차방앗간 하나가 제대로 남아 증기제분소 바로 코앞 언덕 위에서 열심히 돌아가고 있었다오. 그건 코르니유 영감님의 것이었는데, 지금 우리가 밤을 새고 있는 바로 이 풍차방앗간이라오.

코르니유 영감님은 지난 60년 동안 밀가루 속에 빠져서 살아온 자기 일에 열성적인 나이 드신 제분업자였소. 그는 증기제분소 설치에 몹시 화가 났소. 일주일 내내 주변 사람들은 그가 뛰어다니는 모습을 보았는데, 그는 사람들을 자기 주위로 잔뜩 불러 모아 놓고는 큰 목소리로 증기제분소 밀가루로 프로방스를 독살하려 한다고 목이 터져라 외쳐댔다오. "저기로 가지 마라. 내가 자비로운 하느님의 숨결인 북풍과 산바람을 이용해 일하는 동안, 저 불한당 같은 놈들은 빵을 만든다고 하면서 악마의 발명품인 증기를 이용하고 있다…"라고 그는 말하였소. 그렇게 그는 바람을 이용해 돌아가는 풍차방앗간을 찬양하기 위해 멋진 말들을 만들어 냈지만, 그러나 아무도 그 말에 귀를 기울이지 않았소.

그래서 몹시 화가 난 이 노인네는 풍차방앗간에 처박혀 맹수처럼 혼자 지냈다오. 심지어 그는 손녀딸 비베트를 자기 옆에 두려고 하지도 않았다오. 열다섯 살 먹은 그 애는 부모가 죽은 후엔 오직 '할아범'* 말고는 세상에 아무도 없었다오. 이 불쌍한 아이는 스스로 먹을거리를 마련해야 했기에, 농가 사람들 집에 가서 추수 일이나 양잠 혹은 올리브 따는 일을 해야만 했소. 하지만 할아버지는 이 아이를 정말로 사랑하는 것 같았소. 가끔은 16킬로미터나 되는 거리를 땡볕을 맞으며 걸어가서 아이가 일하는 농가를 보곤 했고, 아이 곁에 다가가서 눈물을 흘리며 몇 시간을 보내곤 했소….

마을 사람들은 이 늙은 방앗간 사람이 구두쇠였기 때문에 비베트를 내보냈다는 생각을 하기도 했소. 손녀딸이 그렇게 이집 저집을 떠돌면서 '농사 담당꾼'들의 거친 행패를 겪고 젊은 하인놈들의 온갖 허드렛일을 하게 만드는 것이 그에겐 명예로운 일은 아니었소. 지금까지 존경을 받아

* 도데는 프로방스 사투리를 쓰고 있다.

오며 코르니유 영감님이란 명칭을 얻으신 분이 이제는 거렁뱅이처럼 구멍 난 모자에 헝겊 조각으로 만든 허리띠를 하고 맨발로 이 거리 저 거리를 돌아다니는 것을 사람들이 좋게 보지는 않았소…. 사실 일요일마다 그가 미사에 참석하러 들어오는 것을 보며 우리들 다른 노인네들은 그가 딱하다고 생각한 게 사실이라오. 게다가 코르니유 영감님도 그것을 잘 알고 있어서 더 이상 동네 유지들 자리에 앉으려 하지 않았소. 언제나 그는 교회 구석진 자리, 성수반 옆 가난한 자들과 함께 자리를 잡곤 했소.

코르니유 영감님의 생활엔 무언가 석연찮은 것이 있었소. 오래전부터 마을 사람들 그 누구도 그에게 밀을 가져가지 않았지만, 이 노인네 풍차방앗간은 전과 다름없이 언제나 돌아가고 있었기 때문이오…. 저녁이면 사람들은 커다란 밀 자루를 실은 당나귀를 끌고 가는 늙은 방앗간 주인을 만나곤 했소.

"좋은 저녁이네요. 코르니유 영감님! 방앗간은 잘 되나요?"라고 마을 사람들이 그에게 물으면,

"여전하고말고. 고맙네. 다행히 일감이 떨어지지 않네

그려"라고 즐거운 표정을 지으며 노인네는 대답을 했소.

그때, 사람들이 대체 어디서 그런 일감이 오는지 물어보면, 그는 입술에 손가락을 가져가서는 심각한 표정으로 대답을 했소. "쉿, 외국에 내다 파는 일을 한다네…."

사람들은 그 이상의 대답을 더 이상 끄집어낼 수는 없었소.

방앗간을 슬쩍 들여다볼 생각을 사람들은 결코 생각할 수도 없었소. 손녀딸 비베트마저도 들어가지 못했으니까….

사람들은 그 앞을 지나면서 문이 언제나 닫혀 있긴 하지만, 계속 돌아가고 있는 풍차와 앞마당에서 풀을 뜯고 있는 늙은 당나귀하며, 창가에 걸터앉아 햇볕을 쬐면서 사나운 표정으로 자기를 바라보는 바짝 마른 커다란 고양이 한 마리를 볼 수 있었소.

이 모든 것이 수상쩍었고, 사람들은 이에 대해 쑥덕거리게 되었소. 사람들은 나름대로 코르니유 영감님의 비밀을 풀려고 했지만, 아직도 풍차방앗간에는 밀가루 자루보다 돈 자루가 더 많다는 소문이 일반적이었소.

그러다 시간이 지나면서 모든 비밀이 풀리게 되었소. 자, 이제 설명하리다.

젊은이들의 춤 자리에서 피리를 불던 어느 화창한 날에 나는 내 장남 녀석과 어린 비베트가 서로 사랑하고 있다는 걸 알게 되었소. 사실 화가 나지는 않았소. 어쨌거나 코르니유라는 이름은 우리 집엔 영광이었고, 비베트라는 작고 예쁜 새 한 마리가 집 안에서 종종걸음으로 다니는 모습을 보는 것이 나에겐 기쁨이 될 것 같았기 때문이었소. 다만, 사랑에 빠진 이 아이들이 종종 함께 있는 일이 많았기에, 혹시나 애들 사이에 무슨 불상사가 일어날까 싶어 이 일을 나는 빠르게 해결하고 싶었소. 그래서 그 애 할아버지에게 몇 말씀 드리고자 나는 풍차방앗간으로 올라갔소…. 아! 늙어빠진 악마 같으니라구! 그가 나를 어떻게 대했는지 말씀 드려야겠소! 문을 열게 하는 건 불가능했소. 나는 그에게 내 생각을 그럭저럭 설명했는데, 자물쇠 구멍으로 말이요. 말하고 있는 동안, 바싹 마른 그놈의 고약한 고양이가 내 머리 위에서 악마처럼 씩씩거리고 있었소.

노인네는 내가 말을 끝내기도 전에 피리나 불라고, 아들 녀석을 그렇게 급하게 결혼시키고 싶다면 증기제분소에서 계집애들이나 찾아보라고 아주 몰상식하게 소리를 질러 댔소…. 생각해 보시오. 이 고약한 말들을 듣고 있자니 피가 얼마나 솟구쳤을지. 그렇지만 나는 현명하게도 꾹 참을 수 있었소. 그리곤 이 정신 나간 늙은이를 방아 옆에 남겨둔 채 아이들에게 내가 얼마나 실망을 했는지 알려주러 갔소…. 이 가련한 양들은 믿으려 하지 않았소. 아이들은 할아버지께 말씀을 드리려 하니 방앗간에 둘이 함께 올라가게 해 달라고 내게 간청을 했소…. 거절할 수는 없었소. 그러자 그렇게 후다닥 내 사랑하는 두 아이가 집을 나섰소.

아이들이 그곳에 막 도착했을 때, 때마침 코르니유 영감님은 집에서 막 나간 뒤였소. 문이 단단히 잠겨 있었소. 그러나 이 노인네가 나가면서 밖에다 사다리를 그냥 두었기에, 아이들은 바로 창문으로 들어가 이 유명한 방앗간에 무엇이 있는지 좀 알아봐야겠다는 생각을 하게 되었소….

희한한 일이었소. 방아가 있는 방이 비어 있었으니까…. 밀 자루도, 밀 한 톨도 없었소. 벽에도 거미줄 늘어선 천장에도 밀가루 진분이 묻어 있지 않았으니…. 심지어는 밀을 빻을 때 방앗간에서 나는 따끈하고도 고소한 냄새도 나지 않았소…. 방아 주축은 먼지로 가득 쌓여 있었고, 그 위에서 여윈 커다란 고양이 한 마리가 자고 있었소.

아래층도 처참하고 황량하기는 매한가지였소. 형편없는 침대, 누더기 몇 개, 계단 위의 빵 조각, 그리고 구석에 놓여있는 터져 버린 서너 개 자루에서는 석고 부스러기와 백토가 흘러나오고 있었소.

바로 그것이 코르니유 영감님의 비밀이었다오. 그는 저녁이면 회반죽 거리를 길로 가지고 나왔던 것이오. 풍차방앗간의 명예를 살리고, 밀가루를 만들고 있다고 여기게 만들기 위해서였던 것이오…. 불쌍한 방앗간! 가련한 코르니유! 오래전에 증기제분소가 그에게서 마지막 고객마저 빼앗아 갔던 것이오. 방앗간 풍차는 돌고는 있었지만 빈 방아만 돌렸던 것이오.

아이들은 눈물을 흘리면서 집으로 돌아와서 자기들이 본 것을 들려주었소. 그 말을 들으면서 가슴이 무너지는 것 같았소…. 한시도 지체 않고 나는 이웃집으로 뛰어가서 간단하게 사정을 설명했소. 우리는 뜻을 같이했소. 집집마다 있는 대로 밀을 모아 코르니유 영감님의 풍차방앗간으로 바로 가지고 가기로 말이요…. 말이 나오자 바로 실행에 옮겼소. 마을 사람 모두가 길로 나섰고, 우리는 밀—저기 있는 진짜 밀 말이요—을 잔뜩 실은 당나귀 행렬을 몰고 언덕 위에 도착했소.

풍차방앗간은 활짝 열려 있었소…. 문 앞에서 코르니유 영감님이 석고 자루 위에 앉아 손에 얼굴을 파묻고 울고 있었소. 방앗간으로 돌아온 그는 누군가 자기가 없는 사이에 들어와 자신의 저 슬픈 비밀을 알아챘다고 막 깨닫게 되었던 것이오.

"초라한 내 꼴이라니! 이젠 죽는 수밖엔 없구나…. 방앗간의 명예가 날아가 버렸어"라고 말하고 있었소.

그러고는 마치 진짜 사람에게 말하듯 방앗간을 온갖 이름으로 부르면서 가슴이 찢어질 듯 흐느꼈소.

그 순간, 당나귀들이 마당에 도착했고, 우리 모두는 한창 잘 나가던 시절의 제분업자에게 그랬듯이 정말 큰 소리로 외쳐 댔소.

"이봐요! 풍차방앗간!… 이봐요! 코르니유 영감님!"

그렇게 문 앞엔 밀 자루가 쌓였고, 윤기 나는 누런 밀알들이 땅바닥 사방으로 흩어졌소….

코르니유 영감님은 눈을 크게 떴소. 그는 늙은 손으로 밀을 움켜쥐고는 웃으면서 울면서 이렇게 말했소.

"밀이구나…. 밀이야…. 하느님 맙소사!… 좋은 밀이구나! 나도 좀 봅시다그려!"

그러고는 우리 쪽을 바라보면서,

"아! 내 자네들이 다시 올 줄 알았다니까…. 저 증기제분업자들은 모두 도둑놈이라니까."

우리는 그를 목마에 태워 마을로 데려가려고 했소.

"아니, 아닐세. 이 봐. 먼저 내 방앗간에 먹을 것 좀 줘야겠어…. 생각해 봐! 이놈이 아무것도 못 먹은 지 너무 오래됐거든!"

그 가련한 노인네가 이리저리 움직이며 자루를 열어 보고 방아를 살펴보는 모습을 보면서 우리 모두도 눈물을 흘렸소. 그러는 사이 밀알이 빻아져서 고운 밀가루가 천장으로 날아올랐소.

우리가 한 일은 옳은 것이었소. 그날 이후로 우리는 이 늙은 제분업자를 일감이 없어 놀게 내버려 두지 않았소. 그러던 어느 아침, 코르니유 영감님은 세상을 떠났고, 우리들의 마지막 방앗간의 풍차 날개도 돌기를 멈추었다오. 이번엔 영원히 말이요…. 코르니유 영감님이 죽자 아무도 그 뒤를 잇지 않았소. 어쩌겠소, 선생!… 이 세상 모든 것엔 끝이 있는 법이니, 바람으로 돌아가는 풍차방앗간의 시절은 론 강의 나룻배처럼, 옛날 재판소처럼, 커다란 꽃무늬가 그려진 외투처럼 그렇게 지나가 버렸던 것이오.

스갱 씨의 염소

파리의 서정 시인 피에르 그랭구아르에게

내 가엾은 그랭구아르![*] 자넨 언제나 고만고만할 거야. 어떻게 된 거야! 파리의 괜찮은 신문사 기자 자리를 제공받았는데 그것을 배짱 좋게 거절했으니…. 근데 자신을 바라보게나, 이 불쌍한 사람아! 구멍 난 윗저고리하며, 닳고닳은 바지하며, 굶주림에 울어 대는 이 깡마른 얼굴하며. 바로 이것이 아름다운 시에 대한 열정이 자네를 인도한 결과일세! 이것이 아폴론 나으리의 종복들[**]과 함께 10년 동안

* 중세의 서정 시인으로 위고의 《노트르담 드 파리》에 등장한다. 보헤미안 여인 에스메랄다를 사랑했던 그는 가난하고 비참한 시인이었지만 또한 만사태평인 시인의 전형이었다.

** 시인들.

충실하게 봉사한 대가란 말일세…. 그래도 부끄럽지 않단 말인가?

이 바보 같은 사람아, 그러니 기자가 되게나! 기자가 되란 말일세! 상당한 돈을 벌고, 브레방Brébant 레스토랑*에 고정 테이블을 갖게 될 것이고, 모자에 깃털을 꽂고 연극 공연 초연에 모습을 나타낼 수도 있을 걸세….

싫다고! 필요 없다고! 끝까지 마음대로 자유롭게 살겠다고…, 자, 그럼, 〈스갱 씨의 염소〉 이야기를 잠깐 들어보게나. 자유롭게 살려다가 얻은 것이 뭔지 알게 될 걸세.

스갱 씨는 염소들을 키우며 행복했던 적이 단 한 번도 없었다. 그는 늘 같은 식으로 염소들을 모두 잃었다. 어느 날씨 좋은 아침, 염소들은 고삐를 끊고는 산으로 가 버리고 말았고, 거기서 늑대가 염소들을 잡아먹어 버렸다. 주인이 쓰다듬어 줘도, 늑대가 무서워도, 그 무엇도 염소들을 붙들어 놓지 못했다. 마치 어떻게 해서라도 마음껏 공기를 마시며 자유를 원했던 독립적인 염소들처럼 보였다.

---

* 19세기의 유명한 레스토랑.

이 짐승들의 성격을 전혀 알지 못했던 마음씨 착한 스갱 씨는 아연실색했다. 그리고 생각했다.

“이젠 끝났다. 염소들이 내 집에선 진력이 난 모양이군. 한 마리도 키우지 않을 거야”.

그러나 그는 절망하지 않았다. 같은 방식으로 염소 여섯 마리를 잃어버린 다음, 그는 일곱 번째 염소를 샀다. 이번만은 신경을 써서 아주 어린놈을 샀다. 잘 길들여 집에 남아 있도록 만들기 위해서.

아! 그랭구아르, 스갱 씨의 어린 염소가 얼마나 예뻤던지! 부드러운 눈길, 하사관의 턱수염, 반짝반짝 윤이 나는 까만 발굽, 흰 줄무늬가 나있는 뿔, 망토를 입은 것 같은 길고 흰 털, 참으로 예쁜 놈이었지! 에스메랄다의 염소만큼이나 매력적이었어— 생각나지, 그랭구아르?—게다가 온순하고 착해서 젖을 짤 때도 움직이지 않고, 우유통에 발을 집어넣지도 않았지. 귀여운 어린 염소였지….

스갱 씨 집 뒤엔 산사나무로 둘러친 풀밭이 있었다. 바로 거기에 그는 이 새 식구를 두었다. 풀이 가장 잘 자란 곳에 말뚝을 심어 끈을 신경 써서 길게 해서 묶어 두었다. 그리고 가끔씩 염소가 잘 있는지 보러 오곤 했다. 염소는 잘 지냈고, 풀을 잔뜩 뜯어 먹어서 스갱 씨는 기뻐했다.

이 불쌍한 사람은 "드디어, 내 집에 진력을 내지 않을 한 놈이 생겼군!"이라고 생각했다.

스갱 씨는 착각을 한 것이었다. 그의 염소는 지겨워했기 때문이다.

어느 날, 염소는 산을 바라보다가 생각했다.

"저 위는 얼마나 좋을까! 목을 졸라매는 이 귀찮은 고삐도 안 매고 떨기나무 들판에서 뛰노는 것이 얼마나 재미있을까!… 우리 안에서 풀을 뜯는 것이 나귀나 소에겐 좋겠지!… 염소들에겐 넓은 곳이 필요하단 말이야."

이때를 즈음으로 우리 안 풀 맛이 없어졌다. 지겨워지게 된 거였다. 염소는 말라 갔고, 우유는 잘 나오지 않았다. 온종일 끈을 잡아당기고 머리를 돌려 산을 바라보며 코를 벌름 벌름거리고는 슬프게 '매애!' 하고 우는 그놈은 보기가 영 가여웠다.

스갱 씨는 자기 염소에게 뭔가가 일어났다는 것을 눈치

채긴 했지만 그게 뭔지는 알지 못했다…. 어느 날 아침, 그가 젖 짜는 것을 마칠 무렵 염소는 몸을 돌려 사투리로* 그에게 말을 했다.

"이보세요, 스갱 아저씨, 여기서는 지겨워요. 산으로 가게 내버려 두세요."

"아! 하나님 맙소사!… 이놈도 역시…"라고 어이가 없어진 스갱 씨가 소리쳤다. 그러다가 갑자기 우유통을 떨어뜨리고 말았다. 그러고는 염소 옆 풀 위에 앉아,

"뭐라고, 블랑케트, 나를 떠나려는 거니?"

블랑케트가 "예, 주인님"이라고 대답을 했다.

"여기 풀이 모자라니?"

"아니, 아니에요, 주인님."

"끈이 너무 짧게 매어졌나 보구나. 끈을 길게 늘여 줄까?"

"그러실 필요는 없어요, 주인님."

"그러면, 뭐가 부족하니, 원하는 게 뭐니?"

"산으로 가고 싶어요, 주인님."

---

* 스갱 씨와 염소는 프로방스 방언을 섞어 가며 다음 대화를 나눈다.

"뭐라고, 가여운 놈, 산에 늑대가 있다는 걸 모르는구나…. 늑대가 오면 어쩔려구?"

"그놈을 뿔로 박아 버리지요, 주인님."

"늑대는 네 뿔에는 신경도 안 써. 너보다 뿔이 더 큰 내 암염소들도 먹어 치웠단다…. 너도 알다시피 작년에 여기 있던 불쌍한 늙은 르노드 있지? 숫염소처럼 힘이 세고 성격이 고약한 엄마 염소 말이야. 밤새도록 늑대와 싸우긴 했는데…. 아침에 늑대가 그녀를 잡아먹어 버렸지".

"쯧쯧! 불쌍한 르노드!… 주인님, 괜찮아요, 산에 가게 내버려 두세요".

"하느님 맙소사!"라고 스갱 씨는 말을 했다. "대체 내 염소들은 어떻게 된 것일까? 또 한 마리가 늑대에게 잡아먹히려 하고 있으니…. 아니, 안 돼…. 네가 고집을 피워도 난 너를 구해야겠다, 못된 것 같으니라구! 네가 고삐를 끊을지도 모르니 우리에 가두어 놓아야겠다. 이제 언제까지나 여기에 있어야 할 걸."

그렇게 말하고 나서 스갱 씨는 아주 어두컴컴한 우리 안으로 염소를 끌고 가서는 열쇠를 두 번 돌려 문을 잠가 버렸다. 그러나 안타깝게도 그는 창문 닫는 걸 잊어버렸다. 그가 나가려고 등을 돌리자마자 어린 염소는 달아나 버렸다.

웃고 있는 건가, 그랭구아르? 그렇군! 난 잘 알고 있네. 자넨 염소들 편이지, 자넨, 저 착한 스갱 씨엔 반대로군…. 조금 뒤에도 자네가 웃게 될지 이제 한번 보자구.

흰 염소가 산에 오르자 모든 게 황홀했다. 단 한 번도 늙은 전나무가 그렇게 아름다워 보인 적이 없었다. 염소는 젊은 여왕처럼 환대를 받았다. 밤나무들은 땅에 몸을 낮춰 가지 끝으로 염소를 어루만졌다. 황금빛 금작화는 염소가 가는 길에 꽃을 피워 최대한 좋은 냄새를 풍겼다. 산 전체가 염소에게 축제를 열어 준 것이었다.

그랭구아르, 생각해 보게나. 우리 염소가 얼마나 행복해 했을지를! 고삐도 없고, 말뚝도 없으니…. 마음껏 뛰놀고 풀을 뜯어도 염소를 막을 건 아무것도 없었지…. 거긴 온통 풀 천지였어, 뿔 위까지 풀이 나 있었으니, 이 염소는!… 풀이 얼마나 맛있던지! 향기롭고 가느다랗고 삐쭉삐쭉 나온 수많은 풀들이었어…. 우리에서 자라는 풀들과는 전혀 달랐지. 게다가 또 꽃들하고는!… 크고 푸른 잔대, 꽃받침이 긴 자줏빛 디기탈리스, 취할 것 같은 즙이 넘쳐흐르는 야생 꽃들로 산 전체가 가득했지!…

흰 염소는 반쯤 취한 것처럼 다리를 공중으로 쭉 쳐들고 드러눕기도 하고 낙엽과 밤송이로 뒤범벅이 되어 비탈을 따라 구르기도 했지…. 그러다 갑자기 발을 쭉 펴고 몸을 일으키기도 하고. 흠, 머리를 앞으로 내밀고서 덤불과 회양목 숲을 가로질러 때로는 산꼭대기로 때로는 협곡 깊은 곳으로, 위쪽으로도 아래쪽으로도, 도처로 내달렸다…. 산에는 스갱 씨 염소 열 마리가 있었다고 말할 정도였다.

블랑케트, 그 염소는 정말로 아무것도 두렵지가 않았다.

커다란 급류도 단번에 뛰어넘었고 그러다가 축축한 흙가루와 거품을 뒤집어쓰기도 했다. 그렇게 온통 뒤집어쓴 채로 염소는 평평한 바위들 위에 죽 펴고 눕기도 했다. 햇빛에 몸을 말리면서…. 한번은 양골담초꽃을 입에 물고 평원 끝까지 나갔는데, 들판 저 아래, 아래쪽에 뒷 우리가 있는 스갱 씨 집을 발견했다. 그걸 보곤 눈에 눈물이 날 정도로 웃어 댔다.

"아이구 작기도 해라. 내가 어떻게 저기서 지낼 수 있었을까?"라고 생각했다.

불쌍한 놈! 그토록 높은 곳에 있으니까 자기가 적어도 세상만큼이나 크다고 믿었던 거다….

여하튼, 스갱 씨의 염소에게는 참으로 멋있는 날이었다. 한나절쯤 해서는 오른쪽 왼쪽으로 뛰어다니다가 야생 포도를 탐스럽게 깨물어 대던 한 떼의 영양들을 마주치게 됐다. 흰 옷을 입은 우리의 이 어린 달리기 선수는 인기가 대단했다. 영양들은 목 좋은 야생 포도 자리를 그놈에게 주었고, 수컷 영양들은 아첨을 떨어 대고…. 검은 털이 난 젊은 영양이 — 그랭구아르, 우리끼리만 아는 비밀일세 — 블랑케트의 환심을 살 좋은 기회를 얻었던 모양이야. 서로 좋아하게 된 두 놈들이 한두 시간 숲 속을 돌아다니기도 했나 봐. 서로 무슨 얘기를 나눴는지 자네가 알고 싶다면 이끼 아래로 몰래 흐르고 있는 수다스런 샘물에게 물어보게나.

갑자기 바람이 쌀쌀해졌다. 산은 보라색으로 물들었다, 밤이 된 거였다….

어린 염소는 "벌써!"라고 말하고는 깜짝 놀라 발을 멈췄다. 아래쪽 들판은 안개 속에 잠겨 있었다. 스갱 씨의 우리는 저녁 안개 속에 사라져 버렸고, 조그마한 집에선 가느다란 연기가 새어나오는 지붕만이 보일 뿐이었다. 우리 안으로 돌아가는 양들의 방울소리에 염소는 가슴이 슬퍼지는 것을 느꼈다…. 둥지로 돌아가던 큰 매 한 마리가 날개로 염소를 스쳐 지나갔다. 염소는 몸을 떨었다…. 그러자 산 속에서 짐승 울음소리가 들려왔다.

“우—우! 우—우!”

염소는 늑대를 생각했다. 낮 동안엔 정신이 나가서 늑대를 생각하지도 못했던 거다…. 바로 그 순간 계곡 저 먼 곳에서 나팔 소리가 울렸다. 마음씨 착한 스갱 씨가 염소를 찾으려는 마지막 노력을 하고 있었던 것이다.

“우—우! 우—우!… 늑대가 울어 댔고,

“돌아와! 돌아와!” 나팔은 외쳐 대고 있었다.

블랑케트는 돌아가고 싶어졌다. 그렇지만 말뚝과 고삐 그리고 우리의 울타리를 생각하고는 이제 다시는 그런 생활을 할 수 없으며 그냥 이대로 있는 게 낫다는 생각을 했다.

더 이상 나팔 소리가 들리지 않았다….

염소는 뒤에서 나뭇잎 소리를 들었다. 몸을 돌렸더니 어둠 속에서 쫑긋 세운 두 귀와 이글거리는 두 눈이 보였다… 늑대였다.

엄청나게 큰 늑대가 엉덩이를 땅에 붙이고 꼼짝하지 않은 채 자리에 앉아서 귀여운 흰 염소를 바라보며 미리 입맛을 다시고 있었다. 잡아먹을 것을 뻔히 생각하고 있었기에 늑대는 서두르지 않았다. 단지 염소가 몸을 돌렸을 때 고약하게 웃어 댈 뿐이었다.

"하하, 스갱 씨의 귀여운 염소로구먼." 그러고는 커다란 시뻘건 혀로 불쏘시개 같은 입술을 핥고 있었다.

블랑케트는 넋이 나가 버렸다…. 한순간 염소는 밤새도록 싸우다가 아침에 잡아먹힌 늙은 르노드의 이야기를 떠올렸지만 바로 잡아먹히는 것이 훨씬 나을지도 모른다는 생각을 했다. 그러다 생각을 바꾸어 한때 스갱 씨의 용감한 염소였다는 듯이 머리를 낮추고 뿔을 내밀며 방어 자세를 취했다…. 늑대를 죽일 생각은 하지 못했지만, —염소는 늑대를 죽일 수 없는 법이라네—단지 르노드처럼 오래 버틸 수 있을지 알고 싶어졌던 것이다….

그놈의 괴물이 앞으로 다가오자 조그만 뿔들이 춤을 추기 시작했다.

아! 용감한 작은 염소, 그놈이 얼마나 용감하게 싸웠던지! 열 번도 더 넘게, 거짓말이 아닐세 그랭구아르, 늑대는 숨을 고르기 위해 뒤로 물러설 수밖에 없었지. 이 짧은 소강 동안에 식성 좋은 염소는 좋아하는 풀을 서둘러 조금 뜯어서는 입에 가득 넣고서 다시 싸움을 했지…. 밤새도록 계속 되었지. 가끔씩 스갱 씨의 염소는 청명한 하늘에서 별들이 춤추는 것을 바라보면서 생각을 했다네.

"오! 새벽까지 버틸 수만 있다면…."

하나 둘씩 별들이 사라져 갔다. 블랑케트는 더 열심히 뿔로 박아 댔고, 늑대는 더더욱 물어뜯어 댔다…. 희미한 빛 한 줄기가 지평선에 나타났고…. 목쉰 닭이 소작 농가에서 울어 댔다.

"이제 때가 되었군"이라고 이 가련한 짐승은 생각을 했다. 단지 죽기 위해서 해가 뜨길 기다렸던 것이다. 그리곤 아름다운 흰 털을 피로 범벅한 채 염소는 바닥에 쓰러지고 말았다….

그러자 늑대가 어린 염소에게 달려들어 잡아먹고 말았다.

잘 있게나, 그랭구아르!

자네에게 들려준 이야기는 내가 지어낸 것이 아닐세. 만약 자네가 프로방스 지방에 가게 된다면, 시골 농민들이 자주 자네에게 "밤새 늑대 놈과 싸우다 아침에 잡아먹힌 스갱 씨의 염소"*에 대해 말을 해 줄 걸세.

내말 뜻 잘 알겠나, 그랭구아르!

"새벽참이 되어 버리자 늑대 놈이 잡아먹어 버렸다니까."**

* 원문에는 프로방스 방언으로 쓰여 있으며 여기에 도데가 표준어로 주석을 달고 있다.

** 원문에는 프로방스 방언.

별

프로방스 지방 어느 목동의 이야기

뤼브롱 산에서 가축들을 돌보고 있을 무렵 나는 몇 주 내내 아무도 보지 못한 채 라브리종 개 한 마리 그리고 양 떼들만 데리고 방목지에서 혼자 보내곤 했다. 이따금씩 몽 드 뤼르의 은둔 수도사가 약초를 구하러 이곳을 지나가거나, 아니면 피에몽 산에서 온 몇몇 숯장수들의 검은 얼굴이 얼핏 보이곤 했다. 그런데 그들은 말하기에 흥미를 잃은, 저 아래 마을과 도시에서 어떤 말들이 오고가는지 알지 못하는, 너무나 고독해서 말이 없는, 세상물정 모르는 사람들이었다. 그래서 두 주일에 한 번씩 보름치 식량을 가져다주는 농장 노새의 방울소리가 언덕바지에서 들려오고, 언덕 너머로 어린 '미아로'(농장 아이)의 명랑한 얼굴이나 늙은 노라드 아주머니의 갈색 머리쓰개가 조금씩 모습을 드러내는 것을 보게 되면 정말로 진짜 행복했다. 나는 세례나 결혼 같은 저 아래 마을의 소식을 묻곤 했다. 그러나 내가 제일 관심을 가진 것은 주변 십 리에서 가장 예쁜, 주인 내외의 따님인 스테파네트 아가씨가 어찌 되었는지 알아보는 것이었다. 별로 흥미가 없는 척하면서도 나는 그녀가 축제나 야회에 많이 가는지, 새로운 젊은이가 한결같이 그녀를 찾아오는지 물어보곤 했다. 이런 것이 산에 사는 보잘것없는 목동인 나와 무슨 상관이 있느냐고 물어보는 사람이 있다면, 나는 스무 살이었고, 스테파네트는 내가 본 세상에서 가장 아름다운 아가씨였다고 대답할 것이다.

그런데, 보름치 식량을 기다리던 어느 일요일, 아주 늦게서야 식량이 도착했다. 아침에 나는 "큰 미사 때문일 거야"라고 생각했다. 그러다가 정오에는 억수같이 소나기가 내려 길이 엉망이 되었기에 노새가 길을 떠날 수 없었을 거라고 생각했다. 세 시쯤 되어서야 겨우 하늘이 개이고, 산이 물기와 햇빛으로 반짝이게 되면서 나뭇잎에서 떨어지는 물방울과 불어난 강물이 넘쳐 흐르는 소리 속에서 부활절에 크게 울리는 낭랑한 종소리만큼이나 흥겹고 경쾌한 노새소리가 들려왔다. 그런데 노새를 끌고 온 것은 어린 미아로도, 늙은 노라드 아주머니도 아니었다. 그것은… 누구였을까! 세상에나, 우리 아가씨였던 것이다! 산 공기와 소나기 내린 뒤의 상쾌함 덕분에 얼굴이 발그스름해진 아가씨가 버들가지로 만든 바구니들 사이에 똑바로 앉아 몸소 오고 있었던 것이다.

꼬마는 아프고, 노라드 아주머니는 아이들을 보러 집으로 휴가를 갔단다. 아름다운 스테파네트 아가씨는 노새에서 내리며 이것을 모두 알려주었다. 그리고 그녀 역시 오는 도중에 길을 잃어 늦게 되었다고 말해 주었다. 그러나 꽃 리본과 반짝이는 치마 그리고 레이스로 잘 차려입은 그녀를 보고 있자니 숲 속에서 길을 찾았다기보다는 어느 무도회에서 늦게 온 것처럼 보였다. 오, 아름다운 여인이여! 아무리 그녀를 쳐다보아도 내 눈은 결코 싫증나지 않았다. 이처럼 그녀를 가까이서 본 적이 없었다. 가끔씩 겨울에 양 떼들이 들판으로 내려가거나 저녁나절 식사를 하러 농가로 들어갈 때면, 언제나 치장한 그녀는 약간은 거만하게 하인들에게 말 한마디 건네지 않고 발랄하게 식당을 지나가곤 했었다…. 그런데 그런 그녀가 이젠 내 앞에 있는 것이다. 오직 나만을 위해서. 내 어찌 정신을 차릴 수 있었겠는가?

바구니에서 식량을 꺼낸 스테파네트 아가씨는 호기심 어린 시선으로 주변을 둘러보기 시작했다. 행여나 더러워질까 봐 나들이옷을 살짝 치켜 올리면서 그녀는 '양 우리parc' 안으로 들어와 구석의 내 잠자리, 양 가죽과 지푸라기를 깐 침대, 벽에 걸린 커다란 비옷, 양 몰이용 지팡이, 화승총을 보고 싶어 했다. 모든 것이 그녀의 관심을 사로잡았다.

"그래, 여기서 네가 사는 거니? 가엾기도 하지. 늘 혼자 있으니 지루할 텐데! 뭘 하며 보내니? 무슨 생각하면서?…"

나는 "당신 생각을 해요, 아가씨"라고 정말로 대답하고 싶었고, 그것은 거짓이 아니었다. 그러나 너무 흥분한 나머지 나는 단 한 마디의 말도 생각해 낼 수가 없었다. 그녀가 이런 나를 알아차린 것 같았고, 짓궂은 말로 나를 더 난처하게 만들며 재미있어 하는 것 같았다.

"네 예쁜 여자 친구가 가끔씩 너를 보러 산에 올라오니?… 아마도 네 친구는 황금양이거나 아니면 산꼭대기로만 뛰어다니는 에스테렐르 요정일 거야…."

이렇게 내게 말을 건네면서 머리를 뒤로 젖혀 예쁜 웃음을 지어 보이면서 환영처럼 왔다가 서둘러 돌아가려는 그녀 자신이 진정 에스테렐르 요정 같았다.

"잘 있어, 목동."

"안녕히 가세요, 아가씨."

그렇게 그녀는 떠났다. 빈 바구니를 가지고서.

그녀가 언덕 아래로 사라지자 노새 발굽에 굴러 내리는 조약돌들이 하나씩 하나씩 내 가슴에 떨어지는 것 같았다. 나는 그 소리를 오랫동안, 오랫동안 들었다. 그리고 해가 질 때까지 내 꿈이 사라지게 될까 봐 감히 움직일 생각도 하지 못한 채 마치 잠에 취한 사람처럼 그렇게 있었다. 저녁 무렵, 계곡 깊은 안쪽이 파랗게 변하기 시작하고, 양 떼들이 울타리 안으로 들어오려고 서로 몸을 밀치며 울어 댈

때, 언덕바지에서 누군가가 나를 부르는 소리가 들렸다. 조금 전처럼 웃어 대는 것이 아니라 추위와 공포 그리고 물에 젖은 몸을 떨며 아가씨가 나타나는 것이 보였다. 산등성 아래에서 폭우로 불어난 소르그 강을 만나 어떻게든 건너 보려고 했지만 하마터면 물에 휩쓸려 갈 뻔했었나 보다. 걱정스러운 것은 저녁 이 시간에 농장으로 되돌아갈 생각을 더 이상 할 수 없게 되었다는 것이다. 왜냐하면 지름길을 아가씨 혼자서 결코 찾을 수 없을 것이고, 나는 양 떼를 떠날 수 없었기 때문이다. 산에서 밤을 보내야 한다는 생각이 그녀를 심하게 괴롭혔다. 특히나 가족들이 염려할 것을 생각하니. 나는 어떻게든 그녀를 안심시키려 했다.

"7월에는 밤이 짧아요, 아가씨…. 잠시 힘들 뿐이에요."

그리고 재빨리 그녀의 발과 소르그 강물에 흠뻑 젖은 그녀의 옷을 말리기 위해 불을 지폈다. 그러고는 그녀 앞에 우유와 크림치즈를 갖다 놓았다. 그러나 이 가련한 아가씨는 몸을 덥힐 생각도, 먹을 생각도 하지 않았고, 그녀 눈에 커다란 눈물이 고이는 것을 보고 있자니 나 역시도 울고 싶어졌다.

그러는 동안 완전히 밤이 되었다. 산 능선 위에는 태양의 잔광과 떨어지는 석양의 어스름한 빛만이 남아 있을 뿐이었다. 아가씨가 '우리' 안으로 들어가 좀 쉬길 바랐다. 깨끗한 지푸라기 위에 손 한 번 대지 않은 고운 모피를 깔아 주고는 잘 자라고 인사하고 밖으로 나와 문 앞에 앉았다…. 내 피를 뜨겁게 달구는 사랑의 불꽃에도 불구하고 그 어떤 나쁜 생각도 하지 않았다는 것을 신께서는 아시리라. 호기심에 차서 자기를 바라보는 양 떼 바로 곁에 주인 어르신의 따님께서 — 다른 무리들에 비해 더 소중하고 털이 더 하얀 새끼 암양처럼 — 내 보호에 몸을 맡기고 우리 안에 쉬고 있다는 생각에 가슴이 뿌듯해진 것 말고는 다른 것은 없었다. 하늘이 그렇게 깊어 보이고 별들이 그토록 반짝이는 것을 본 적이 없었다…. 갑자기 우리 빗살문이 열리더니 아름다운 스테파네트 아가씨가 나타났다. 잠을 이룰 수 없었던 것이다. 양 떼가 뒤척이며 지푸라기를 움직였고 꿈을 꾸면서 매애매애 울어 댔기 때문이다. 모닥불 곁으로 가는 것이 더 낫겠다고 생각했나 보다. 그걸 보고 나는 그녀 어깨 위에 암염소 가죽을 걸쳐 주었다. 불을 더 지폈다. 우리는 서로 나란히 앉아 아무런 말 없이 그렇게 앉아 있었다. 당신이 아름다운 별을 보며 밤을 지새운 적이 있다면 그대는 알 것이다. 우리가 잠자는 이 시각에 신비한 세계가 고독과 침묵 속에서 깨어난다는 것을. 그때 샘물은 더 맑게 노래하고 연못은 자그마한 불꽃들을 반짝인다. 산의 모든 정령들은 자유롭게 오고 간다. 대기 중에서 마치 나뭇가지가 자라는 듯한, 풀이 땅을 뚫고 나오는 듯한 들릴 듯 말 듯 스쳐가는 소리들이 들린다. 낮은 살아 있는 것들의 세상이고, 밤은 사물들의 세상이다. 이런 것에 익숙하지 않으면 무섭기 마련이고…. 그처럼 우리 아가씨도 몸을 부들부들 떨면서 아주 작은 소리에도 내 곁으로 바짝 다가앉았다. 한번은 저 아래 반짝이는 연못에서 새어 나온 애조 섞인 긴 소리가 우리 쪽으로 물결치며 올라왔다. 바로 그 순간에 아름다운 유성 하나가 같은 쪽에서 와서 우리 머리 위를 미끄러지듯 지나갔다, 마치 방금 전에 들은 그 소리가 한 줄기 빛을 나르는 것마냥.

"저게 뭐지?" 작은 목소리로 스테파네트 아가씨가 내게 물었다.

"천국으로 들어가는 영혼이랍니다, 아가씨"라고 나는 말하고는 성호를 그었다.

그녀도 성호를 긋고는 한순간 머리를 들어 깊은 명상에 잠겨 하늘을 바라보았다. 그러고는 나에게 말했다.

"이봐요, 당신네들은 마법사라던데 정말인가요?"

"천만에요, 아가씨. 그러나 이곳의 우리들은 아주 별 가까이에 살고 있어서, 평지 사람들보다 별들의 세계에서 어떤 일이 벌어지는지 더 잘 안답니다."

마치 천상의 어린 양치기처럼 양가죽으로 몸을 두르고 손으로 머리를 받치고서 그녀는 여전히 하늘을 바라보고 있었다.

"참 많기도 해라! 어쩌면 저렇게 아름다울까! 전에 저렇게 많은 별을 본 적이 없는데…. 별들의 이름을 알고 있니?"

"물론이지요, 아가씨…. 자 보세요! 우리 머리 바로 위에 있는 저 별은 '성 자크의 길'(은하수)이랍니다. 프랑스에서 곧장 스페인으로 이어지지요. 성자 자크 드 갈리스saint Jacques de Galice가 저 별을 그어서 용맹한 샤를마뉴Charlemagne

가 사라센과 전쟁을 벌일 때 그에게 길을 알려 주었죠(이하의 민간에서 언급되는 천체에 대한 세부 사항들은 아비뇽에서 출판된《프로방스 연감》에서 가져온 것들이다). 저 멀리에는 '영혼들의 수레'(큰곰자리)가 빛나는 네 개의 차축車軸과 함께 있답니다. 그 앞에 있는 세 개의 별은 '세 마리 짐승'이고, 세 번째 별 건너편에 있는 아주 작은 별은 '마부'랍니다. 그 주변에 저기 비처럼 떨어지는 별들이 보이시나요? 선하신 신께서 자기 집에 두길 원치 않으신 영혼들이랍니다…. 조금 저 아래쪽에 있는 것은 '쇠스랑' 아니 '세 임금'(오리온)이랍니다. 저 별은 우리네들에게 시계 역할을 해 준답니다. 저것들을 보기만 해도 저는 지금 자정이 지났다는 것을 알 수 있지요. 조금 더 아래 한복판에는 언제나 '장 드 밀랑Jean de Milan'이 빛나고 있지요. 천상의 횃불(시리우스)이지요. 이 별에 대해서는 목동들이 하는 얘기가 있어요. 어느 날 장 드 밀랑은 '세 임금' 그리고 '병아리장'(황소자리)과 함께 친구인 어떤 별의 결혼에 초대를 받았지요. 마음이 더 급했던 '병아리장'이 먼저 길을 떠나 위쪽 길로 갔답니다. 저기, 저 멀리 있는 하늘 제일 높은 곳을 보세요. '세 임금'은 아래쪽 길로 가로질러 '병아리장'을 따라잡았습니다. 그런데 이 게으른 장 드 밀랑은 너무 늦게 잠을 잔 나머지 아주 뒤처지게 되었고, 화가 나자 그들을 멈추게 하기 위해 자기 지팡이를 내던졌답니다. 이 때문에 '세 임금'은 '장 드 밀랑의 지팡이'라고도 불리지요…. 그런데 아가씨, 이 별들 가운데 가장 아름다운 것은 우리 별, '목동들의 별'이랍니다. 이 별은 새벽에 우리가 양 떼를 내보낼 때, 그리고 저녁에 그들을 몰고 들어올 때 우리를 비춰 준답니다. 또 우리는 이 별에 '마그론'이라는 이름을 붙여 주었답니다. 아름다운 마그론은 '피에르 드 프로방스'(토성)를 뒤쫓아 가서 칠 년마다 그와 결혼을 한답니다."

"어머, 목동아! 별들의 결혼이란 것이 있단 말이니?"

"그럼요, 아가씨."

그래서 그녀에게 이 결혼이 어떠한 것인지 설명해 주려는 순간 나는 싱그럽고 가녀린 그 무언가가 내 어깨를 가볍게 눌러오는 것을 느꼈다. 졸음에 무거워진 그녀의 머리가 리본과 레이스 그리고 물결치는 머리카락을 살짝 구기면서 내게 기대 온 것이다. 하늘의 별들이 흐릿해지다가 떠오르는 해에 지워질 때까지 미동도 하지 않은 채 그녀는 그렇게 있었다. 나는 그녀가 잠자는 것을 바라보았다, 영혼 깊은 곳에서 약간의 동요를 느끼면서. 하지만 나에게 오직 아름다운 생각만을 가져다준 그 청명한 밤의 성스러운 보호를 받으면서. 우리 주위에서는 별들이 큰 양 떼처럼 온순하고 조용하게 길을 가고 있었다. 그리고 이따금씩 나는 저 별들 중에서 가장 곱고 가장 밝은 별 하나가 길을 잃고 내 어깨에 쉬러 와서 잠자고 있다고 상상하곤 했다….

아를의 여인

풍차 방앗간에서 내려와 마을로 가노라면 넓은 마당 안쪽에 팽나무가 심어진, 길가에 면한 농가 앞을 지나게 된다. 그것은 진짜 프로방스 농민의 농가이다. 지붕은 붉은 색이고 넓은 갈색 벽면에는 일정치 않게 창이 나 있으며, 꼭대기 곳간에는 바람개비와 짚더미를 들어 올리는 도르래가 있고 갈색 건초더미가 불쑥 튀어나와 있다….

어째서 이 집이 나에게 깊은 인상을 주었을까? 어째서 이 닫혀 있는 대문이 내 마음을 옥죄어 오는 걸까? 내 그것을 말할 수는 없으련만, 이 집이 나를 오싹하게 만들긴 했다. 주변은 너무 조용했다…. 사람이 지나가도 개들은 짖지 않았고, 뿔닭도 울지 않고 도망갔다…. 집 안쪽에선 사람 소리도 들리지 않았다! 아무것도 없었다. 심지어 노새 방울 소리마저도…. 창문의 흰 커튼과 지붕에서 나오는 연기가 없었더라면 사람이 살지 않는 곳이라고 생각했을 것이다.

어제, 정오 종소리가 울릴 무렵 나는 마을에서 집으로 돌아오면서 햇빛을 피하기 위해 농가 벽을 따라 팽나무 그늘 속을 걸었다…. 오는 길에 농가 앞에서 하인들이 수레에 건초 더미 싣는 일을 묵묵히 마무리하고 있었다…. 대문이 열려 있었다. 지나치며 슬쩍 쳐다보았는데, 마당 안쪽에 너무 짧은 상의와 헝겊들을 이어서 만든 반바지를 입은 백발의 키 큰 노인네가 넓은 돌탁자 위에 팔을 괴고—머리를 손으로 감싸고—있는 것이 보였다…. 나는 걸음을 멈췄다. 하인들 중 한 사람이 나지막하게 내게 말을 건넸다.

"쉿! 주인나리세요…. 아들이 불행해진 이후 저러고 있답니다."

그 때 상복을 입은 한 여인과 어린아이가 금박을 두른 두툼한 기도서를 들고 우리 곁을 지나 농가 안으로 들어갔다.

하인이 말을 덧붙였다.

"… 주인마님과 막내인데 미사에서 돌아오는 중이에요. 매일 미사에 나간답니다, 아들이 자살한 이후로…. 아! 나으리, 얼마나 가슴이 아려왔는지!… 아버지는 아직도 죽은 아들의 옷을 입고 있답니다. 아무리 해도 그것을 벗길 수가 없답니다…. 이랴! 워! 이놈의 짐승이!"

수레가 떠나느라고 흔들거렸다. 좀더 자세히 알고 싶어 나는 마부에게 나를 옆에 태워 달라고 부탁했다. 그리고 마차 위 건초 더미 위에서 나는 이 쓰라린 이야기의 전부를 알게 되었다.

그의 이름은 장Jan이었다. 여자애처럼 얌전하고, 건장한 데다 얼굴이 훤한 스무 살 먹은 보기 좋은 시골 청년이었다. 그는 참으로 잘생겨서 처녀들은 그를 바라다보았지만, 그의 머릿속에는 단 한 사람만 있었다—아를 투우장에서 단 한 번 만났던, 벨벳과 레이스로 치장을 한 귀여운 아를의 여인. 농가 사람들은 이런 관계를 무엇보다도 좋게 여기지 않았다. 그녀는 바람둥이 여자로 알려졌으며, 그녀 부모도 그 지방 사람들이 아니었다.

하지만 장은 한사코 아를의 여인을 원했다. 그는 이렇게 말하곤 했다.

"저 여자를 얻지 못하면 죽어 버릴 거예요."

어쩔 수 없는 일이었다. 추수가 끝나면 둘을 결혼시키겠다는 결정을 내렸다.

그런데 어느 일요일 저녁, 농가 마당에서 가족들이 식사를 끝내고 있었다. 거의 결혼 축하연 같았다. 신부는 자리를 같이하지 않았지만 사람들은 줄곧 그녀를 위하여 술을 들었다…. 한 사람이 대문에 모습을 드러냈다. 그러고는 떨리는 목소리로 에스테브 어르신과 단둘이서 말을 나누고 싶다고 했다. 에스테브 영감은 자리에서 일어나 길가로 나갔다. 그 사람이 말을 건넸다.

"어르신, 어르신은 아드님을 이 년 동안이나 내 정부였던 한 부정한 여자와 결혼을 시키려고 하십니다. 내가 드리는 말씀을 증명할 수 있습니다. 여기 편지들이 있습니다!… 그녀 부모들도 다 알고 있고, 나에게 그녀를 약속했었습니다. 그러나 어르신 아드님이 그녀를 쫓아다닌 이후로 그녀 부모들도 그리고 그녀도 더 이상 나를 원하지 않게 되었습니다…. 그러나 그런 일이 있는데 그녀가 다른 사내의 아내가 될 수는 없을 것이라고 생각합니다만."

에스테브 영감은 편지들을 읽어 보고는 말했다.

"그렇군요. 들어와서 술 한잔 드시구려."

그 남자는 대답했다.

"감사합니다! 하지만 마음이 너무 아파 술 마실 생각은 없습니다."

그러곤 가 버렸다.

아버지는 태연하게 안으로 들어왔다. 그는 테이블에 자리를 다시 잡았고 식사는 흥겹게 끝났다….

그날 저녁 에스테브 주인 영감과 아들은 함께 들로 나갔다. 그들은 오래도록 밖에 머물러 있었다. 그들이 돌아왔을 때 어머니는 여전히 기다리고 있었다.

지주 영감은 그녀 곁에 아들을 데리고 가서는 말했다.

"부인, 재를 껴안아 주시구려! 가엾은 아이요…."

장은 더 이상 아를의 여인에 대해 말을 꺼내지 않았다. 그러나 그는 그녀를 여전히 사랑하고 있었고, 심지어 다른 사내의 품에 안긴 그녀를 알게 된 이후엔 전보다 더 사랑했다. 다만 너무 자존심이 강해서 그것을 한마디로 말하지 않은 것이었다. 바로 그것이 이 가련한 사내를 죽인 것이다!… 가끔씩 그는 온종일 구석에 처박혀 미동도 없이 혼자 보내곤 했다. 어떤 때는 미친듯이 들로 나가서는 하루 일꾼 열 명이 해낼 일을 혼자서 해치우곤 했다…. 저녁이 되면 아를로 가는 길을 나서서 석양 속에서 도시의 희미한 종탑이 모습을 드러낼 때까지 앞으로 걷곤 했다. 그리곤 되돌아 왔다. 결코 더 멀리 가지는 않았다.

언제나 서글프게 혼자 있는 이런 그를 보고 있자니 농가 사람들은 어찌할 바를 몰랐다. 불행이 닥칠까 염려하곤 했다…. 한번은 식탁에서 눈물이 가득한 눈으로 그를 바라보던 어머니가 그에게 말했다.

"자, 들어 보렴, 장, 네가 어쨌거나 그녀를 원한다면, 우리는 그렇게 할 수밖에 없구나."

수치심으로 얼굴이 불그스레해진 아버지는 머리를 숙였다.

장은 그럴 필요 없다는 표정을 하고는 밖으로 나가 버렸다….

그날 이후로 그는 생활방식을 바꿨다. 부모님들을 안심시키기 위해 언제나 흥겨운 체하면서. 사람들은 무도회와 선술집 그리고 축제에서 그를 보았다. 퐁비에이유Fontvieille에서 벌어진 수호성인 축일에는 그가 파랑돌*을 앞장서 추었다.

아버지는 말했다. "마음이 아물었구나." 어머니는 여전히 걱정을 했고 전보다 더 아들을 살폈다…. 장은 양잠실 바로 옆방에서 동생과 함께 잠을 잤다. 가련한 노친네는 그들이 자는 방 옆에 자기 침대를 갖다 놓게 했다…. 밤에 누에를 살펴봐야 할지도 모른다고 하면서….

지주들의 수호신인 성 엘루아 축제일이 되었다.

농가에서는 기쁨이 넘쳤다…. 모든 사람들에게 샤토뇌프 포도주와 숙성시킨 포도주가 엄청나게 돌아갔다. 그리고 타작마당에서는 폭죽이 터지고 횃불이 켜졌고 팽나무마다 색초롱이 걸렸다…. 엘루아 성인 만세! 사람들은 지칠 때까지 파랑돌을 추었다. 막내는 새 옷을 불에 그슬렸

* 프로방스 지방의 전통 춤.

다…. 장마저도 기뻐하는 표정이었다. 그는 어머니와 춤을 추려고 했다. 이 가련한 여인은 행복해서 눈물을 흘렸다….

자정이 되자 사람들은 자러 갔다. 모두들 잠이 필요했다…. 그런데 장은 잠을 자지 않았다. 나중에 동생 말에 따르면 밤새 내내 그가 흐느꼈단다….

아! 그는 정말로 괴로웠을 것이다, 그는…

다음 날 새벽 어머니는 누군가가 방을 가로질러 뛰어가는 소리를 들었다. 어떤 예감이 그녀에게 들었다.

"장, 너니!"

장은 대답을 하지 않았다. 그는 벌써 계단을 오르고 있었다.

어머니는 서둘러서 자리에서 일어났다.

"장, 어딜 가니?"

그는 다락방으로 올라갔다. 어머니는 그를 따라 올라갔다.

"애야, 제발 부탁한다!"

그는 문을 닫고는 빗장을 걸었다.

"장, 사랑하는 자네Janet[*]야. 대답해라. 왜 그러는 것이니?"

떨리는 늙은 손을 더듬어 그녀는 문고리를 찾았다…. 창문은 열려 있었고, 마당 포석 위로 사람이 떨어지는 소리가 들렸다. 그리곤 그게 끝이었다….

이 가련한 아이는 생각했다. "나는 그녀를 너무 사랑한다…. 죽을 도리밖엔…." 아! 인간의 마음이란 얼마나 가련한 것인지! 경멸을 해도 사랑을 죽일 순 없으니 이 얼마나 가혹한 일인지!…

그날 아침, 마을 사람들은 에스테브 농가 쪽에서 누가 그렇게 울어 댔는지 서로 물었다.

그것은 마당 안, 이슬과 피로 뒤덮인 돌탁자 앞에서 죽은 아들을 품에 안고 옷도 제대로 걸치지 못한 채 애처로이 흐느껴 운 어머니였다.

---

* 장의 애칭.

교황의 노새

우리 프로방스 농부들의 말을 근사하게 만드는 모든 멋진 금언이나 속담 혹은 격언들 중에서 지금 말하려는 것보다 더 생생하고 독특한 것을 나는 알지 못한다. 내 풍차방앗간에서 60킬로미터 이내의 지역에 사는 사람들은 복수심과 앙심을 품고 있는 사람에 대해 말할 때, "그 친구 말이야! 조심하라구…! 그는 교황의 노새 같은 사람이야, 칠 년 동안 발길질을 참아 왔잖아"라고 한다.

나는 오랫동안 이 속담이 어디서 유래했는지, 교황의 노새라는 게 어떤 건지, 그리고 7년 동안 참아 온 발길질이 무슨 뜻인지 알아보려고 무척 애를 썼다. 이 지역에 사는 그 누구도 그것을 내게 알려 주지 못했다. 심지어 프로방스의 전설이라면 속속들이 알고 있는 피리쟁이, 프랑세 마마이마저도. 프랑세도 나처럼 이 속담에는 아비뇽 지방의 오래된 어떤 이야기가 있을 거라고 생각했다. 그러나 그는 속담 말고 다르게 말하는 것을 들어보지 못했다.

"시갈 도서관*이 아니고선 그걸 찾아볼 길이 없을 겁니다"라고 이 늙은 피리쟁이는 웃으며 말했다.

이런 그의 생각이 나에겐 괜찮아 보였다. 게다가 시갈 도서관은 바로 코앞에 있었기 때문에, 나는 거기에 가서 일주일 동안 파묻혀 보냈다.

그곳은 장서들이 꽤 많이 있는, 시인들에게 밤낮없이 개방되어 있으며, 언제나 심벌즈로 음악을 들려주는 어린 사서들이 맡고 있는 훌륭한 도서관이었다. 나는 그곳에서 몇 날을 기분 좋게 보냈고, 일주일 동안—등을 기대고 누워서—찾아보다가 마침내 내가 원하던 것, 다시 말해 노새와 7년 동안 참아 온 저 유명한 발길질 이야기를 발견할 수 있었다. 이야기는 약간 단순하긴 했어도 재미있었다. 마른 라벤더 향기가 그윽하고, 길고 투명한 거미줄 같은 줄이

---

* 매미라는 뜻으로 숲이 있는 도서관.

책갈피에 있는, 계절의 색깔이 묻어나는 한 수사본에서 어제 아침 내가 읽었던 것을 그대로 당신에게 들려주겠다.

교황시대의 아비뇽*을 보지 못한 사람은 사실 아무것도 본 게 없는 셈이다. 그 어떤 도시도 아비뇽처럼 흥겹고 활기 있고 생기가 돌며 축제가 즐겁지 않았다. 아침부터 저녁까지 기도 행렬과 순례 행렬이 있었고, 도로는 꽃이나 수직으로 짠 양탄자로 뒤덮였고, 론 강을 건너 추기경들이 도착했고, 바람에 날리는 깃발과 깃발들로 장식된 갤리선들이 있었으며, 교황 근위병들이 광장에서 라틴어로 노래를 불렀고, 탁발 수도사들이 날카로운 소리를 내는 작은 나무 물레를 돌리고 있었다. 그리고 벌집 주변에 몰려 있는 벌 떼처럼 거대한 교황청 주변에 밀집되어 있는 웅웅거리는 위아래 집들에서는 여전히 레이스 직물공장의 물레 소리, 사제의 제의祭衣를 짜는 직조기 소리, 미사용 술병을 만드는 직물공들의 작은 망치 소리, 악기 제작공 집에서

* 1309년에서 1377년까지 교황청은 정치적 이유로 로마 대신 아비뇽에 체류했다.

공명반 조절하는 소리, 실 뽑는 여공들의 찬송가 소리가 들려왔다. 거기에 더해 저쪽 다리 건너편에서는 종소리와 북소리가 쉬지 않고 울리고 있었다. 왜냐하면 이 고장에서 사람들은 기분이 좋으면 춤을 춰야 하기 때문이다. 춤을 춰야만 한다. 그 시절에는 도시의 길들이 파랑돌을 추기엔 너무 좁았기 때문에, 사람들은 피리와 북들을 가지고 론 강의 서늘한 바람을 맞으며 아비뇽 다리 위로 올라갔고, 밤낮없이 춤을 추었다. 춤을 추었던 것이다…. 아! 행복했던 시절이여! 행복했던 도시여! 날카로운 창과 칼로 사람을 죽이지도 않았고, 감옥은 포도주 저장고로 사용되었다! 기근도 전혀 없었고, 전쟁도 단 한 번 치르지 않았다! 교황들은 그렇게 백성들을 잘 다스렸다! 바로 그래서 사람들은 그들을 참으로 그리워하는 것이겠지!…

특히 그중에서 보니파스*라는 이름의 관대한 늙은 교황이 있었다…. 오! 그분이 돌아가셨을 때 아비뇽 사람들은 얼마나 눈물을 흘렸던지! 참으로 친절하고 매우 다정다감한 교황이었다! 그는 노새를 타고 가면서 우리들에게 웃음

* 실제로 이런 이름을 가진 교황이 아비뇽에 체류한 적은 없다.

을 지어 보이곤 했다! 그 옆을 지나게 되면 ― 꼭두서니 염료를 뽑는 가난한 사람이건, 도시의 법관이건 ― 그는 아주 정중하게 축복해 주었다! 진정한 이브토[*]의 교황, 아니 웃으실 땐 무언가 영민한 게 있는 진정한 프로방스 이브토의 교황이었다. 박하 줄기 하나를 모자에 달고 다녔고, 그에겐 정을 주었던 단 한 명의 잔느통[**] 같은 여자도 없었다…. 사람들이 알고 있는 관대한 그가 애정을 쏟은 유일한 잔느통이 있다면 그의 포도원 ― 아비뇽에서 12킬로미터쯤 떨어진 샤토뇌프의 도금향 숲 속에 자기가 직접 심은 조그만 포도원 ― 이었다.

매주 일요일 저녁미사가 끝나면 이 고귀하신 분은 포도원을 한 바퀴 둘러보았고, 노새를 옆에 두고 햇볕 좋은 높은 곳에 그가 앉으면 포도나무 그루를 중심으로 추기경들이 쭉 둘러앉곤 했다. 그러면 교황은 그곳에서 나온 포도주 ― 루비 색깔의 좋은 포도주로 이후 샤토뇌프 데 파프[***]

---

* 노르망디 북부 도시명으로, 단순하고 한가하게 살아간 국왕의 이름이기도 하다. 도데 시절에 이브토를 소재로 한 노래가 유행이었다.

** 이브토 국왕의 애첩.

*** '교황의 샤토뇌프 포도주'라는 뜻으로 도데는 여러 번 이 포도주를 언급

라고 불렸다 — 한 병을 따서는 감동 어린 시선으로 포도원을 바라보면서 조그만 잔에 따라 마셨다. 해질 무렵, 병 하나가 다 비워지면 그는 참사교구원들의 수행을 받으며 즐거운 기분으로 도시로 돌아왔다. 그가 아비뇽 다리를 건너게 되면 사람들은 북을 치고 파랑돌을 추었으며, 음악소리에 흥이 난 그의 노새는 발을 동동거리며 빠른 속도로 걸었고, 그도 모자를 흔들며 춤에 박자를 맞추었다. 추기경들은 이런 모습에 기겁을 했지만, 사람들은 "아! 선하신 교황이시다! 아! 훌륭하신 교황이시다!"라고 말하게 되었다.

샤투뇌프 포도원 다음으로 교황이 세상에서 가장 좋아한 것은 자기 노새였다. 이 훌륭하신 분은 이 짐승에게 푹 빠져 있었다. 매일 저녁 잠자리에 들기 전에 그는 마구간이 잘 닫혀 있는지, 여물통에 뭐 빠진 것은 없는지 보러 갔으며, 식탁에서 일어나기 전에는 언제나 자기가 보는 앞에서 커다란 프랑스산 포도주 사발에 설탕과 향료를 많이 넣어 준비시킨 후 추기경들의 시선에 아랑곳하지 않고 몸소

하고 있다.

노새에게 들고 갔다…. 한편 이 짐승이 그런 대접을 받을 만하다는 것을 말해야겠다. 검은 바탕에 붉은 반점이 있는 멋진 노새였다. 다리는 튼튼했고 털은 빛났으며 엉덩이는 넓고 포동포동했고 조그만 머리를 방울술과 매듭, 은방울과 장식 술로 장식을 하고는 의기양양하게 고개를 들고 다녔다. 게다가 눈이 순진하여 마치 천사처럼 온화하게 보였고, 언제나 흔들거리는 두 개의 긴 귀 때문에 착한 아이 같아 보였다. 아비뇽 사람들 모두가 노새를 존중했다. 노새가 거리를 지나게 되면 온갖 극진한 대접을 받았다. 왜냐하면 사람들은 그것이 교황의 눈여김을 받을 수 있는 최선의 방법이고, 티스테 베덴과 그의 기가 막힌 모험담이 증명하듯 천진난만한 모습을 띤 이 교황의 노새가 여러 사람을 출세시켰다는 것을 알고 있었기 때문이다.

이 티스테 베덴이라는 사람은 본래 뻰뻰스러운 녀석이었기에 금 세공사인 그의 아버지 기 베덴은 그를 집 밖으로 내쫓지 않을 수 없었다. 왜냐하면 아들 녀석이 아무것도 하지 않으면서 견습공들을 꾀어 냈기 때문이다. 6개월 동안 사람들은 아비뇽의 여기저기서, 특히 주로 교황청 근처에서 그가 긴 옷을 질질 끌며 다니는 모습을 보았다. 이 이상한 녀석은 오래전부터 교황의 노새에 대해 어떤 생각을 가지고 있었기 때문이다. 이제 그것이 얼마나 교활한 것이었는지 당신들은 알게 될 것이다…. 성하께서 혼자서 노새와 함께 성벽 아래를 산책하던 어느 날 이 티스테는 교황께 다가가서 감격스럽다는 듯이 손을 모으고는 이렇게 말했다.

"오, 세상에! 거룩하신 교황님, 참으로 훌륭한 노새군요…. 잠시만 노새를 바라보겠습니다…. 아! 교황이시여, 참으로 멋진 노새입니다!… 독일 황제도 이런 노새를 갖진 못했습니다."

그러면서 그는 노새를 쓰다듬고 마치 젊은 여자에게 하듯이 다정하게 말을 걸었다.

"이리 오너라, 나의 보석, 나의 보물, 나의 예쁜 진주야…."

이 말에 무척 감동한 교황은 속으로 생각했다.

"참으로 착한 젊은놈이구나! 내 노새에게 이렇게 다정다감하게 굴다니!"

그런데 다음 날 무슨 일이 일어났는지 혹시 여러분은 알고 있는지? 티스테 베덴은 낡은 노란 웃옷 대신 레이스가 달린 긴 흰색 사제복과 보라색 비단으로 된 어깨 망토, 고리쇠가 달린 신발을 신고는 교황청 성가대에 들어갔던 것이다. 예전에는 오직 귀족 자제나 추기경의 조카들만이 들어갈 수 있었던 곳이었다…. 바로 이것이 그가 꾸민 생각이었다!… 하지만 티스테는 여기서 멈추지 않았다.

일단 교황을 모시게 된 이 교활한 녀석은 장난을 계속했는데, 상당히 성공을 거두었다. 모든 사람들에게 무관심한 그는 오직 노새에게만 관심을 가지고 세심한 배려를 했다. 사람들은 언제나 교황청 마당에서 귀리 한 줌과 잠두 한 다발을 들고서 교황의 발코니를 바라보며 그 붉은 다발을 살며시 흔들면서 "보세요!… 이게 누굴 위한 걸까요?…"라고 말하는 듯한 그를 볼 수 있었다. 드디어 마침내 늙은이가 되어가고 있다고 생각한 교황은 그에게 마구간을 담당해서 자기 노새에게 프랑스 포도주 한 사발을 갖다 주는 일을 맡기고야 말았다. 추기경들에겐 이것이 달가운 일은 아니었다.

그런데 그것은 노새에게도 달갑지 않았다…. 포도주를

마실 시간이 되면 노새는 언제나 마구간에 하얀 어깨 망토와 레이스 달린 성직자 옷을 입은 대여섯 명의 어린 성가대 신학생들이 와서 건초 더미 속으로 잽싸게 비집고 들어가는 것을 보게 되었다. 조금 지나서 따끈한 설탕과 향료의 그윽한 냄새가 마구간을 가득 채우며 티스테 베덴이 조심스럽게 프랑스 포도주 사발을 들고 모습을 나타냈다. 그때부터 이 가련한 짐승의 수난이 시작되는 것이다. 몸을 따뜻하게 해 주고 몸에 날개를 달아 주는, 노새가 그토록 좋아하는 이 향기로운 포도주를 그들은 여물통에 갖다 놓고 냄새만 맡게 내버려 두는 고약한 짓을 했다. 그러고 나서 포도주 향에 노새의 코가 벌름거리면, 그만하면 됐어!라고 했고, 장밋빛 불꽃같은 이 달콤한 액체는 이 악동들의 목구멍 속으로 죄다 흘러 들어갔다…. 또한 악동들이 노새에게서 포도주만 훔쳐 간 것은 아니었다. 포도주를 마신 어린 신학생들은 악마와 같았다!… 한 녀석이 노새의 귀를 잡아당기면, 다른 녀석은 꼬리를 잡아당겼다. 키케라는 녀석은 등 위로 올라탔고, 벨뤼게라는 놈은 성직자 모자를 씌워 놓았다. 이 건달 같은 놈들 중 어떤 녀석도 노새가 등을 한 번 흔들거나 발길질 한 번만이면 그들 모두를 북극성까지, 아니 그 이상 멀리까지도 날려 보낼 수 있다는 걸 생각하지 않았다. 하지만 노새는 그리하지 않았다. 교황의 노새라는 건, 은총과 관용의 노새라는 건 무언가 달라도 달랐다…. 아이들이 어떻게 해도 소용이 없었던 것은 이 노새가 화를 내지 않았기 때문이다. 노새가 분노를 느낀 것은 오직 티스테 베덴에 대해서였다…. 예를 들어, 자기 뒤에 베덴이 있다는 기미를 느끼면 노새의 발굽은 근질근질해졌다. 그리고 정말로 그럴 만한 이유가 있었다. 이 망나니 베덴은 그에게 아주 고약한 장난을 쳤던 것이다. 이 놈은 술 말고 정말로 잔인한 일을 저지른 것이다….

어느 날 베덴은 노새를 끌고 성가대 종루, 저 높은, 아주 높은, 교황청 꼭대기까지 끌고 갈 생각을 했던 것이다!… 내가 지금 하는 얘기는 지어낸 것이 아니다. 수많은 프로방스 사람들이 그것을 보았다. 계단이 얼마나 있는지 모르겠으나, 노새는 나선형 계단을 더듬거리며 한 시간을 돌아 올라간 후에 갑자기 빛으로 눈부신 꼭대기에 서서 발아래 수십 미터 저 아래에 펼쳐진 환상적인 아비뇽, 개암나무

열매보다도 더 크지 않은 장터의 가게들, 붉은 개미처럼 막사 앞에 서 있는 교황 근위병들, 그리고 저편, 사람들이 춤추고 또 추고 있는 은실 같이 아주 조그마한 다리를 보았을 때, 이 불행하기 그지없는 노새가 얼마나 공포에 떨었을까 생각해 보라. 아! 가련한 짐승 같으니라구! 얼마나 무서웠을까! 노새가 질러대는 소리에 교황청의 모든 창문이 흔들거렸다!

"무슨 일인가! 노새에게 무슨 일이 생긴 것인가?"라며 저 착하신 교황께서 발코니로 급히 나오며 외쳤다.

티스테 베덴은 이미 궁 안에 들어와 있었다. 눈물 짓는 표정에 머리를 쥐어뜯으면서.

"성하, 이런 일이 있다니요! 성하, 노새가… 맙소사! 어쩌자는 건지? 성하 노새가 종루엘 올라갔습니다…."

"혼자 말이냐?"

"예, 성하, 혼자 말입니다…. 자, 저길 보세요, 저 꼭대기를. 흔들거리는 두 귀 끝이 보이시지요? 두 마리 제비같이요…."

"이것 참 큰일이군!"

딱하게 된 교황은 눈을 들어 올리며 말했다.

"대체 저것이 미쳤단 말이냐! 죽으려는 것이냐!… 불쌍한 것 같으니, 내려오거라!"

쯧쯧! 노새도 내려오는 것 말고는 달리 청할 게 없었을 것이다…. 하지만 어떻게? 계단? 그건 생각도 못할 일이다. 오르는 건 어쨌거나 할 수 있지만, 내려오다가는 백 번도 더 다리를 부러뜨렸을 것이니…. 가엾은 노새는 난처했다. 그러고는 현기증으로 가득한 커다란 눈을 하고 종루 꼭대기에서 이리저리 뱅뱅 돌며 티스테 베덴을 생각했다.

"아! 못된 놈 같으니라구, 내가 여기를 빠져나가면…. 내일 아침 뒷발질로 날려 버리고 말 것이다!"

이 뒷발질 생각을 하다가 노새는 약간의 용기를 얻었다. 이 생각을 하지 않았다면 노새는 버티지 못했을 것이다…. 마침내 사람들이 그 녀석을 높은 곳에서 끌어내렸다. 하지만 엄청난 일이었다. 사람들이 기중기와 줄 그리고 들것을 사용해 노새를 꼭대기에서 끌어내려야만 했다. 마치 줄 끝에 매달린 풍뎅이처럼 허공에서 다리를 버둥거리며 꼭대기에 매달려 있는 자기 모습에 교황의 노새가 얼마나 수치스러웠을지 생각해 보라. 게다가 아비뇽 사람 모두가 그것을 보았으니!

이 불쌍한 짐승은 그날 밤 잠을 이루지 못했다. 아직도 저 빌어먹을 꼭대기에서 자기가 빙빙 돌고 있고, 그것을 마을 사람들이 아래에서 웃고 있는 것 같았다. 경멸스러운 티스테 베덴과 내일 아침 그에게 날릴 발길질을 생각했다. 아, 여러분들은 그게 어떤 발길질인지 아시는가? 팡페리구트[*]에서 그 발길질로 생긴 연기를 볼 수 있을 것이니…. 그런데 노새가 마구간에서 이 멋진 장면을 생각하고 있는 동안 티스테 베덴이 무엇을 하고 있었는지 또 아시는지? 그는 해마다 아비뇽이 외교와 궁정 교양술을 배우도록 잔 여왕[**]에게 보내는 젊은 귀족들과 함께 교황청 갤리선을 타고 노래를 부르며 론 강을 내려가 나폴리 궁정으로 가고 있었다. 티스테는 귀족 출신이 아니었다. 그러나 교황은 그가 노새에게 보여 준 정성, 특히 그날 노새 구출이 있던 동안 그가 펼쳐 보인 행동에 대해 보답을 해 주었던 것이다.

* 《풍차방앗간 편지》 서문에서 도데가 상상해 낸 허구적인 마을 이름.

** 나폴리의 잔 여왕 1세(1326-1382).

다음 날 놀라고 실망한 것은 노새였다.

"아! 산적 같은 놈! 뭔가 낌새를 눈치챘구나!… 화가 나서 방울을 마구 흔들면서 노새는 생각했다…. 하지만 상관없다, 나중에 보자, 나쁜 놈아. 너는 돌아오면 반드시 내 발길질을 받게 될 것이다…. 내 너를 위해 그것을 꾹 참겠다!"

그리고 실제 노새는 그것을 잘 참았다.

티스테가 떠나고 난 후, 교황의 노새는 예전의 평온한 나날과 생활을 되찾았다. 키케도 마구간을 떠났고, 벨뤼게도 떠났다. 프랑스 포도주를 마시던 그 좋은 날들이 다시 돌아왔다. 그리고 그것과 함께 유쾌한 기분, 긴 낮잠, 아비뇽 다리를 건널 때마다 췄던 보폭 짧은 춤도 함께 돌아왔다. 그러나 그 사건 이래로 노새는 마을 사람들에게서 약간의 냉담함을 언제나 발견하게 되었다. 길거리에서 사람들이 수군거렸다. 노인네들은 머리를 흔들었고, 아이들은 종루를 가리키며 웃어 댔다. 선하신 교황마저도 노새를 예전만큼 신뢰하지 않았다. 그래서 포도원에서 돌아오는 일요일에 노새 등 위에서 잠깐 졸다가 "내가 저 높은 종루 꼭대기에서 잠이 깨는 것은 아니겠지"라는 생각을 뇌리에 떠올리곤 했다. 노새도 그것을 알았고, 아무 말도 하지 않았지만 그것 때문에 고통스러웠다. 누군가 앞에서 티스테 베덴의 이름을 입에 담기만 해도 긴 귀가 부르르 떨렸고, 잔 웃음을 지으며 포도鋪道 위의 발굽 편자를 날카롭게 갈아 대곤 했다.

그렇게 7년이 지나갔다. 그리고 7년 만에 티스테 베덴이 나폴리 궁에서 돌아왔다. 그곳에서의 임기는 채 끝나지 않았지만, 교황의 수석 겨자 수반을 드는 신하*가 갑자기 아비뇽에서 죽었다는 소식을 들었다. 이 자리가 맘에 들었던 터라 그는 매우 서둘러서 후보 경합을 위해 도착한 것이다.

모사꾼 베덴이 교황청 실내로 들어올 때 교황은 그를 알아보지 못했다. 그만큼 그의 키가 자랐고 몸집이 늘었기 때문이다. 이 관대하신 교황으로선 늙었다는 말이 필요할지도 모르겠다. 교황은 안경 없인 잘 보지 못하였다.

티스테는 머뭇거리지 않았다.

"아니, 성하, 성하께선 저를 알아보지 못하시겠습니까?… 접니다, 티스테 베덴입니다!"

---

* 도데가 상상해서 만들어 낸 직책.

"베덴?…"

"예, 그렇습니다, 기억하시겠지만… 노새에게 프랑스 포도주를 가져다주었던 베덴입니다."

"아!, 그래… 그래… 생각이 나는구나…. 착했고 귀여웠던 아이, 그 티스테 베덴!… 그래, 이제 원하는 게 무엇인고?"

"예! 별건 아닙니다만, 성하… 제가 바라는 바는… 그런데, 여전히 그 노새를 데리고 계신지요? 노새는 잘 지내는지요?… 아! 잘됐군요!… 성하께 얼마 전에 죽은 겨자수반 신하의 자리를 부탁드리고자 합니다"

"수석 겨자 수반 직이라, 자네가!… 아직 나이가 젊은데. 대체 몇 살인고?"

"20세 하고도 두 달이 지났습니다. 고매하신 교황 마마, 노새보다 단지 다섯 살 위입니다…. 아! 정말이지 착한 짐승이지요! 제가 얼마나 그 노새를 좋아했는지 아시게 된다면!… 이탈리아에서 그 녀석 때문에 제가 얼마나 괴로웠던지!… 그 녀석을 보게 해 주시겠지요?"

"물론 그렇고말고, 그래, 가서 만나 보려무나"라고 이 선하신 교황은 감동에 겨워 말했다. "게다가 네가 저 착한 짐승, 노새를 참으로 좋아하니, 네가 그놈과 떨어져 지내길 바라고 싶지 않구나. 오늘부터 수석 겨자 수반의 자격으로 내 옆에 붙어 지내거라…. 추기경들이 법석을 피겠지만, 어쩌겠냐! 내 그것에 익숙해져 있으니…. 내일 저녁기도가 끝나면 다시 오거라. 참사회 성직자들이 배석한 가운데 너에게 직책관등 표식을 달아 주겠다. 그리고… 노새를 보게 해 주겠다. 우리 둘이서 포도원에도 가고…. 자! 자! 그러면 나가 보거라…."

티스테 베덴은 대전大殿을 나오면서 행복했다. 얼마나 초조하게 그가 다음 날 있을 의식을 기다렸는지 굳이 언급할 필요는 없을 것이다. 그러나 교황청에는 그보다 더 행복하고 더 초조한 누군가가 있었다. 노새였다. 베덴이 돌아온 날부터 다음 날 저녁 기도 때까지 이 무시무시한 짐승은 쉬지 않고 귀리를 입속에 처넣어 가며 뒷발굽으로 벽을 걷어찼다. 노새 역시 의식을 준비하고 있었던 것이다….

그리하여 다음 날, 저녁기도가 끝나자 티스테 베덴은 교황청 궁으로 들어왔다. 붉은 외투를 걸친 추기경들, 검은 비로드를 입은 성인품 이의 제기 성직자들, 승모를 쓴 수도원장들, 성 아그리코[*] 교구의 재산관리위원들과 같은 고위 성직자들과 성가대의 보라색 외투, 낮은 직책의 성직자들, 화려한 예복 차림의 교황 근위병들, 고행수도원에서 온 세 명의 수도승들, 험악한 얼굴을 하고 있는 방투 산에서 온 은자들, 종을 들고 뒤에 서 있는 어린 성직자들, 허리까지 벌거벗은 편달 고행 수도사들, 재판관 옷차림새의 화려한 성기 간수인들, 심지어 성수를 뿌리고 촛불을 켜고 끄는 사람들, 이 모두가 함께 자리를 하고 있었다…. 단 한 사람도 빠지지 않았으니… 아! 참으로 멋진 교직 서품식이었다! 아비뇽 다리 위에서는 종소리, 폭죽 소리, 차륜 꽃불 소리, 노랫소리 그리고 춤사위를 지어 내는 요란한 북소리 등이 울려 퍼졌다.

모여 있는 사람들 사이에 베덴이 모습을 나타냈을 때, 그의 당당한 풍채와 보기 좋은 얼굴은 감탄을 연발시켰다. 잘생긴, 그러나 금발 끝이 살짝 곱슬인 긴 머리카락을 하고, 아버지 황금 세공인의 끌에서 떨어져 나온 가는 금속

* 아비뇽 시의 수호성자 성 아그리콜라의 프로방스식 발음.

부스러기 같은 작은 솜털 수염이 난 프로방스 사람이었다. 잔 여왕의 손가락이 이따금씩 이 황금 수염을 만지작거렸다는 소문이 돌기도 했다. 사실 베덴 전하는 빼어난 풍채와 여왕들이 좋아하는 사내들의 은은한 시선을 갖고 있었다…. 그날 그는 자기 고장에 경의를 표하기 위해 나폴리 의복을 가장자리에 장미를 수놓은 프로방스식 웃옷으로 갈아입었다. 그리고 그의 모자 위에선 카마르그* 따오기의 커다란 깃털이 흔들리고 있었다.

입장을 하자마자 겨자수반 수석은 정중한 자세로 인사를 했고 교황이 노란 회양목으로 만든 숟가락과 사프란 색 복장을 서품 표식으로 선사하기 위해 기다리고 있는 층계 위로 올라갔다. 노새는 계단 밑에서 마구를 갖추고 포도원으로 떠날 준비를 하고 있었다…. 노새 곁을 지나가면서 티스테 베덴은 상냥한 미소를 지으며 멈춰 서서 등을 두세 번 토닥거려 주었다. 교황이 자기를 보고 있는지 곁눈질을 하면서. 위치가 아주 좋았다…. 노새는 펄쩍 뛰어올랐다.

"자! 이 불한당 같은 놈아, 받아라! 내 너를 위해 칠 년이

---

* 프로방스 지방 도시명.

나 참아 왔다."

그러고는 정말로 인정사정없는 발길질로 그를 걷어차 버렸다. 너무 인정사정없어서 심지어 팡페리구트에서도 발길질 연기가 보였다고 한다. 소용돌이치는 노란 연기에서 따오기 깃털이 솟아올랐다. 그것이 이 불운한 티스테베덴이 남긴 유일한 것이었다!…

일반적으로 노새의 발길질은 그렇게 무섭지 않다. 그러나 이번 발길질은 교황의 노새 발길질이었다. 게다가 생각해 보라. 노새는 7년 동안이나 그것을 참아 왔던 것이니…. 성직자*가 품은 앙심이 어떤 것인지를 보여 주는 데 이보다 더 나은 본보기는 없을 것이다.

* 여기서는 노새를 가리킴.

세관 선원들

라베치 군두까지 내가 우울한 여행을 하면서 타고 갔던 포르토 페키오의 '에밀리 호'는 갑판이 반절만 있고, 바람과 파도 그리고 비에 몸을 피할 수도 없는, 테이블 하나와 좁은 침대 두 개가 겨우 들어갈 만한 역청이 발라진 작은 선실 하나만 있을 뿐인 세관의 낡은 소형 배였다. 그래서 날씨가 험악해지면 선원들의 모습은 가관이었다. 빗물은 얼굴에 주룩주룩 흘러내렸고, 흠뻑 젖은 선원 작업복은 건조실의 빨래처럼 김이 피어 올랐으며, 한겨울이 되면 이 가여운 사람들은 온 나절을, 심지어 밤에도 물에 젖은 의자에 웅크리고 앉아 불결한 습기 속에서 벌벌 떨며 보내곤 했다. 배에서는 불을 피울 수가 없었고, 그렇다고 배를 해안에 정박하는 것도 대부분 어려웠기 때문이다…. 그런데, 선원 누구도 불평을 하지는 않았다. 날씨가 가장 고약한 날에도 나는 언제나 똑같이 평온하고 한결같이 기분이 좋은 그들을 보았다. 하지만 세관 선원의 생활이라는 것이 얼마나 슬픈 것인지!

대부분 결혼을 해서 뭍에 아내와 자식을 둔 그들은 위험한 이 해안을 항해하며 여러 달을 밖에서 보냈다. 먹을 것이라곤 축축하게 젖은 빵과 날 양파뿐이었다. 포도주도 없었고 고기도 없었다. 고기와 포도주는 가격이 비쌌고 그들은 일 년에 고작 500프랑밖에 벌지 않았기 때문이다! 일 년에 500프랑! 당신은 이렇게 생각할 것이다. 저기 항구* 의 그네들 오두막집이 얼마나 음침하며, 아이들은 맨발로 돌아다녀야만 하겠지라고…. 그러나 그게 무슨 대수인가! 이 사람들 모두는 만족스러워 하는 것처럼 보였다. 후미의 작은 선실 뒷편에는 선원들이 마실 빗물로 가득 찬 함지가 있었는데, 이 가련한 사람들은 한 모금 마시고 나면 "아!" 라고 하며 잔을 흔들며 만족스러워 했던 생각이 난다. 우

* 도데는 지중해 용어 'marine'을 사용하고 있다.

스꽝스러우면서도 처량한 행복의 표현이었다.

이들 중 가장 명랑하고 만족해 보이는 자는 팔롱보라고 불리는 검은 피부에 키가 짱딸막한 보니파치오 사람이었다. 이 사람은 심지어 날씨가 매우 험악할 때에도 노래를 불러 댔다. 파도가 거세어지고 하늘이 어둡게 내려앉아 싸라기눈을 퍼부을 때, 그래서 선원들 모두가 고개를 쳐들고 밧줄을 붙잡은 채 들이닥칠 바람을 지켜보고 있을 때, 바로 그때 배 위의 깊은 침묵과 불안 속에서 팔롱보의 편안한 음성이 들려오기 시작하곤 했다.

> 아니에요, 나으리,
> 황송하게도
> 리제트는 정… 정숙하고,
> 마… 마을에 머물러 있답니다.

그리고 강한 비바람이 불어닥쳐 선구들이 삐꺽거리고 배가 흔들려 파도가 넘쳐 나도, 이 세관 선원의 노래는 파도 끝에 매달린 갈매기처럼 흔들거리면서 변함없이 계속

되었다. 때때로 바람소리가 너무 커서 가사를 들을 수도 없었다. 그렇지만 파도가 밀어닥쳤다가 물이 빠져나가는 사이에 짧은 후렴구는 언제나 이어지곤 했다.

리제트는 정… 정숙하고,
마… 마을에 머물러 있답니다.

그런데 거센 비바람이 불어오던 어느 날, 나는 그 노래를 들을 수 없었다. 아주 드문 경우라서 나는 선실 밖으로 머리를 내밀었다.

"이봐, 팔롱보! 이젠 노래 안 하는 거야?"

팔롱보는 대답이 없었다. 그는 의자 밑에 누운 채 꼼짝 않고 있었다. 그의 곁으로 다가갔다. 이를 부들부들 떨고 있었다. 온몸이 열 때문에 떨고 있었다.

"풍투라Pountura에 걸렸습니다"라고 동료 한 사람이 나에게 우울하게 말했다. 풍투라는 옆구리에 통증이 있는 늑막염이다. 거무스레한 납빛으로 변한 거대한 하늘 아래 파도로 넘쳐 나는 배 안에서 빗물에 젖어 마치 물개 가죽처럼 번들거리는 낡은 우비를 입고 벌벌 떨고 있는 이 가련한 열병환자, 이보다 더한 슬픈 광경을 본 적이 단 한 번도 없었다. 조만간 추위와 바람 그리고 요동치는 파도는 그의 병을 악화시키고야 말 것이다. 그는 헛소리를 해 댔다. 해안으로 배를 대야만 했다.

많은 시간을 애쓴 끝에 우리는 저녁 무렵 척박하고 한적한 조그만 항구로 들어갔다. 그나마 몇몇 바닷새gouaille만이 빙빙 날아다니며 분위기를 잡고 있었다. 모래사장 주변으로는 깎아지른 듯한 높은 암벽이 있었고, 사시사철 짙푸른 키 작은 나무들이 얼키설키 얽혀 있는 관목 지대가 있었다. 바닷가 아래쪽에는 회색 덧문이 있는 자그마한 흰 집이 있었다. 그곳이 세관원 사무실이었다. 군복 모자처럼 번호가 매겨져서 이렇게 황량한 한복판에 세워진 이 공공건물은 무언가 음울한 인상을 자아냈다. 바로 이곳에 가련한 팔롱보를 내려놓았다. 병자에게는 참으로 처량한 휴식처였다! 우리는 구석진 곳 난로 옆에서 부인과 아이들과 함께 식사를 하고 있던 세관원을 발견했다. 이곳 사람들 모두는 열 때문에 주위가 시커멓게 된 커다란 눈에 누렇고

초췌한 얼굴을 하고 있었다. 팔에 젖먹이를 안고 있는 아직은 젊어 보이는 애 엄마는 우리에게 말을 걸면서 몸을 떨곤 했다.

"끔찍한 곳입니다"라며 세관 감독관이 낮은 목소리로 내게 말을 걸었다. "이 년마다 세관원들을 교체하지 않을 수 없지요. 말라리아열이 우리를 잡아먹고 있기 때문인데…."

그런데 의사를 부르는 게 문제였다. 여기서 사르텐Sartène까지, 즉 약 30여 킬로미터 내외에는 단 한 명의 의사도 없었다. 어찌하면 좋을까? 지쳐 버린 우리 선원들은 갈 수가 없었다. 아이를 보내기엔 너무 멀었다. 그때 이 여자는 밖으로 몸을 내밀어 누군가를 불렀다.

"세코!… 세코!"

그러자 갈색 양털 모자를 쓰고 염소털 웃옷을 걸친 진짜 밀렵꾼이나 산적 타입처럼 보이는 매우 건장한 키 큰 청년이 들어왔다. 입에는 빨간 파이프를 물고, 다리 사이엔 장총을 낀 채 문 앞에 앉아 있던 그를 배에서 내려오면서 이미 본 적이 있었다. 그런데 우리가 다가가자 그가 왜 도망갔는지 영문을 알 수는 없었다. 아마도 그는 우리 사이에 경찰이 있다고 생각했을지도 모른다. 그가 들어오자 세관원 부인의 얼굴이 약간 상기되었다.

"제 조카입니다…. 관목 지대에서 저 애가 길을 잃을 위험이란 없지요"라고 그녀는 말했다.

그러고 나서 그에게 아주 낮은 목소리로 병자를 가리키며 말을 걸었다. 사내는 대답을 하지 않은 채 고개를 끄덕이더니 밖으로 나가서 휘파람으로 자기 개를 불렀다. 그렇게 그는 어깨에 총을 메고 이 바위 저 바위를 긴 다리로 성큼성큼 건너뛰며 길을 나섰다.

그사이에 아이들은 세관원 감독관이 무서웠는지 밤과 흰 치즈brucio로 만든 저녁식사를 서둘러 끝냈다. 그런데 식탁 위에는 언제나 물 밖엔, 물 이외엔 아무것도 없었다! 이 어린 것들에게 포도주 한 잔은 참 좋았을 것이다. 아, 불쌍한 사람들! 결국 애 엄마는 아이들을 재우러 올라갔고, 아비 되는 사람은 초롱에 불을 켜고는 해안을 감시하러 나갔다. 그래서 우리는 보잘것없는 침대에서 아직도 바다 한복판에서 파도에 뒤흔들거리고 있다는 듯이 몸부림치고 있는 병자를 지켜보며 난로 구석에 앉았다. 약간이라도 그의 팡투라를 진정시키기 위해 우리는 자갈과 벽돌을 데워 그의 옆구리에 놓아두었다. 내가 그의 침대로 다가가자 한두 번 이 불쌍한 사람은 나를 알아보고는 감사의 표시를 하기 위해 힘들게 손을 내밀었다. 화덕에서 꺼낸 벽돌마냥 까칠까칠하고 뜨거운 커다란 손을….

슬픈 밤이었다. 바깥 날씨는 해가 떨어지자 다시 험해졌다. 귀를 째는 듯한 소리, 파도 구르는 소리, 거품이 솟아오르는 소리 등, 바위와 바다가 한바탕 다투는 소리가 들려올 뿐이었다. 가끔씩 난바다에서 생긴 바람이 항만으로 미끄러져 들어와 우리가 있는 곳을 에워싸곤 했다. 바람이 불꽃과 함께 일어나는 것을 느끼곤 했다. 난로 주변에 모여 앉아 어마어마하게 넓은 수평선에 익숙하다 보면 생기는 무표정한 얼굴을 하고서 난롯불을 바라보고 있는 선원들의 침울한 얼굴이 불꽃으로 인해 갑자기 비춰지곤 했다. 게다가 이따금씩 팔롱보가 나지막이 신음소리를 냈다. 그러면 모든 사람들의 시선은 일가친척도 없이 도움도 받지 못하고 죽어 가고 있는 이 불쌍한 동료가 누워 있는 어두운 구석으로 향했다. 가슴이 터질 지경이었고, 커다란 한

숨 소리가 들리곤 했다. 그건 바로 참을성이 있고 온순한 이 바닷사내들이 자신들의 불운을 느끼며 내뱉는 소리였다. 반항할 줄도 몰랐고, 파업도 몰랐다. 한숨 오직 그것뿐이었다!… 그러나 내가 잘못 생각한 것이었다. 난로에 나뭇단을 던지려고 내 앞을 지나가던 한 친구가 난처한 목소리로 아주 낮게 말을 던졌다.

"보시다시피, 나으리… 이런 일을 하다 보면 때로는 고통이 따르기 마련이지요."

세미양트 호의 최후

지난밤에 북풍이 우리를 코르시카 해안 쪽으로 떠밀려 내려가게 한 까닭에 그곳 어부들이 밤을 새워 가며 자주 나누던 무시무시한 바다 이야기를 하나 들려드리겠다. 우연히 그 이야기를 들었지만 매우 흥미로웠다.

… 지금부터 2, 3년 전 일이다.

나는 예닐곱 명의 세관 선원들과 함께 사르디니아 해를 항해 중이었다. 배에 익숙하지 않은 나 같은 사람들에겐 고된 여행이었다! 3월 내내 단 하루도 날씨가 좋은 날이 없었다. 동풍이 우리 뒤를 악착같이 따라왔고, 바다는 노여움을 풀지 않고 있었다.

어느 날 저녁 폭풍우를 피하다 우리 배는 보니파치오 해

협 어구에 모여 있는 작은 섬들 한가운데로 들어가게 되었다…. 섬의 경치는 별 볼일 없었다. 새들로 뒤덮인 커다란 민둥 바위들과 쓰디쓴 쑥들이 자라는 몇몇 수풀들 그리고 작은 유향나무 수풀들이 있을 뿐이었다. 여기저기 진흙 수렁에서는 나무 조각들이 썩고 있었다. 하지만 분명 밤을 보내기 위해선 이 음침한 바위들이 파도가 마치 제집 드나들 듯 갑판을 반쯤 삼켜 버린 낡은 배의 선실보다 훨씬 나았다. 우리는 그나마 괜찮다고 생각했다.

섬에 상륙하자마자 선원들이 부이야베스*를 끓이기 위해 불을 지피는 동안 선장이 나를 부르더니 섬 저 끝의 안개 속에 묻힌 자그마한 하얀 돌담을 가리켰다.

"묘지에 가 보시겠소?"라고 그가 나에게 물었다.

"묘지라구요, 리오네티 선장! 대체 여기가 어딥니까?"

"라베치 군도라오, 선생. 십 년 전 세미양트 호를 탄 육백 명이 범선이 난파한 바로 이곳에 묻혀 있지요…. 참 안된 사람들이오! 찾아오는 사람도 많지 않으니 말이오. 여기까지 왔으니 가서 조의라도 표하는 게 좀 낫지 않겠소?…"

* 남 프랑스인들이 즐겨 먹는 생선탕 요리.

"그럽시다, 선장."

세미양트 호의 무덤은 참으로 황량했다!… 야트막하고 볼품없는 돌담, 녹이 슬어 열기도 힘든 철문, 정막에 싸인 예배당, 그리고 잡풀들에 묻힌 수백 개의 검은 십자가들이 지금도 눈에 선하다…. 그들을 기리는 꽃다발이나 물건들도 놓여 있지 않았다! 아무것도 없었다…. 아! 아무도 돌보는 이 없는 가련한 주검들, 우연찮게 갖게 된 무덤 안에서 그들은 얼마나 추울 것인가!

잠시 동안 우리는 무릎을 꿇었다. 선장은 큰 목소리로 기도를 올렸다. 유일한 묘지지기라고 할 수 있는 몸집이 커다란 갈매기들만이 우리 머리 위를 빙빙 돌면서 바다의 탄식 소리에 쉰 듯한 울음소리를 뒤섞고 있었다.

기도를 끝내고 우리는 배를 정박시킨 섬 구석으로 쓸쓸히 돌아왔다. 우리가 자리를 비운 동안 선원들은 쓸데없이 시간을 보내지는 않았다. 바위를 방패 삼아 커다란 모닥불을 피워 놓았고 냄비에서 김이 모락모락 나고 있었다. 둥글게 앉아서 불가에 발을 갖다 대었다. 그러곤 각자 잔뜩 젖은 검은 빵 두 조각을 붉은 질그릇에 담아 자기 무릎 위에 올려놓았다. 밥 먹는 동안 아무도 말을 하지 않았다. 모두가 몸이 젖은데다 배가 고팠고, 게다가 묘지가 옆에 있었기 때문이리라…. 그러나 그릇을 비우자 파이프 담배를 물고는 조금씩 말들을 하기 시작했다. 당연히 세미양트 호에 관한 이야기였다.

"헌데 대체 어떻게 그런 일이 벌어진 거요?" 나는 손으로 머리를 감싸고 생각에 잠긴 듯한 표정으로 모닥불을 바라보고 있던 선장에게 물었다.

"무슨 일이 있었느냐구요?" 큰 한숨을 쉬며 사람 좋은 리오네티가 물었다. "아! 선생, 이 세상 그 누구도 그것을 말할 수는 없을 게요. 우리가 알고 있는 것은 사고 전날 저녁 크림반도로 가는 군대를 싣고 세미양트 호는 악천후 속에 툴롱을 출발했다는 것이오. 밤이 되어도 여전히 날씨는 험했고, 바람이 불어 대고 비가 퍼붓는 바다는 여지껏 본 적이 없을 정도로 험악했다오…. 아침이 되자 바람이 약간 잦아들었지만 바다는 여전히 그 상태였소. 게다가 빌어먹을 지독한 안개 때문에 코앞의 표지등마저 보이지 않았으니…. 선생, 안개가 얼마나 빌어먹을 것인지 누구도 상상

할 수는 없다오…. 그 앞에선 아무런 소용도 없지요. 내 생각으로는 세미양트 호가 아침나절에 키를 잃었던 것 같소. 왜냐하면 안개란 지속되는 것이 아니기 때문에 배에 물이 들어오지 않았더라면 그 배 선장이 이곳에 와서 나자빠지지는 않았을 것이오. 그는 우리 모두가 알고 있는 냉엄한 뱃사람이었다오. 그는 삼 년 동안 코르시카 정박소를 지휘했었소. 그래서 다른 것은 몰라도 나만큼이나 코르시카 해안을 잘 알고 있었소"

"세미양트 호가 몇 시경에 좌초했다고 생각하십니까?"

"아마도 정오경이었을 거요. 그렇소, 선생, 한낮경이었소…. 하지만, 제기랄! 바다 안개 때문에 대낮이라도 늑대의 주둥아리 속처럼 컴컴한 저녁이었을 것이오…. 덧문을 대려고 열한 시 삼십 분경에 집밖으로 나온 한 해안 세관 선원이 말해 주었는데, 바람이 불어와 모자가 날아가 버리자 파도에 휩쓸려 갈 위험을 무릅쓰고 모자를 붙잡기 위해 해변을 따라 네 발로 기어갔다고 하오. 짐작이 가시오? 세관 선원은 부자가 아니라오. 모자 하나라도 그에겐 소중한 것이지요. 그런데 이 선원이 잠깐 고개를 들었더니, 바로 곁에서 돛을 내린 커다란 배가 안개를 피해 라베치 군도 쪽으로 바람을 맞으며 쏜살같이 달려가는 게 보이더랍니다. 그 배는 너무 빨리, 지나치게 빨리 가서 이 선원은 제대로 볼 시간도 없었다고 하오. 그러나 이리저리 생각해 보니 그건 세미양트 호였을 거랍니다. 왜냐하면 반시간 뒤에 섬의 양치기가 이 바위 위에서 무슨 소리를 들었다는데…. 내가 말한 그 양치기가 바로 저기 있군요. 그가 자초지종을 직접 설명해 줄 겁니다…. 이봐, 팔롱보!… 이리 와서 몸 좀 녹여. 어려워하지 말고."

얼마 전부터 우리가 피워 놓은 불 주위를 어슬렁거렸건만 실마 이 섬에 양치기가 있을 거라고는 생각하지 않았기에 선원 중의 한 사람이라고 생각했던 머리에 두건을 쓴 한 사내가 걱정스러운 듯 우리 곁으로 다가왔다.

거의 백치에 가까운 문둥병에 걸린 늙은이였다. 무슨 괴혈병에 걸렸는지 입술이 크고 두꺼워져서 보기에 흉했다. 어렵사리 우리가 무슨 말을 하고 있었는지 그에게 설명했다. 그러자 손가락으로 병든 입술을 치켜 올리며 이 늙은이는 사실 그날 정오 무렵에 자기 방에서 바위에 부딪혀 무언가 으깨어지는 소리를 들었다고 말해 주었다. 섬 전체가 온통 바닷물로 덮여 있어서 밖에 나갈 수는 없었다. 겨우 다음 날 문을 열고서야 그는 파도가 밀어 놓은 잔해와 시체들이 무더기로 쌓인 해변을 보게 되었다. 겁에 질린 그는 보니파치오에 가서 사람들을 불러오려고 자기 배로 도망치듯 뛰어갔다고 한다.

이렇게 이야기를 하다가 지쳐 버린 이 양치기는 자리에 앉았고, 선장이 말을 이어갔다.

"그렇소, 선생, 이 불쌍한 늙은이가 우리에게 와서 알려 주었소. 그는 거의 공포에 질려 미친 사람 같았소. 그리고 그 사건으로 인해 그의 머리가 돌아 버린 것이오. 사실 그러고도 남을 일이었소. 생각해 보시오. 판자 조각과 갈가리 찢긴 돛폭에 섞여 육백 구의 시체들이 모래사장 위에 무더기로 쌓여 있는 모습을 말이오…. 비참한 세미양트!… 바다가 얼마나 잘 씹어서 잘기잘기 부숴 놓았던지 팔롱보 양치기가 울타리에 쌓을 판자를 이 파편들 속에서 구하기도 무척 힘들 지경이었다니…. 사람들은 거의 모두 얼굴이 만신창이가 되어 있었고, 사지가 처참하게 잘려 나가 있었소…. 서로 무더기로 엉켜 있는 모습을 차마 눈 뜨고 볼 수는 없었소…. 우리는 정장을 한 선장과 목에 스톨을 한 신부를 찾아냈소. 바위 틈 구석에서 눈을 뜨고 죽은 어린 수부도 찾아냈는데 아직도 살아 있다고 생각할 뻔했소. 그러나 아니라오! 단 한 사람도 목숨을 건진 사람은 없었소…."

여기에서 선장은 말을 중단하더니 소리쳤다.

"조심해, 나르디! 불이 꺼지잖아."

나르디가 역청이 묻은 판자 두세 조각을 던졌더니 불이 다시 타올랐고, 리오네티는 말을 계속 이어갔다.

"이 이야기에서 가장 서글픈 것은 이렇습니다…. 난파를 당하기 십 주 전에 세미앙트 호처럼 크림반도로 가던 작은 군함이 역시 같은 방법으로 거의 같은 지점에서 난파를 당했소. 단지 그때에는 승무원과 갑판에 있던 스무 명의 병참병들을 구할 수 있었소…. 그 불쌍한 병참병들이 얼마나 넋이 나가 있었는지 상상해 보시오! 우리는 그들을 보니파치오로 데리고 가서 함께 항구에서 이틀 동안 묵었소…. 옷이 마르고 몸을 추스린 후 그들은 '안녕히', '행운이 있기를'이라는 인사를 받으며 떠나갔소! 그들은 툴롱으로 돌아갔는데, 얼마 뒤에 다시 크림반도로 가는 배를 타게 된 것이오…. 어떤 배였는지 알아 맞혀 보시오!… 선생, 세미양트 호였다오…. 우리는 그들 모두, 그 스무 명의 군인들을 지금 우리가 있는 이 자리에 시체들 사이에 누워 있는 것을 발견하였소…. 나도 수염이 멋지게 난 잘생긴 하사관 한 명을 들어 옮겼소. 금발의 파리 청년이었는데 우리 집에 재웠었고, 그의 이야기를 들으며 우리는 함께 있는 동안 웃어 대곤 했소…. 이런 그를 보자 가슴이 미어터지는 것 같았소…. 아! 성모 마리아시여!*

여기에서 사람 좋은 리오네티는 아주 흥분해서 파이프 재를 툭툭 털며 잘 자라고 인사를 하고는 외투를 둘둘 말아 감았다…. 여전히 얼마 동안 선원들은 자기들끼리 작은 소리로 이야기를 나누었다…. 그러고 나선 하나둘씩 파이프가 꺼졌다…. 아무런 소리도 들리지 않았다…. 늙은 양치기는 가 버렸고…. 나는 혼자서 잠이 든 선원들 틈에서 몽상에 잠겼다….

방금 전에 들은 비참한 이야기를 떠올리며 나는 조난당

* 도데는 방언 산타 마드르라고 적고 있다.

한 저 가련한 배와 오직 갈매기들만이 지켜본 저 마지막 이야기를 생각으로 다시 꾸려 보려고 했다. 정장을 입은 선장과 신부의 스톨 그리고 스무 명의 병참병 같은 일부 세세한 것들에 대한 강한 인상이 이 난파에 대한 모든 이야기를 그려 보이는 데 도움이 되었다…. 밤에 툴롱에서 출발하는 전함을 그려 보았다. 배가 항구를 떠난다. 바다는 거칠고, 바람은 무섭게 불어 대고. 그러나 선장은 용감한 뱃사람이고 모두들 배 위에서 침착했다….

아침이 되자 바다 안개가 내리기 시작한다. 선원들은 불안해지기 시작한다. 승무원들은 모두 상갑판에 모인다. 선장은 갑판 후미 선장실을 떠나지 않고 있다…. 군인들이 모여 있는 삼등선실은 어둡고 후덥지근했다. 배낭을 베고 누운 일부 병사들은 병에 걸려 있다. 배가 무섭게 흔들거려 서 있기가 힘들어진다. 사람들이 바닥에 몰려 앉아 의자를 움켜잡고 이야기를 하고 있다. 하지만 큰 소리로 말해야만 알아들을 수 있다. 일부는 공포에 사로잡히기 시작한다…. 자, 들어 보시오! 이 근방에서는 자주 난파를 당하곤 한다오. 병참병들이 이런 말을 한다. 그들이 하는 얘기는 전혀 위안이 되지 않는다. 특히 언제나 떠벌리는 파리 출신 하사는 농담으로 사람들을 오싹 소름끼치게 만든다.

"난파라!… 하지만 재밌겠는걸, 난파라. 찬물 속에 들어갔다 나오는 거겠지. 그리곤 보니파치오로 가게 될 거야. 리오네티 선장 집에 가서 티티새 요리 먹는 일이나 남아 있을걸."

그러자 병참병들이 웃음을 띤다.

갑자기 바드득 하는 소리가 나고…. 무슨 일이야? 왜 그런 거야?

"키가 날아갔다"라고 삼등칸으로 달려온 흠뻑 젖은 선원이 소리친다.

"여행 한번 기막히군!"이라고 열에 들뜬 하사가 소리치지만 아무도 웃지를 않는다.

갑판 위에서는 난리가 났다. 안개 때문에 서로를 알아볼 수 없다. 공포에 질린 선원들이 더듬거리며 이리저리 움직이고…. 키가 날아갔으니, 배 조종은 불가능하고!… 물결에 떠밀린 세미양트 호는 바람처럼 미끄러져 가고…. 지나가는 바로 이 모습을 세관 선원이 보게 된다. 11시 30분이다. 선수 쪽에서 대포 소리 같은 게 들려온다…. 암초다! 암초에 걸렸다!… 이젠 끝장이다. 더 이상 희망이 없어. 해변 정면으로 밀려가고 있어…. 선장이 선실로 내려온다…. 잠시 후 그는 선루 갑판으로 다시 돌아온다—정장을 차려입고서…. 그는 단정하게 죽고 싶었던 것이다.

갑판에선 초조하게 군인들이 서로를 말없이 바라다본다…. 병자들은 몸을 일으키려고 애를 쓴다…. 키 작은 하사관은 더 이상 웃지 않고 있다…. 바로 그때 문이 열리고 신부가 스톨을 매고 문턱에 나타난다.

"여러분, 기도를 드립시다!"

사람들이 그 말을 따른다. 우렁찬 목소리로 신부는 최후의 기도를 시작한다.

갑자기 끔찍한 충돌이 있고, 아우성, 오직 아우성만이, 엄청난 고함들이, 팔을 뻗어 서로 움켜쥐는 손들, 죽음의 모습이 번개처럼 스쳐 지나가는 공포에 찬 시선들….

오, 하느님!…

잔해에 둘러싸여 10년 전의 저 가련한 배의 넋을 불러일으키며 하룻밤을 이렇게 상상하며 지새웠다…. 저 멀리 해

협 안쪽에서 폭풍우가 요동을 치고 있었다. 밤에 피운 모닥불이 광풍에 수그러들고 있었다. 바위 아래에서 묶어 놓은 닻줄이 삐걱거리고 배가 흔들리는 소리가 들려왔다.

노인네들

“편지가 있나요, 아장 선생?”

“예, 그렇습니다…. 파리에서 왔네요”

이 마음씨 착한 아장 선생은 파리에서 편지가 왔다는 것을 아주 자랑스럽게 생각했다…. 하지만 나는 아니었다. 왠지 모르게 너무 이른 아침에 갑자기 내 식탁 위로 날아든 파리의 장 자크 가에서 보낸 편지가 내 하루를 완전히 빼앗아 갈 것이라는 예감이 들었다. 그리고 그것은 틀리지 않았다. 이제 그것을 보시는 게 낫겠다.

친구, 자네가 나 좀 도와줘야겠어. 하루 동안만 풍차방앗간 문을 닫고 바로 에기에르로 가게나…. 에기에르는 자네 집에서 12-16킬로미터 떨어진 곳에 있는 큰 마을이라네—산책할 만한 거리야. 도착해서는 고아원을 찾게나. 고아원 뒤 첫 번째 집인데, 뒤에 조그만 정원을 둔 회색 덧문이 있는 낮은 집이야. 문을 두드리지 말고 들어가게나—문은 언제나 열려 있거든—. 그리고 들어가면서 큰 소리로 외쳐. "안녕하세요. 어르신들! 저는 모리스의 친굽니다…"라고. 그러면 키 작은 두 노인을 보게 될 거야. 오! 아주 늙으신 노인네들일세. 그분들이 커다란 안락의자에 깊숙이 앉아서 자네에게 팔을 벌릴 거야. 그러면 내 대신에 진심으로 자네 가족처럼 그분들을 껴안아 주게. 그러곤 이런저런 이야기를 나누게. 그분들은 나에 대해 말씀을 하실 걸세. 오직 나에 대해서만 말이야. 그분들이 자네에게 수많은 이야기를 하겠지만 자네는 웃지 말고 이야기를 들어주시게…. 웃지 않을 거지, 응?… 그분들은 내 조부모님들일세. 그분들은 나를 인생에서 유일한 피붙이로 생각하시네. 지난 10년 동안 나를 만나지 못하셨지…. 10년이라니, 참 길지 않나! 하지만 어쩌겠나! 파리는 나를 붙잡아 두고 있고, 그분들은 매우 연로하신데…. 너무 연로하셔서 그분들이 나를 만나러 오신다면 아마도 도중에 쓰러지시고 말 거야…. 다행히도 내 좋아하는 풍차방앗간 주인인 자네가 그곳에 있으니, 자네를 껴안으시면서 이 불쌍하신 분들은 조금이나마 나를 끌어안는다고 생각하실 게야…. 나는 그 분들께 우리들과 우리들의 우정에 대해 여러 차례 말씀드렸어….

빌어머은 우정하고는! 정말 그날 아침 날씨는 너무 화창했다. 그러나 길을 나서기에는 전혀 적당하지 않았다. 바람이 너무 불었고, 햇볕이 너무 따가운 프로방스의 전형적인 날씨였다. 이 빌어먹을 편지가 도착했을 때, 나는 이미 두 바위 틈새를 피난처cagnard로 점찍어 두었고, 거기에서 도마뱀처럼 햇빛을 마시고 소나무 소리를 들으며 한낮을 보낼 생각을 했었다…. 하지만 어쩌겠는가? 나는 투덜거리면서 방앗간 문을 닫고서 열쇠를 고양이가 다니는 구멍 아래 넣어 두었다. 지팡이와 파이프를 물고서 길을 나섰다.

두 시경에 에기에르에 도착했다. 마을엔 아무도 없었다. 모두가 들에 나간 것이다. 먼지가 앉아 허옇게 된 마당의 느릅나무에서는 매미가 크로Crau 평야 한복판인 양 노래하고 있었다. 시청 앞 광장에서는 노새가 햇볕을 쬐고 있었고, 교회 분수에서는 비둘기들이 날고 있었지만, 나에게 고아원을 가르쳐 줄 사람은 아무도 없었다. 다행히도 늙은 선녀 한 분이 갑자기 내 눈에 띄었다. 그분은 대문 구석에 몸을 쭈그린 채 실을 뜨고 있었다. 그분에게 내가 길을 물었고, 그러자 이 선녀의 효험이 아주 강력했던 것인지 그녀가 실 토리개를 쳐들었을 뿐인데 바로 고아원이 내 앞에 마술처럼 눈에 들어왔다…. 첨두형의 문 위쪽에 라틴어가 몇 마디 새겨진 붉은 사암으로 된 낡은 십자가를 의기양양하게 드러내 놓고 있는 음울하게 보이는 검은 큰 집이었다. 집 옆에 좀더 작은 집이 눈에 들어왔다. 회색 덧문과 뒷 정원이… 금방 알아보았고, 문을 두드리지 않고 안으로 들어갔다.

선선하고 조용한 긴 복도, 장밋빛으로 칠해진 벽, 밝은 색 블라인드 너머로 비치는 안쪽의 정원 그리고 색 바랜 꽃과 바이올린이 그려진 간판들 모두를 평생 동안 나는 잊지 못할 것이다. 스덴* 시대의 어떤 늙은 대법관 집에 들어온

* 장 미셸 스덴(1719-1797), 프랑스 극작가.

것 같았다…. 통로 끝 왼쪽 반쯤 열린 문 사이로 커다란 괘명종의 틱탁거리는 소리와 어린아이 목소리, 학교에 다니는 아이가 음절을 띄엄띄엄 읽는 소리가 들렸다. '그…때…성…이…레…네…우…스…는…외…쳤…다…나…는…주…님…의…밀…이…다…이…짐…승…들…이…나…를…이…로…갈…아…먹…어…야…한…다….' 나는 문가로 조용조용 다가가서 들여다보았다….

조용하고 빛이 어렴풋이 스며 들어오는 작은 방에서 광대뼈가 굵고 손가락 끝까지 주름이 진 상당히 나이 들어 보이는 노인이 안락의자에 깊숙이 앉아 입을 반쯤 벌린 채 손을 무릎 위에 올려놓고 잠을 자고 있었다. 그 발치에서 파란색 옷—고아원의 복장인 큰 외투와 끈 달린 작은 모자—을 입은 여자아이가 자기보다 더 큰 책에서 성 이레네우스의 성자전을 읽고 있었다…. 책 읽기가 온 집 안에 기적을 일으켰다. 노인은 안락의자에 앉아서, 파리는 천장에 매달려 그리고 카나리아는 저쪽 창문 위 새장에서 잠이 들어버렸던 것이다. 커다란 괘종시계는 틱, 탁, 틱, 탁 코를 골고 있었다. 방 전체에서 깨어 있는 것이라곤 닫힌 덧문 사이로 곧게 떨어지고 있는 밝은 빛줄기뿐이었다. 그 속에서 작은 입자들이 살아 있듯이 반짝이며 춤을 추고 있었다…. 모두가 잠에 떨어진 한복판에서 아이는 심각한 태도로 책을 계속 읽어 나갔다. '그…러…자…두…사…자…가…성…자…에…게…덤…벼…들…어…삼…켜…버…렸…다….' 바로 그 순간에 내가 방에 들어선 것이다…. 성 이레네우스의 사자들이 방으로 뛰어 들어왔다 해도 나보다 더 놀라게 하지는 못했을 것이다. 분위기가 확 바뀌었던 것이다! 여자아이는 비명을 질렀고, 큰 책은 떨어졌으며, 카나리아와 파리들이 잠에서 깨어나고 괘종시계는 울려 대고, 얼이 빠진 노인은 자리에서 펄떡 일어나고, 내 자신도 약간은 얼떨떨하여 소리를 크게 지르며 문턱에 멈춰 섰다.

"안녕하세요! 어르신들! 저는 모리스의 친구입니다"

오! 그때 여러분이 이 가련한 노인의 모습을 보았더라면, 팔을 펼치고 내게로 와 나를 껴안고 악수를 하고 정신 나간 듯 방 안으로 "이럴 수가! 이럴 수가!"라고 외치며 달려가던 그를 보았더라면.

그의 얼굴에 생긴 주름들이 온통 웃고 있었다. 그의 얼굴이 붉어졌다. 그는 더듬거렸다.

"아! 자네가…. 아! 자네가…."

그러곤 집 안으로 달려가서 "마메트"라고 소리 질렀다.

문이 열리고 복도에서 가벼운 발소리가 났다…. 마메트였다. 꽃나비 리본이 달린 모자를 쓰고, 담갈색 옷을 입은 이 자그마한 노파의 모습은 그지없이 아름다웠다. 그녀가 손에 쥐고 있는 수를 놓은 손수건이 옛날식으로 나에게 인사를 하는 것 같았다…. 감동스러웠던 것은 그들이 서로 닮아 있었다는 것이다! 목도리와 나비 리본을 했더라면 그 역시 마메트라 불러도 좋을 만했다. 단지 진짜 마메트는 평생 눈물을 많이 흘렸던가 보다. 할아버지보다 주름이 더 많이 져 있었다. 할아버지처럼 그녀도 자기 옆 가까이에 고아원 아이를 두고 있었다. 그 아인 그녀 곁을 결코 떠나지 않는 파란색 고아원복을 입은 작은 경호원인 셈이었다. 고아원 아이들의 보호를 받고 있는 이 노인들을 보고 있는 것보다 더 눈물 겨운 광경을 상상하기란 힘이 들었다.

마메트는 들어오면서 나에게 격식을 갖춰 인사를 하려 했지만, "모리스 친구야"라는 노인네의 한마디에 그녀는 인사를 중도에 그만두었다. 그러곤 몸을 떨면서 울더니 손수건을 떨어뜨렸다. 그녀의 얼굴이 붉어졌다. 아주 붉어져 갔다. 할아버지보다도 더…. 노인네들이란! 혈관엔 피 한 방울밖엔 없을 터인데, 조그만 감동에도 그 한 방울이 얼굴로 솟구쳐 올라오는 것이라니….

"어서, 어서, 의자를…"이라며 할머니가 아이에게 말을 건넸다.

"덧문을 열어라"라고 할아버지는 자기 아이에게 말을 건넸다.

그리고 각자 내 손을 하나씩 잡더니, 나를 좀더 잘 보기 위해서 활짝 열어 놓은 창문까지 종종걸음으로 나를 데려갔다. 아이들이 안락의자를 가까이 가져와서 나는 두 의자 사이 접이식 의자에 앉았다. 파란 옷을 입은 아이들은 내 뒤에 자리를 잡았다. 그리곤 질문이 시작되었다.

"그 아인 어떻게 지내고 있소? 무슨 일을 한다우? 왜 오지 않은 거요? 행복하게 사는 건지?…"

이렇게, 저렇게, 몇 시간이 흘러갔다.

나는 모든 질문에 최선을 다해 그 친구에 대해 내가 알고 있는 것을 그대로 전하면서, 내가 모르는 것은 뻔뻔하게 만들어 가면서 대답을 했다. 그리고 그의 창문이 잘 닫혀 있는지, 그의 방이 무슨 색깔로 도배되었는지를 유심히 살펴보지 않았다고 실토하게 될 것을 염려하면서.

"도배지요! 파랑색이지요, 부인, 꽃무늬가 있는 밝은 파랑이랍니다…."

"정말인가요?" 가련한 할머니는 측은하게 대답을 했다. 그리고는 남편 쪽으로 몸을 돌리면서 덧붙였다. "참 착한 아이지요!"

"그럼, 그렇지! 착한 아이고말고!"라고 할아버지는 흥분하며 되풀이했다.

내가 이야기를 하는 동안 두 분 모두 고개를 끄덕이기도 했고, 얇은 웃음을 짓기도 했으며, 눈을 깜박이거나 알겠다는 표정을 지었고 혹은 내게 몸을 바짝 붙이며 이런 말을 하기도 했다.

"좀더 크게 말해 봐요. 내 아내 귀가 너무 어두워서."

그러면 할머니는 "좀더 큰 소리로 말해 봐요!… 저인 귀가 어둡다오…"라고 말을 했다.

그러면 나는 목소리를 높였다. 두 사람 모두 나에게 미소로 고맙다는 표정을 지었다. 내 쪽으로 몸을 구부리는 이 시든 미소를 짓는 모습에, 내 눈을 뚫어지게 바라보며 그 속에서 그들의 모리스 이미지를 찾으려는 모습에서, 마치 안개 속 저 멀리에서 나에게 미소 짓고 있는 친구를 보는 것인 양 나는 흐릿하고 베일에 싸여 거의 알아볼 수 없을 것 같은 친구의 모습을 보는 것 같아 마음이 뭉클해졌다.

갑자기 할아버지가 안락의자에서 벌떡 몸을 일으켰다.

"이런 내 생각 봤나, 마메트, 아직 점심도 안 들었을 거야!"

그러자 마메트는 기겁을 하며 팔을 하늘로 뻗었다.

"점심도 안 먹었겠네!… 아이구 맙소사."

나는 아직도 모리스 얘기를 하는 줄 알았다. 그래서 그 착한 아이는 결코 시간이 지나서 식사를 하는 법이 없다고 대답하려고 했다. 그러나 그게 아니었다. 그들은 내 얘기를 하고 있었던 것이다. 내가 식사를 아직 안 했다고 말했을 때 얼마나 야단법석이었는지 볼 만했다.

"어서 상을 차려라, 애들아! 방 한가운데다 식탁을 놓고 주일날에 쓰는 상보와 꽃무늬 접시를 가져오너라. 제발 그렇게 웃고만 있지 마라, 서둘러라….”

아이들이 서두른 게 틀림없었다. 접시 세 개를 깨뜨리고 서야 겨우 식사가 준비되었다.

“차린 것은 없지만 많이 드세요!” 나를 식탁으로 이끌면서 마메트가 말했다. “혼자서 드셔야겠네요…. 우리들은 벌써 식사를 끝냈다우.”

가련한 노인네들이란! 언제나 누가 찾아오면 그들은 이미 식사를 들었다고 하는 모양이니.

마메트의 아침식사란 약간의 우유와 대추 그리고 에쇼대échaudé 비스켓처럼 생긴 바게트*뿐이었다. 일주일간 최소한 할머니와 카나리아가 먹을 분량이었으리라…. 그런데 나 혼자서 양식을 다 먹어치운 것이다!… 그러니 식탁 주위에서 얼마나 분개했을는지! 아이들이 서로 옆구리를 치면서 수군대고 있었고, 저기 새장 안에서 카나리아가 “이봐요, 선생! 바게트를 다 먹어 치우시는군요!”라고 생각하는 것처럼 보였다.

사실 나는 바게트를 다 먹어 치웠고, 그리고 그것을 눈치

* 도데는 프로방스 방언 ‘barquette’로 쓰고 있다.

채지도 못했다. 오래된 것들의 향기처럼 공중에 떠다니는 밝고 평온한 이 방에서 주변을 바라보느라 정신이 팔렸기 때문이다…. 내가 눈을 뗄 수 없었던 것은 특히 두 개의 자그마한 침대였다. 두 개의 요람이라고 할 수 있는 이 침대들을 바라보며 나는 술이 달린 커다란 커튼 아래 아직도 이불 속에 그들이 파묻혀 있을 동틀 무렵을 떠올렸다. 세 시가 울린다. 노인네들이 일어날 시간이다.

"아직 자고 있어, 마메트?"

"아니, 여보."

"모리스는 참 착한 아이지?"

"그럼요, 그래요. 착한 아이죠."

나란히 놓인 두 개의 작은 침대를 본 것만으로도 나는 이와 같은 일련의 이야기들을 생각해 보았다….

그사이에 끔찍한 일이 방 저쪽 옷장 앞에서 벌어졌다. 모리스를 10년 동안이나 기다렸고 나에게 개시를 하기 위해 옷장 맨 위쪽 선반에 놓인 앵두로 담근 독주를 꺼내려고 했던 것이다. 마메트가 간청을 해도 아랑곳하지 않고, 할아버지는 이 앵두술을 가져오겠다고 고집을 피운 것이다.

할머니가 벌벌 떠는데도 의자에 올라 맨 위쪽 선반에 손을 대려고 애를 쓰고 있었다…. 몸을 떨면서 꼿꼿하게 서 있는 할아버지와 의자에 바짝 달라붙어 서 있는 파란색의 아이들과 그 뒤에서 헐떡이며 팔을 뻗고 있는 마메트, 그리고 열려진 장롱문과 가지런히 접어 놓은 갈색 이불들 사이에서 풍겨 나오는 베르가모트 열매 향기가 이 모든 것 위로 떠도는 그림을 생각해 보시라…. 정말로 아름다웠다.

마침내 여러 번 애쓴 끝에 장롱에서 저 유명한 술병과 무늬가 새겨진 오래된 은잔, 모리스가 어렸을 때 썼던 은잔을 꺼내는 데 성공했다. 찰랑찰랑하게 앵두술을 가득 채워 주었다. 모리스는 앵두를 참 좋아했었지! 나에게 잔을 따라 주면서 침이 넘어 가는 표정을 지으며 귓속말로 이렇게 말했다.

"당신은 참 운이 좋으시오. 이것을 먹게 되다니!… 내 아내가 이것들을 만들었는데…. 뭔가 기막힌 것을 먹게 된 셈이오, 당신은."

이런, 할머니가 만드신 거라 하지만 그녀는 설탕 넣는 걸 잊었나 보다. 어쩌겠나! 나이가 들면 정신도 흐려지는 법이니. 불쌍한 마메트, 앵두술은 너무 시었더랍니다…. 하지만 눈썹 하나 까딱하지 않고 끝까지 마셔 버렸다.

식사가 끝나자 주인 분들께 작별인사를 하려고 자리에서 일어섰다. 그들은 나를 좀더 붙잡아 두고서 저 착한 아이에 대해 얘기를 나누고 싶어 했지만, 날도 기울어 가고 있었고 방앗간은 멀어서 떠나야만 했다.

노인들은 나와 동시에 자리에서 일어났다.

"마메트, 옷 좀 가져와 봐요…! 광장까지 이 친구를 바래다주려고 하니."

물론 마메트는 속으로는 광장까지 나를 바래다주기엔 날씨가 이미 추워졌다고 생각했다. 하지만 그런 내색을 하지 않았다. 단지, 그가 팔을 옷—진주 단추가 달린 스페인 담배 빛깔의 멋진 옷—에 넣도록 도와주면서 그녀가 할아버지에게 낮게 이야기하는 소리를 들을 수 있었다.

"너무 늦게 들어오지 마세요. 알겠죠?"

할아버지는 심술궂은 표정으로 "헤! 헤!… 낸들 알 수 있나, 아마도…"라고 말했다.

이렇게 말하면서 그들은 서로를 웃으며 바라보았다. 그

들이 웃고 있는 모습을 보면서 파랑색 아이들도 웃음을 띠었다. 구석에서는 카나리아가 자기들 방식대로 웃고 있었고…. 솔직히 말한다면 앵두 향기에 모두가 약간은 취했던 것 같다.

할아버지와 내가 밖으로 나오자 밤이 되어 있었다…. 여자아이가 그를 데리고 돌아가려고 멀리까지 우리를 따라왔다. 하지만 그는 그 아이를 보지 못했다. 할아버지는 내 팔짱을 끼고 사내처럼 걷고 있는 것이 자랑스러웠으리라. 웃는 얼굴을 하고서 마메트는 문턱에 서서 이것을 바라보고 있었다. 우리를 바라보면서 머리를 끄떡이며 할머니는 이렇게 말하는 것 같았다. "여하튼, 저 양반은…, 아직도 걸을 수 있구나!"

빅시우의 손가방

파리를 떠나기 며칠 전 10월의 어느 날 아침, 흙이 잔뜩 묻은 헐어빠진 옷에, 다리가 휘고 등이 굽은 한 노인이 깃털 뽑힌 황새처럼 긴 다리를 떨면서 나를 방문—나는 점심을 먹고 있었다—하였다. 빅시우였다. 그렇다, 파리 사람들이여, 그대들의 빅시우, 지난 15년 동안 풍자적인 글과 캐리커처로 그대들을 그토록 즐겁게 해 주었던 저 광적인 조롱자, 잔인하고도 매혹적인 빅시우였다…. 아! 불행한 사내, 얼마나 비참한 모습이었던지! 집 안으로 들어오면서 그가 찡그린 표정을 짓지 않았다면 나는 결코 그를 알아보지 못했을 것이다.

어깨에 머리를 떨구고 클라리넷처럼 톱니가 새겨진 지

팡이를 들고 이 유명하고도 음울한 풍자가는 방 한복판까지 들어와 내 식탁 앞에 몸을 털썩 던지며 처랑한 목소리로 이렇게 입을 열었다.

"이 가련한 장님에게 동정을!…"

너무나 흉내를 잘 내서 나는 웃지 않을 수 없었다. 그러나 그는 아주 냉정했다.

"내가 장난을 하고 있다고 생각하신다면…. 내 눈을 보시오."

그러고는 생기 없는 두 개의 커다란 흰 눈자위를 내게로 돌렸다.

"장님이라오. 이보시오, 영원히 장님이 되고 말았소…. 황산으로 글을 썼다가 이리 되었소. 그 잘난 일을 하다가 눈을 불태우고 말았소. 그것도 바짝 태우고 말았소…. 심지까지 말이오." 그는 눈썹 한 오라기 남기지 않고 타 버린 눈꺼풀을 보여 주며 이렇게 덧붙였다.

너무 충격을 받아서 그에게 무슨 말을 해야 할지 몰랐다. 내가 말이 없자 그는 불안해했다.

"일하시던 중이오?"

"아닙니다. 빅시우. 점심을 들려고 합니다. 좀 드시겠습니까?"

그는 대답을 하지 않았다, 하지만 코를 벌름거리는 모습에 그가 먹고 싶어 죽을 지경이라는 것을 알았다. 손으로 그를 잡아끌어 내 옆 의자에 앉혔다.

식사가 준비되는 동안, 이 가련한 악마는 슬며시 웃으며 식탁에서 풍겨 오는 냄새를 맡았다.

"참 근사합니다 그려. 배터지게 먹을 수 있겠군. 밥 먹은 지 참 오래되었소. 매일 아침 관청으로 뛰어가며 먹는 싸구려 빵 한 조각 말고는…. 왜냐하면, 당신도 아시다시피 나는 지금 관청으로 뛰어다니고 있소. 이제 그게 내 유일한 직업이 되었소. 담뱃가게 하나를 내 보려고 하는데…* 어떡하겠소! 집에서 밥을 먹고 살아야 하지 않겠소? 더 이상 그림을 그릴 수 없소. 더 이상 글을 쓸 수도 없고…. 받아쓰게 하면 어떻냐고?… 하지만 뭘 말이요…. 내 머릿속은 텅 비어 버렸고 아무런 생각도 나지 않소…. 내 직업은

* 1674년 이후 프랑스 정부는 담배 판매 사업을 독점하고 있었다. 사업 허가를 받은 대부분 사람들은 장교, 군인, 군인 부인, 과부들이었다.

파리의 갖가지 표정을 눈으로 보고 그것을 만들어 내는 거였소. 그런데 이제는 더 이상 방법이 없소…. 그래서 담뱃가게를 생각해 낸 거요. 물론 대로변은 아니라오. 댄서의 엄마도 아니고, 고위 장교의 과부도 아닌 내가 그런 영광을 받을 권리가 있겠소? 그렇소! 다만, 아주 멀리 떨어진 보주 지방* 어느 한 구석의 조그만 시골가게 말이요. 자기로 만든 파이프 담배를 피울 것이고, 내 이름을 에르크만 샤트리앙에 나오는 한스나 제베데**로 바꾸려 하오. 그리고 더 이상 글을 쓰지 않고 내 동료 작가들의 작품으로 담배 말이 종이나 만들며 위안을 얻으려 하오."

"그것이 내가 바라는 것이오. 그리 거창한 것도 아니지 않소?… 그런데 도저히 그걸 이룰 수가 없소…. 내겐 후원자가 있을 법한데 말이오. 예전엔 난 참 유명했었소. 장군들, 귀족들, 장관들 집에서 저녁을 먹었소. 이 잘난 사람들은 나를 원했는데, 내가 그들을 재미있게 했거나 아니면 그들이 나를 두려워했기 때문일 것이오. 그런데 지금은 아

* 프랑스 대혁명 시기에 만들어진 알자스 지역의 지방명.

** 에르크만 샤트리앙, 〈1813년 신병 이야기〉와 〈워털루〉의 주인공.

무도 두렵게 만들 수가 없게 되었소. 오 나의 눈이여! 내 가련한 눈이여! 어디에서도 나를 불러 주지 않소. 식탁에 눈먼 꼴을 하고 있기란 참 슬픈 일이지 않소. 거 빵 좀 줘 보시오…. 아! 나쁜 놈의 자식들. 그 별 볼일 없는 담뱃가게 하나 내는 데 내게 아주 값비싼 대가를 치르게 하고 있소. 육개월째 청원서를 들고서 관청을 돌고 있소. 직원들이 난로에 불을 지피는 시간에, 안뜰 모래 위에서 장관이 타는 말을 한 바퀴 돌리는 아침 나절에 관청에 도착해서 커다란 램프를 사람들이 준비하고 부엌에서 솔솔 맛있는 냄새가 풍겨 나오기 시작하는 저녁이 되어서야 돌아오고 있소"

"부속실 나무 상자 위에서 내 인생 전체를 보내고 있소. 헌데 관청 수위들도 나를 알아보오! 내무부에서는 나를 '맘씨 좋은 아저씨!'라고 부른다오. 그들의 도움을 얻기 위해 나는 말재롱도 부려보고 압지 한쪽에 커다란 콧수염을 그리기도 하는데, 그게 그들을 웃기게 하지…. 이게 이십년 동안 떠들썩한 성공을 거둔 지금의 내 모습이오. 이것이야말로 예술가의 삶에 종지부를 찍는 것 아니겠소!… 그런데 프랑스에는 이런 직업에 군침을 흘리는 사만 명의 젊은이들이 있다고 하니! 매일 같이 각 지방에는 문학과 필명에 굶주린 바보천치 한 무더기를 우리들에게 실어 나르기 위해 준비하고 있는 기차가 있다고 하니!… 아! 한심한 촌놈들 같으니라구! 빅시우의 비참함에서 교훈을 얻을 수 있을 터인데!"

이렇게 말하고 나서 그는 접시에 코를 박고는 한마디도 하지 않고 정신없이 먹기 시작했다. 이런 그의 모습을 보고 있자니 참으로 딱했다. 매번 그는 빵과 포크를 놓쳤고, 물잔을 잡으려고 더듬거렸다. 불쌍한 인간 같으니라고! 아직 익숙하지 못했던 것이다.

잠시 후 그가 말문을 열었다.

"나에겐 아직도 더 끔찍한 일이 있는데 그것이 무언지 아시오? 더 이상 신문을 읽을 수 없다는 것이라오. 우리 같은 직업을 갖지 않고선 그걸 이해할 수 없을 것이오…. 가끔씩 저녁에 집으로 돌아오는 길에 신문 한 장을 산다오. 단지 축축한 냄새와 새로운 소식의 향기를 느끼기 위해서라오…. 그게 얼마나 좋은지! 그런데 아무도 그걸 읽어 줄 사람이 없단 말이오! 집사람이 해 줄 수도 있는데, 그러려고 하지도 않소. 잡다한 기사들엔 점잖지 못한 것들이 있다나 뭐라나…. 아! 예전엔 정부였다가도 일단 결혼만 하면 이런 여자들보다 더 숙녀인 체하는 여자들이란 없을 것이오. 빅시우 부인으로 만들어 주었더니 좀더 정숙한 여자가 되어야만 한다고 생각한 것이오. 그것도 완전히 말이요!… 살레트 성수*로 두 눈을 마사지해 주지도 않고! 게다가 성체 빵이다, 자선모음이다, 성자 선교회**다, 중국 애들을 돕는다***는 등 또 뭐가 있더라?… 자선사업이 끝도 모를 지경이오…. 헌데 나에게 신문을 읽어 주는 것도 자선사업일 텐데 말이오. 그녀는 그걸 하지 않으려 하오…. 딸아이가 집에 있다면 걔는 그걸 읽어 줄 텐데. 하지만 장님이 돼 버리고 난 후 난 걔를 노트르담 데 자르****에 보내 버렸소. 먹여 살릴 한 식구라도 덜려고 말이오."

"아직도 걔는 내겐 즐거움이라오! 아직 아홉 살도 안 됐지만 그 앤 세상으로 나갔고, 게다가 이미 모든 병을 앓고

* 그르노블 남동쪽에 있는 성모 마리아가 나타났다는 샘물.
** 19세기에 창립된 가톨릭 선교회.
*** 성자 선교회의 주된 활동.
**** 수도원 이름.

있다오…. 슬프고 추하고, 나보다도 더 추하고! 어쩌면 괴물이랄까! 어찌하겠소! 내가 할 수 있는 일이라곤 그것뿐인데…. 아, 내가 한심하게도 당신에게 내 가족 이야기를 하고 있었군. 당신하곤 아무런 관계가 없는 일 아니겠소?… 자, 그 술 좀 더 따라 주시구려. 자, 흥 좀 내 보아야 하겠소. 여기를 나가면 교육부로 좀 가 봐야 하오. 그곳 수위들을 웃기기가 쉽지 않기 때문이라오. 모두들 전직 선생들이라나 뭐라나."

그에게 술을 따라 주었다. 그는 매우 측은한 표정으로 그것을 조금씩 마시기 시작했다…. 그러다 갑자기 무슨 생각이 들었는지 술잔을 손에 들고 벌떡 일어나서는 눈먼 독사 머리를 하고는 잠깐 주변을 쑥 둘러보더니, 상냥한 미소를 짓고는 테이블이 200개나 있는 곳에서 연설을 하려는 사람처럼 카랑카랑한 음성으로 말을 했다.

"예술을 위하여! 문학을 위하여! 신문을 위하여!"

그리고는 10분 동안 축배 연설을 했다. 이 조롱꾼의 머리에서 나온 가장 우스꽝스럽고 가장 뛰어난 즉흥 연설이었으리라.

연말에 간행되는 '186*년의 문예가도'라는 제목을 단 잡지를 상상해 보라. 자칭 문학인 모임, 온갖 객설들, 논쟁, 비정상적인 사람들 사이에서 벌어지는 온갖 별난 짓들, 잉크로 쓴 온갖 지저분한 것들, 영광이라곤 하나도 없는 지옥, 거기에서 사람들은 서로의 목을 조르고, 서로 치고 받으며, 서로의 주머니를 털고, 부르주아들보다도 더 이득과 많은 돈을 챙기지만, 그럼에도 불구하고 그 어느 곳보다도 굶어 죽는 자가 많은 그곳을. 우리의 온갖 비열함과 비참함이 있는 곳. 통볼라의 늙은 T…. 남작은 연푸른 옷을 입은 채 깡통 들고 튈르리 광장에 '구걸이나' 하러 가고. 한 해 동안 죽은 문인들과 떠들썩한 장례식, 산 자들이 무덤값을 치르려 하지 않는 한 고인에게 바치는 언제나 한결같이 '사랑하고 그리운 벗에게!'로 시작하는 국회의원 나리의 추도사, 자살하는 사람들, 미쳐 버린 사람들. 얼굴을 기막히게 찡그리고 손짓 발짓을 하면서 이 모든 것을 상세하게 이야기하는 모습을 상상해 보라. 빅시우의 즉흥 연설이 어떠했는지 짐작이 갈 것이다.

건배가 끝나고, 잔을 비우자 그는 시간을 묻고는 화가 난 것처럼 인사도 없이 나가 버렸다…. 그날 아침 뒤리 장관[*]의 수위들이 그를 어떻게 맞이했는지 내 알 길은 없다. 하지만 내 인생에서 이 무시무시한 장님이 떠나 버리고 난 후만큼이나 그토록 서글프고, 그토록 가슴 아픈 적은 없었다고 생각한다. 잉크만 보아도 구역질이 나고, 펜만 보아도 몸서리가 쳐졌다. 먼 곳으로 달려가 숲을 보고 싶었고, 무언가 상쾌한 것을 느끼고 싶었다. 정말이지, 증오심이 얼마나 대단한가! 얼마나 신랄한 독설인가! 모든 것에 침을 뱉어 더럽게 만들어 놓아야만 직성이 풀리는지! 참으로 불쌍한 사람….

나는 화가 나서 방 안을 큰 걸음으로 걸었다. 그가 나에게 딸아이 얘기를 할 때의 불쾌한 냉소가 계속 들리는 것 같았다.

그러다 갑자기 장님이 앉았던 의자 곁에서 무언가 굴러다니는 것이 발끝에 차였다. 허리를 굽혀서 보니 번쩍번쩍 윤이 나지만 모서리가 닳아 버린, 그를 한시도 떠나지 않았던, 그가 독주머니라고 불렀던 두툼한 손가방이었다. 이

* 빅토르 뒤리(1811-1894). 도데가 〈풍차방앗간 편지〉를 쓸 당시의 교육부 장관.

쪽 사람들 사이에서 이 손가방은 지라르댕[*] 선생보다도 더 유명세를 얻었다. 사람들은 그 안에 무시무시한 것이 있을 것이라고 생각했다…. 이제 그것을 확인할 수 있는 절호의 기회가 온 것이다. 이 낡은 손가방은 너무 불룩하여 발에 차이면서 열리고 말았다. 온갖 종이들이 카펫 위로 굴렀다. 하나씩 그것들을 주워 모아야만 했는데….

꽃무늬 종이 위에 쓴 편지 한 다발이 있었다. 편지들은 모두 '사랑하는 아빠'라고 시작하고 있었고, '성모 마리아 소년소녀원의 셀린 빅시우'라고 서명이 되어 있었다.

아이들 질병에 관한 오래된 처방전들이 있었다. 후두염, 발작, 성홍열, 홍역 등등…(이 불쌍한 어린애는 그 어떤 병도 비껴 가질 못했던 것이다!).

그리고 마지막엔 봉인된 커다란 봉투가 있었다. 여자아이 모자 밖으로 나온 것처럼 아주 곱슬곱슬한 노란 머리카락 두세 가닥이 삐져나와 있었다. 그리고 봉투 위에는 장님 필체로 떨면서 쓴 큰 글씨로 이렇게 적혀 있었다.

---

* 에밀 드 지라르댕(1806-1881). 언론인이자 정치인으로 《라 프레스*La Press*》에 정기 기고란을 가짐.

'셀린의 머리카락, 수도원에 들어간 5월 13일 자름.'

빅시우의 손가방에 든 것은 바로 이것이었다.

자, 파리 사람들아, 당신들은 모두 똑같다. 불만, 아이러니, 악마 같은 조소, 격렬한 농담들, 그리곤 끝으로 '…5월 13일에 자른 셀린의 머리카락'뿐.

황금 뇌를 가진 사내의 전설

재미난 이야기를 부탁한 여인에게

부인, 당신 편지를 읽으면서 나는 후회 같은 것을 느꼈습니다. 내 짧은 작품들이 약간은 너무 우울한 색채를 띠었던 것을 안타까워했고, 그래서 오늘은 즐거운, 무언가 정말로 즐거운 이야기를 당신께 해 드리기로 다짐했습니다.

대체 내가 왜 우울해야겠습니까? 나는 파리의 안개로부터 아주 멀리 떨어진, 북소리와 뮈스카 포도주 지방의 햇볕 가득한 언덕 위에 살고 있습니다. 내 집 주변에는 온통 햇빛과 음악뿐입니다. 도요새의 오케스트라와 깨새의 오페라가 있습니다. 아침이면 마도요courlis*가 "쿠렐리! 쿠렐

* 소리를 흉내 내어 붙여진 새 이름.

리" 하며 노래하고, 점심때면 매미가 노래하지요. 그러고 나면 목동들의 피리 연주와 아름다운 갈색머리 처녀들의 웃음소리가 포도밭에서 들려 옵니다…. 사실 이곳은 슬픈 생각에 잠기기엔 적당하지 않은 곳이랍니다. 오히려 부인네들에게 장밋빛 시와 연애 이야기로 가득한 바구니를 보내 드렸어야 했습니다.

그런데 그렇지 못했습니다! 제가 아직도 파리에 너무 가까이 있는 것이지요. 매일매일 파리는 내 소나무 숲까지 우울한 흙탕물을 보내 오고 있습니다…. 이 글을 쓰고 있는 지금도 저 가련한 샤를 바르바라*의 비참한 죽음 소식을 막 들었습니다. 내 풍차방앗간은 애도로 가득 찼습니다 마도요여, 매미여 이젠 안녕! 더 이상 즐거운 마음을 가질 수 없으니…. 부인, 바로 이것 때문에 당신께 드리고자 약속했던 즐겁고 가벼운 이야기 대신 오늘도 당신은 우울한 전설만을 읽게 되었군요.

옛날 옛적에 황금 뇌를 가진 한 사내가 살고 있었습니다.

---

* 샤를 바르바라(1817-1866). 보들레르가 인정한 〈퐁 루즈의 살인사건〉의 작가.

부인, 그렇습니다. 온통 금으로 된 뇌 말입니다. 그가 세상에 태어나자 의사들은 이 아이가 살지 못할 것이라고 생각했습니다. 그만큼 그의 머리가 무거웠고, 머리통이 너무 컸던 거지요. 그러나 이 사내는 살아남았고 멋진 올리브 나무처럼 태양을 받으며 자라났습니다. 단지 그는 언제나 큰 머리를 질질 끌고 다녔고, 온갖 가구들에 머리를 부딪치며 걷는 모습은 보기에 안타까웠습니다…. 그는 자주 넘어졌습니다. 어느 날 그는 층계 꼭대기에서 떨어지는 바람에 이마를 대리석 계단에 부딪쳤는데 그의 머리통은 쇠붙이 같은 소리를 냈습니다. 사람들은 그가 죽었다고 생각했지만, 그를 일으키면서 가벼운 상처만 입었다는 걸, 금발 안에 두 서너 개의 작은 금딱지만 생겼다는 걸 발견했습니다. 그래서 그의 부모들은 이 아이가 황금 뇌를 가졌다는 걸 알게 되었습니다.

이 일은 비밀로 부쳐졌습니다. 이 불쌍한 아이마저도 전혀 눈치채지 못했습니다. 가끔씩 그는 문 앞에서 골목 애들과 놀도록 왜 내버려 두지 않는지 묻곤 했습니다.

"내 사랑하는 보물아, 너를 훔쳐 갈지 몰라 그런단다!"

라고 어머니가 대답해 주셨지요….

그래서 이 아이는 누가 자기를 훔쳐 갈지 몰라 매우 걱정을 했습니다. 그는 말도 없이 혼자서 놀며 이 방 저 방을 무거운 몸을 끌고 다녔습니다….

다만 열여덟 살이 되자 부모들은 그가 운명으로부터 받은 괴상망칙한 선물 얘기를 들려주었습니다. 그리고 지금까지 먹여 키워 줬으니, 그 보답으로 황금을 조금만 나눠 달라고 요구했습니다. 아이는 주저하지 않았습니다. 바로 그 자리에서 — 어떻게? 어떤 방법으로? 전설은 전하지 않고 있습니다 — 아이는 뇌에서 커다란 금 덩어리, 호두처럼 커다란 덩어리 하나를 떼어 자랑스럽다는 듯이 엄마 무릎 위에 던져 주었습니다…. 그러곤 머릿속에 있는 이 재산에 눈이 멀어 버리고, 욕망에 미치고, 권세에 도취한 그 아이는 부모 집을 나와 자기 보물을 탕진하며 세상을 돌아다녔습니다.

그가 호화롭게 계산도 하지 않고 황금을 뿌리며 살아간 것에 비춰 보면 그의 뇌는 아무리 퍼내도 끝이 없다고 말할 정도였습니다…. 그러나 그의 뇌는 동이 나고 있었고, 그에 따라서 눈이 흐릿해지고 볼이 홀쭉해지는 것을 볼 수 있었습니다. 마침내 미친 듯이 방탕하게 보낸 어느 날 아침, 축제의 먹다 남은 음식과 흐릿해져 가는 샹들리에 사이에 혼자 남게 된 이 불행한 사내는 자기가 지금까지 머리에 낸 커다란 구멍에 소스라쳤습니다. 이제는 그만두어야 할 때가 된 것입니다.

그때부터 새로운 인생이 시작되었습니다. 황금 뇌의 사내는 자기 손으로 일을 하고, 수전노처럼 의심하고 걱정을 하면서, 유혹을 뿌리치면서, 스스로 더 이상 만지고 싶지 않은 이 치명적인 재산을 잊으려고 애를 쓰면서 사람들과 거리를 두고 살게 되었습니다…. 그러나 불행히도 한 친구가 고독 속에 살고 있는 그의 뒤를 밟았습니다. 이 친구는 그의 비밀을 알고 있었던 거지요.

어느 날 밤, 이 가련한 사내는 머리가 아파, 너무 심하게 아파서 벌떡 잠에서 깨어났습니다. 미친 듯이 일어났습니다. 그리곤 보았지요. 달빛 속에서 누군가가 외투 안에 뭔가를 감추면서 달아나는 것을….

또다시 약간의 뇌를 그에게서 훔쳐 간 것입니다….

그 일이 있은 후 얼마 되지 않아 황금 뇌를 가진 사내는 사랑에 빠져 버렸습니다. 그리고 이번엔 모든 것이 끝나 버렸지요…. 그는 영혼을 다 바쳐서 예쁜 금발여인을 사랑했고, 그 여인 역시 그를 사랑했습니다. 그러나 그녀는 옷에 다는 술이나 하얀 깃털 그리고 긴 장화에 달려 흔들거리는 예쁜 금빛 장식도 좋아했습니다.

반쯤은 새 같고 반쯤은 인형 같은 이 아름다운 여인의 손에 쥐어 준 작은 황금 조각들은 녹아 버리듯 날아가 버렸고, 그건 큰 기쁨이었습니다. 그녀는 매우 변덕스러웠습니다. 그런데 그는 단 한 번도 안 돼라고 말할 줄 몰랐습니다. 심지어는 그녀에게 상처를 줄까 봐 자기 재산의 저 서글픈 비밀마저도 감추었습니다.

"우린 정말 부자지요?"라고 그녀가 말하면 이 가련한 사내는 이렇게 대답했습니다.

"음, 그럼…. 정말 부자지!"

그러면서 그는 아무것도 모른 채 뇌를 먹어 가는 이 작은 파랑새에게 사랑스럽게 미소 지었습니다. 그러나 이따금씩 고통이 그를 찾아왔고, 그래서 아껴 써야 한다고 생각했습니다. 그러나 그때마다 예쁜 그녀는 그에게 깡충깡충 뛰어 와서 이렇게 말했습니다.

"여보, 당신은 정말 부자에요! 좀더 비싼 것을 제게 사 주시면…."

그러면 그는 비싼 무언가를 사 주었습니다.

그렇게 2년이 흘러갔습니다. 그러던 어느 날 아침, 이 예쁜 여인은 한 마리 새처럼 영문도 모르게 죽고 말았습니다…. 보물도 거의 다 사라졌습니다. 남아 있는 것을 가지고 이 홀로 남은 사내는 사랑하는 여인에게 화려한 장례식을 치러 주었습니다. 울림 좋은 작은 종들, 검은 천을 드리운 커다란 마차, 장식을 한 말들, 벨벳에 단 은빛 물방울 등 그 무엇도 그에겐 너무 지나쳐 보이지 않았습니다. 황금이 이런 그에게 이제 와서 무슨 소용이 있겠습니까?… 그는 교회에, 상여꾼들에게, 조화 파는 여자애들에게 그것을 주었습니다. 사방에다 준 것이지요.

그래서 묘지를 떠날 때 이 멋진 뇌는 거의 남지 않게 되었습니다. 두개골의 몇몇 조각 말고는.

그런 후 사람들은 술 취한 사람처럼 넋 나간 표정에 손을 앞으로 뻗으며 비틀거리고 돌아다니는 그를 보았습니다. 가게에 불이 들어오는 어느 저녁, 그는 쌓아 놓은 각종 직물과 장식물들이 불빛에 반짝이는 커다란 진열장 앞에 서서 보드라운 푸른 천에 백조 솜털로 가장자리를 두른 신발 한 켤레를 오랫동안 바라보았습니다. "이 신발에 정말 기뻐할 사람을 난 알고 있는데"라고 미소 지으며 말했습니다. 그러곤 사랑하는 여인이 죽었다는 것을 이미 기억하지도 못하게 된 그는 그것을 사러 안으로 들어갔습니다.

가게 뒤편 방 안쪽에 있던 여주인은 커다란 비명소리를 들었습니다. 그녀는 달려갔다가 한 사내가 서 있는 모습을 보고는 공포에 질려 뒤로 물러섰습니다. 그는 계산대에 기대서서 이해하지 못하겠다는 표정으로 고통스럽게 그녀를 바라보고 있었습니다. 그는 한 손에 백조 솜털이 붙어 있는 푸른 신발을 쥐고 있었고, 피가 잔뜩 묻은 다른 손으로는 손톱 끝의 황금 부스러기를 내밀고 있었습니다.

부인, 바로 이것이 황금 뇌를 가진 사내의 전설입니다.

지어낸 이야기 같은 느낌이 있지만, 이 전설은 처음부터 끝까지 사실입니다. 세상에는 뇌를 가지고 살아가야만 하는, 보잘것없는 삶을 위해 값진 순금을 골수와 뼛속까지 함께 지불해야만 하는 가련한 사람들이 있습니다. 하루하루가 그들에겐 고통이지요. 그러다 그 고통에 지쳐 버리면….

시인 미스트랄

지난 일요일 잠에서 깨어나며 포부르 몽마르트 가에 있는 게 아닌지 싶었다. 비가 오고 있었고, 하늘은 찌푸렸고, 풍차간은 음산했다. 비 내리는 추운 날씨를 이곳에서 보내야 한다는 것이 염려스러웠다. 그러다 불현듯 이 소나무 집에서 10여 킬로 떨어진 마이얀의 조그만 마을에 살고 있는 위대한 시인 프레데릭 미스트랄 집에 가서 몸을 좀 녹여야겠다는 생각이 떠올랐다.

생각이 들자마자 바로 길을 떠났다. 은매화 나무로 만든 지팡이, 몽테뉴 책, 담요 한 장, 그리고 출발!

들판엔 아무도 없었다…. 가톨릭을 믿는 우리 아름다운 프로방스는 일요일엔 들판을 쉬게 한다…. 단지 개들만이

문 닫은 농가에 남아 있을 뿐…. 군데군데 방수포를 철렁거리며 길을 가는 짐수레, 낙엽 색깔 망토를 머리부터 뒤집어쓴 할머니, 미사에 가는 시골 사람들을 태운 작은 수레를 종종걸음으로 끌고 가는, 안장 아래 푸른색과 흰색 직물로 만든 모포를 깔고 붉은 색 깃 장식을 세우고 은색 방울을 단 축제 차림의 노새들이 보였다. 건너편 비안개 사이로 관개 운하에 떠 있는 나룻배와 서서 투망을 던지는 고기잡이꾼 한 사람이 눈에 띄었다….

이런 날에는 길을 가면서 책을 읽을 도리가 없다. 비가 억수같이 뿌리고 있었고, 산바람이 얼굴에 빗물을 쏟아 붓고 있었다. 정신없이 길을 걸어 결국 세 시간을 걷고 난 후에야 눈앞에 작은 사이프러스 숲이 나타났다. 그 한복판에 마이얀 마을이 바람을 피해 몸을 웅크리고 있었다.

마을 길가엔 고양이 한 마리 눈에 띄지 않았다. 모두가 대미사에 참석하러 간 것이다. 교회 앞을 지날 때 세르팡* 이 울렸고, 색깔 입힌 창문 너머로 촛불이 빛나는 것이 보였다.

* 관악기의 일종.

시인의 집은 마을 끝에 있다. 생 레미 가 왼편 마지막 집 — 정원을 앞에 끼고 있는 이층짜리 작은 집 — 이다…. 조용히 집 안으로 들어갔다…. 아무도 없었다! 거실문은 닫혀 있었지만, 문 뒤에서 누군가가 걸으면서 크게 떠드는 소리가 들렸다…. 이 발자국과 소리는 내게 낯익은 것이었다…. 석회를 바른 작은 통로에서 문손잡이를 잡고는 설레는 마음으로 잠시 멈춰 섰다. 가슴이 두근거렸다. '여기 있구나. 일하고 있구나… 마칠 때까지 한 시절 기다려야 하나? 에잇, 모르겠다, 들어가자.'

아! 파리 사람들이여, 마이얀의 시인이 자신의 미레이유*에게 파리를 보여 주려고 그대들을 방문했을 때, 목깃을 잔뜩 세우고 자신의 영광만큼이나 거추장스러운 커다란 모자에 도회지 옷을 입은 이 샥타스**를 그대들이 거실에서 만나게 되었을 때, 그대들은 그자가 미스트랄이라고 생각했다…. 천만에, 그건 그가 아니었다. 세상에는 단 한 명

* 미스트랄이 쓴 시의 여주인공.

** 샤토브리앙의 〈아탈라〉에 등장하는 늙은 인디언.

의 미스트랄이 있다. 지난 일요일 그의 마을에서 불쑥 만난 그 사람, 귀까지 내려오는 펠트 모자에 조끼도 안 걸치고 재킷만 입은 채 허리에 붉은 카탈로니아 천을 두르고 두 눈이 불타고 광대뼈에서는 영감의 불꽃을 태우며 당당한 모습에 그리스 목자처럼 우아하고 멋있는 웃음을 지으며 주머니에 손을 넣은 채 성큼성큼 걸으면서 시를 짓던 그 사람이….

"아니 어쩐 일이야! 자네가 오다니!" 미스트랄은 소리치며 내 목을 덥석 끌어안았다. "오기를 참 잘했소! 바로 오늘이 마이얀의 축제일이라오. 아비뇽 음악, 투우, 퍼레이드, 파랑돌*이 있는데, 멋질 걸세…. 어머니는 미사에 가시니, 점심이나 하세, 그리고 자, 얼른 예쁜 처녀들이 춤추는 것을 보러 가세…."

그가 나에게 말을 거는 동안 나는 벅찬 감동으로 밝은 융단이 깔려 있는 이 작은 거실을 둘러보았다. 이곳을 보지 못한지 오래되었고, 이미 여기에서 여러 시간을 보낸 적이 있었다. 변한 것은 아무것도 없었다. 한결같이 노란 격자

* 프로방스 전통 춤.

무늬 커버를 씌운 소파, 짚으로 만든 방석이 놓인 의자 두 개, 벽난로 위에 놓인 팔 없는 비너스와 아를의 비너스, 에베르Hébert*가 그린 시인의 초상, 에티엔 카르자Etienne Carjat**가 찍은 그의 사진, 그리고 구석 창문 곁엔 낡은 책과 사전이 잔뜩 쌓인 책상—등기소 접수대의 보잘것없는 조그마한 책상—책상 한복판에 펼쳐져 있는 커다란 공책이 눈에 들어왔다…. 그것은 금년 말 크리스마스에 간행될 예정이던 프레데릭 미스트랄의 새로운 시 〈칼랑달Calendal〉***이었다. 이 시를 미스트랄은 7년 동안 작업했고, 마지막 행을 쓴 지 거의 6개월이 지나고 있었다. 그러나 여전히 이 시에서 손을 뗄 생각을 하지 못하고 있었다. 그대도 아시겠지만, 언제나 다듬어야 할 시절이 있으며, 좀더 울림이 좋은 각운을 찾아야 하는 법이니까…. 미스트랄은 프로방스어로 시를 썼지만, 마치 모든 사람들이 자기 시를 원어로 읽어야만 하는 것처럼, 그리고 정성을 들인 자기 노력을 인

* 19세기 프랑스 화가.
** 도데의 친구이자 사진작가.
*** 1867년에 출판된 미스트랄의 시.

정해 주어야 하는 것처럼 그는 시를 썼다…. 오! 용감한 시인, 몽테뉴의 다음과 같은 말은 분명 미스트랄을 두고 한 것이리라. 거의 모든 사람들로부터 인정을 받을 수 없는 그런 예술에 무엇 때문에 그토록 고생을 하느냐는 질문을 받은 사람을 기억하시라. 그는 대답했으니, "알아주는 사람이 적어도 좋습니다. 한 사람이라도 좋습니다. 한 사람이 없어도 좋습니다."

나는 〈칼랑달〉 노트를 손에 쥐고 감격에 차서 페이지를 넘겼다…. 갑자기 창문 너머 거리에서 피리소리와 북소리가 들려왔다. 그러자 내 친구 미스트랄은 장롱으로 뛰어가서 잔과 술병을 꺼내고는 거실 한복판으로 테이블을 끌어왔다. 그리곤 악사들에게 문을 열고 내게 이렇게 말했다.

"웃지 말게…. 저들은 내게 오바드*를 연주하러 온 것일세…. 내가 이 마을의 평의원이거든."

작은 방이 사람들로 가득 찼다. 그들은 북을 의자 위에, 구석에는 낡은 깃발을 놓았다. 그리고 포도주가 한 순배 돌았다. 프레데릭의 건강을 기원하며 술병을 비우고는 파

---

* 창문 아래에서 음악으로 인사를 대신하는 연주.

랑돌이 작년만큼이나 훌륭한지, 투우소들이 제대로 따라 줄지 등, 축제에 대해 진지하게 말들을 나눈 후 악사들은 물러나서 다른 평의원에게 오바드를 연주하기 위해 떠나갔다. 그때 미스트랄의 어머니가 돌아왔다.

잠깐 사이에 식탁이 차려졌다. 아름다운 하얀 식탁보와 두 사람의 식기가 놓였다. 나는 이 집의 관습을 알고 있었다. 미스트랄이 손님을 맞이하면 어머니는 식탁에 같이 앉지 않는다. 이 가련한 노파는 프로방스어밖에 모른다. 프랑스어로 이야기 나누는 것을 불편하게 여기는 것이다. 게다가 부엌에서 할 일도 있었던 것이다.

아! 그날 아침 나는 멋진 식사를 하였다. 구운 염소고기, 산에서 만든 치즈, 포도로 담근 잼, 무화과, 사향포도 등. 술잔 안에서 아름다운 장밋빛 색깔을 띠는 저 훌륭한 샤토뇌프 데 파프*를 이 모든 것과 곁들였다….

디저트를 먹으며 시가 적힌 노트를 찾아 미스트랄 앞에 놓인 테이블 위에 가져다 놓았다.

"밖으로 나가자고 하지 않았나"라고 시인이 미소 지으

---

* 프로방스 지방의 대표적인 포도주.

며 말했다.

"아니! 안 돼! 〈칼랑달〉! 〈칼랑달〉!"

미스트랄은 체념을 하고서 음악같이 부드러운 목소리에 손으로 운율을 맞추며 첫 번째 소절을 읽기 시작했다. '사랑에 푹 빠진 아가씨, 내 그녀의 슬픈 이야기를 했노니, 이제 내 노래하리라, 신께서 원하신다면, 카시스의 아들, 가련한 멸치잡이 어린 어부를.'

밖에서는 저녁기도를 알리는 종이 울렸고, 광장에서는 불꽃이 터지는 가운데 북이 울리는 거리를 피리소리가 오가고 있었다. 투우장으로 끌려가는 카마르그에서 온 황소들이 울어 대고 있었다.

나는 식탁보 위에 팔꿈치를 괴고서 눈물을 머금은 채 이 어린 프로방스 어부의 이야기에 귀를 기울였다.

칼랑달은 단지 고기잡이에 불과했다. 그러나 사랑이 그를 영웅으로 만들었다. 사랑하는 여인 아름다운 에스테렐의 마음을 얻기 위해 그는 기적 같은 일들을 시도했으니, 헤라클레스의 열두 과업도 그에 비하면 아무것도 아니었다.

일단 부자가 되기로 마음을 먹은 그는 놀랄 만한 어로 장치[*]를 발명해서 바다의 온갖 물고기들을 항구로 싣고 들어왔다. 때로는 세베랑 백작이라고 불리는 울리울Ollioules 협곡의 무시무시한 도적을 쫓아 그의 무리들과 첩들이 모여 있는 소굴까지 쫓아가기도 했다….[**] 젊은 칼랑달은 만만찮은 사내였던 것이다. 어느 날 생트 봄에서 그는 두 패의 직공들을 만났다. 그들은 자크 선생, 소개하자면 솔로몬 신전의 골격을 만든 프로방스 사람인 그의 무덤 앞에서 장칼을 휘두르며 서로 간의 분쟁에 종지부를 찍으려고 온 것이었다. 칼랑달은 그 난투극의 한복판으로 뛰어들어 말로 타일러 그들을 화해시키기도 했다….

인간으로선 할 수 없는 일들이었다!… 뤼르 바위산 높은 곳에는 나무꾼이라도 감히 오르려 하지 않는 접근하기 어려운 삼나무 숲이 있었다. 칼랑달 그는 거기에도 올라갔다. 그리고 한 달 동안 혼자 거기서 지냈다. 그 한 달 동안 사람들은 나무의 몸통에 깊이 박아 넣는 도끼 소리를 들었다.

---

* 다랑어잡이 그물.

** 세베랑은 강제로 에스테렐과 결혼한 도적이다.

숲이 비명을 질렀고, 한 그루 한 그루씩 오래된 거목들은 쓰러져 계곡 깊은 곳으로 굴러떨어졌다. 칼랑달이 내려왔을 때 산에는 한 그루의 나무도 남아 있지 않았다….

마침내 이런 놀라운 일들을 해낸 보상으로 이 멸치잡이 어부는 에스테렐의 사랑을 얻게 되었고, 카시스의 마을 사람들로부터 지방 행정관에 임명되었다. 이것이 칼랑달의 이야기이다…. 헌데 이 칼랑달이 왜 중요하냐고? 왜냐하면 이 시에는 무엇보다도 프로방스, 바다의 프로방스, 산의 프로방스가 그 역사와 풍습과 전설과 풍경 그리고 죽기 전에 이 위대한 시인을 만났던 순박하면서도 얽매이지 않는 사람들과 함께 있기 때문이다…. 그런데 이제 철길을 놓고, 전선주를 심어 대고, 학교에서 프로방스어를 추방하여 보시라! 프로방스 지방은 〈미레이유〉와 〈칼랑달〉 안에서 영원히 살아남아 있을 것이다.

"시 얘기는 그만 합시다." 미스트랄이 노트를 덮으며 말했다. "축제나 보러 갑시다."

우리는 밖으로 나왔다. 마을 사람 전체가 거리에 나와 있었다. 강한 북풍이 하늘을 말끔히 청소해 놓았고, 태양은 빗물에 젖은 붉은 지붕 위에서 흥겹게 빛나고 있었다. 축제 행렬이 들어오는 것을 보기에 적당한 시간에 도착한 것이었다…. 한 시간 동안 흰색, 푸른색, 회색 두건이 달린 소매 없는 외투를 걸친 고해 신도들, 베일을 쓴 처녀 신도들, 금빛 꽃을 새겨 놓은 장밋빛 깃발들, 네 사람이 어깨로 메고 가는 장식이 새겨진 나무로 만든 위대한 성자상들, 손에 커다란 꽃다발을 들린 우상처럼 채색 도자기로 만든 성녀들, 소매 없는 제의祭衣들, 성채현시대, 초록색 벨벳 천개天蓋, 흰 명주로 둘러싼 십자가들이 연이어 행렬했고, 이 모든 것들이 성가와 신도들의 노래 그리고 일제히 날아오르며 울리는 종소리 속에 촛불과 햇빛을 받으며 바람에 일렁거리고 있었다.

행렬이 끝나자 성인들은 각각의 예배당에 다시 안치되었고 우리는 투우, 그 뒤엔 마당에서 벌이는 경기, 레슬링, 삼단뛰기, 고함지르기, 가죽부대 굴리기 놀이, 그리고 프로방스 축제에서 열리는 온갖 흥겨운 놀이들을 보러 갔다…. 마이얀에 돌아올 무렵 해가 지고 있었다. 미스트랄이 저녁이면 친구 지도르와 함께 내기를 하는 광장의 작은 카페 앞에 사람들이 활활 타오르는 커다란 축제 모닥불을 피워 놓고 있었다. 파랑돌이 준비되고 있었다. 종이를 오려 만든 초롱이 어둠 속 곳곳에서 비추고 있었다. 젊은이들은 자리를 잡고 있었다. 그러자 이윽고 북소리에 맞춰 모닥불을 중심으로 밤새도록 계속될 미친 듯한 요란한 원무가 시작되었다.

저녁을 마친 후 다시 돌아다니기엔 너무 지쳐서 우리는 미스트랄의 침실로 올라갔다. 커다란 침대 두 개가 놓인 단출한 농부의 방이었다. 벽에는 벽지가 발라져 있지 않았다. 천장의 서까래가 보였다…. 4년 전, 아카데미 프랑세즈가 〈미레이유Mireille〉의 작가에게 3천 프랑을 상으로 주었을 때, 미스트랄의 어머니는 한 가지 생각을 냈다.

"네 방 벽에 도배를 하고 천장을 대는 게 어떻니?"라고 그녀는 아들에게 물었다.

"안 돼요, 안 돼." 미스트랄은 "그건, 그것은 시인들의 돈이에요. 손을 대선 안 돼요"라고 대답했다.

그래서 침실이 허름한 채로 남아 있게 된 것이다. 그렇지만 시인들의 돈이 남아 있는 동안 미스트랄의 방문을 두드리는 사람들은 언제나 그의 지갑이 열리는 것을 보았다….

내가 〈칼랑달〉 노트를 방으로 가져왔기에, 잠자리에 들기 전에 다시 한 번 한 소절을 읽어 주길 원했다. 미스트랄은 도자기 이야기를 뽑았다. 간단히 정리하면 다음과 같다.

어디였는지 기억이 없지만 큰 잔치에서였다. 식탁에 무스티에 도자기로 만든 멋진 식기들이 차려 있었다. 접시마다 안쪽에 유약으로 파랗게 그림들을 그려 넣었는데 그것은 프로방스에 관한 것이었다. 프로방스의 모든 이야기가 거기에 있었다. 또한 이 아름다운 도자기 그릇에 얼마나 정성들인 글이 새겨져 있었는지 보아야만 했다. 마치 테오크리토스*의 그림이 새겨진 짧은 작품들처럼 소박하면서도 섬세한 작업으로 새긴 많은 짧은 시편들의 한 시절들이 접시마다 있었다.

미스트랄이 4분의 3 이상이 라틴어이고 예전에 여왕들이 사용했지만 지금은 우리 양치기들만이 이해하는 저 아름다운 프로방스어로 시를 읽어 주는 동안 나는 마음 깊은

---

* 3세기경의 그리스 시인.

곳에서 이 사람에 감탄을 하고 있었고, 폐허 상태에서 그가 발견한 모국어와 모국어로 그가 이룬 것을 생각하며 알피유Alpilles에서도 볼 수 있는 보Baux 국왕들의 낡은 궁전을 떠올렸다. 지붕도, 낮은 계단의 작은 원주들도, 창문의 채색 유리도 사라지고, 아치의 클로버 장식도 깨어지고, 문 위의 문장紋章은 이끼로 뒤덮이고, 궁전의 앞뜰엔 닭들이 먹이를 쪼아 대고, 주랑의 잘 다듬어진 원주 아래에선 돼지들이 뒹굴고, 풀들이 무성한 예배당엔 나귀들이 풀을 뜯고, 빗물로 가득한 커다란 성수반엔 비둘기들이 날아와 물을 마시고, 그리고 농사꾼 두세 가구가 이 폐허 한쪽 면에 오두막집을 지어 놓은 낡은 궁전을.

그리고 어느 화창한 날, 이 농부들 중 한 사람의 아들이 이 장엄한 폐허에 반해, 그렇게 더렵혀진 신성함을 보고 분개하게 된다. 서둘러서 급하게 그는 앞뜰에서 닭들을 쫓아낸다. 그리고 요정의 도움을 얻어 혼자서 커다란 계단을 재건하고 벽의 모서리 장식을 새로 갈고, 창문에 색유리를 다시 끼우고, 탑을 다시 세우고, 옥좌가 놓여 있던 방에 다시 금칠을 하여 교황과 황후들이 거처로 삼았던 예전의 이 넓은 궁전을 일으켜 세운다.

바로 이렇게 복구된 궁전, 그것이 프로방스의 언어이다.

농부의 아들은 바로 미스트랄이었다.

오렌지

환상

파리에서 오렌지들은 나무 아래 떨어져 모여 있는 과일들의 슬픈 표정을 짓고 있다. 밋밋한 맛을 풍기는 이 고장에서 비가 내리는 차가운 한겨울 오렌지들을 보게 되면, 눈부신 껍질과 강한 향기 때문에 오렌지들은 약간은 보헤미안 같은 야릇한 모습을 띠게 된다. 안개 낀 저녁 무렵, 조그만 행상 수레에 쌓여 있는 오렌지들은 불그스레한 종이로 둘러싼 전구의 희미한 불빛을 받으며 인도 가장자리를 쓸쓸하게 지나간다. 마차들이 굴러가는 소리, 합승마차의 시끄러운 소리에 묻히고야 마는 단조롭고도 가느다란 외침이 오렌지들을 따라다닌다.

"발렌시아 오렌지 하나에 2수!"

그저 그런 둥근 모습에 나무에서 떨어지며 얇은 초록색 잎 하나만을 달고 있는 먼 지방에서 수확된 이 과일은 대부분의 파리 사람들에게 사탕과자나 설탕과자와 다르지 않을 뿐이다. 오렌지를 감싸고 있는 얇은 종이와 오렌지가 달고 다니는 그러저러한 축제들이 이런 인상을 갖게 만든다. 특히 1월이 다가오면 거리 여기저기에 흩어져 있는 수많은 오렌지들과 도랑의 진탕 속에서 이리저리 나뒹굴고 있는 껍질들을 보고 있노라면, 가짜 과일 열매들을 잔뜩 달고서 가지들을 흔들어 대는 파리의 거대한 크리스마스트리가 떠오르게 된다. 어느 구석을 가도 오렌지를 만나게 된다. 불빛이 훤한 거리의 진열장에서도 꼼꼼히 추려져 장식된 오렌지들이 있고, 교도소와 양로원 문 앞 과자 상자들과 사과 더미 사이에도 있으며, 무도회와 주일 공연장 입구에도 있다. 그리고 오렌지의 감미로운 향기는 가스 냄새와 싸구려 바이올린 소리 그리고 이러저러한 공연장 긴 좌석에 내려앉은 먼지와 뒤섞여 있다…. 사람들은 흔히 오렌지가 오렌지 나무에서 생긴다는 것을 잊어버리게 된다.

왜냐하면 오렌지들은 상자에 가득 담겨 남부지방에서 우리에게 곧바로 운반되지만, 가지치기가 되어 변형되고 가공된 오렌지 나무는 온실에서 겨울을 보내고 난 후 공원 마당에 잠깐 모습을 드러내고 말 뿐이기 때문이다.

오렌지를 제대로 이해하기 위해서는 오렌지가 생산되는 발레아르 군도, 사르디니아 지방, 코르시카, 알제리, 지중해의 황금빛 감도는 푸르른 공기와 따뜻한 대기 속에서 그것들을 보아야 한다. 블리다*의 성문에 심긴 작은 오렌지 나무들이 생각난다. 그 오렌지들은 얼마나 아름다웠던지! 반짝반짝 윤이 나는 짙은 이파리들 사이에서 오렌지들은 색유리의 광채를 담고 있었고, 눈부신 꽃들을 감싸고 있는 그 찬란한 후광으로 자기 주변을 금빛으로 물들이고 있었다. 여기저기 가지들 틈새로 조그만 도시의 성벽, 회교사원의 첨탑, 회교은자 묘지의 둥근 지붕이 보였고, 이 모든 것들 위로 아래쪽은 초록색이지만 헐렁한 눈송이들이 떨어져 흰 물결 자국을 이룬 하얀 모피를 닮은 흰눈을 머리에 잔뜩 이고 있는 거대한 아틀라스 산맥이 보였다.

* 오렌지로 유명한 알제리 도시.

내가 그곳에 머물던 어느 날 밤, 지난 30년 동안 한 번도 보지 못했던 어떤 이상한 현상으로 인해 겨울의 흰 눈송이들이 잠에 빠진 도시 위에 뿌려져서 블리다가 가루 같은 하얀 눈을 뒤집어쓰고 모습을 바꾼 채 잠에서 깨어난 적이 있다. 공기가 가볍고 깨끗한 이 알제리 지역에서 눈은 마치 진주 가루처럼 보였다. 눈은 흰 공작새 깃털의 광채를 띠고 있었다. 가장 아름다웠던 것은 오렌지 밭이었다. 래커를 칠한 쟁반 위의 아이스크림처럼 눈은 오렌지의 단단한 이파리들 위에 그대로 곧게 쌓여 있었고, 흰 가루가 뿌려진 열매들은 새하얀 베일 아래 숨겨진 황금처럼 눈이 부실 정도로 매끈한 모습에 은은한 광채를 내고 있었다. 이 광경을 보고 있자니 교회의 축제가, 레이스로 된 법의 속의 붉은 사제복이, 그리고 레이스가 덮여 있는 제단의 금박 입힌 장식물들이 은연히 떠올랐다….

하지만 오렌지에 대한 나의 가장 좋은 추억은 뜨거운 한낮에 낮잠을 자곤 했던 아작시오 근교의 커다란 정원 바르비카글리아에 아직도 남아 있다. 블리다와는 달리 더 키가 크고 넓은 간격으로 심어진 이곳의 오렌지 나무들은 도로

까지 내려와 늘어서 있었는데, 이 정원은 생울타리와 도랑만으로 도로와 경계를 이루고 있었다. 그 바로 뒤로는 바다, 푸르른 넓은 바다가 펼쳐져 있었다…. 이 정원에서 얼마나 행복한 시간을 보냈던지! 꽃을 피우고 열매를 맺은 오렌지 나무들은 머리 위에서 진한 향기를 불태우고 있었다. 이따금씩 잘 익은 오렌지 하나가 열기에 무거워 뚝하고 둔탁한 소리를 내며 땅바닥으로 떨어져 내 곁으로 굴러오곤 했다. 단지 손만 뻗으면 그만이었다. 속살이 자주색 비슷한 붉은색을 띠었던 기가 막힌 과일들이었다. 얼마나 달콤하게 보였는지, 그리고 수평선은 얼마나 아름다웠던지! 엷은 안개 속에서 반짝이는 깨진 유리 조각처럼 이파리 사이로 바다는 눈부신 푸른 공간을 펼쳐 놓고 있었다. 그리고 넓은 간격으로 펼쳐진 공간을 마구 뒤흔들고 있는 파도의 움직임, 보이지 않는 배 안에 있는 것마냥 이리저리 고르게 흔들거리는 소리들, 열기와 오렌지의 향기, 이 모든 것들…. 아! 바르비카글리아 정원에서의 낮잠은 얼마나 감미로웠던가!

가끔은 늘어지게 자고 있는 동안에 갑자기 울리는 북소

리에 놀라서 벌떡 일어나곤 했다. 아래 도로 쪽에서 가련한 매춘부들이 울리는 소리였다. 울타리에 난 구멍으로 빨간 바지 위에 놓인 북의 놋쇠 장식과 커다란 하얀 앞치마가 보였다. 도로의 먼지에 뒤섞여 자기들한테로 가차 없이 내려쬐는 저 눈부신 빛을 피하기 위해 저 가련한 악마들은 울타리가 만든 짧은 그늘을 찾아 정원 안으로 들어오곤 했다. 그리곤 북을 쳐댔다! 날씨가 얼마나 무더웠던지! 몽롱한 잠을 억지로 털어 버리며 나는 내 곁에 매달려 있는 그 아름나운 붉은 색 황금 과일 몇 개를 그들에게 재미로 던지곤 했다. 그러면 오렌지가 겨냥한 북소리는 멈췄다. 잠시 주저하다가 그들은 도랑을 건너 이 멋진 오렌지가 어디에서 굴러와 자기 앞에 떨어졌는지 사방을 둘러보았다. 그리곤 그것을 재빨리 집어 껍질을 벗기지도 않고 한 입 크게 베어 먹곤 했다.

바르비카글리아 바로 옆도 생각이 난다. 조그만 낮은 담으로 겨우 구분된 아주 이상한 작은 정원이 있었는데, 내가 있는 높은 곳에서 그곳이 잘 보였다. 평범한 모양을 한 작은 정원이었다. 금빛 모래가 뿌려진 오솔길에 나란히 심긴 짙푸른 관목들과 정문에 심어진 두 그루의 사이프러스는 마르세이유의 작은 별장 분위기를 내고 있었다. 그림자 진 곳은 한 군데도 없었다. 정원 안쪽에는 지하실의 창이 땅에 닿을락말락하게 나 있는 하얀 석조 건물이 있었다. 처음에는 그것이 시골집이라고 생각했다. 그러나 좀더 자세히 들여다보니 십자가가 지붕에 나 있었고, 멀리서 보아서 제대로 읽을 수는 없었지만 돌에 새겨진 글자들 때문에 그것이 코르시카 가족 묘지라는 것을 알게 되었다. 아작시오 근처에는 오렌지 밭 한복판에 세워진 가족들만을 위한 작은 예배당이 많았다. 일요일이면 가족들이 이곳에 와서 고인들을 찾았다. 이렇게 생각하고 보니, 어수선한 공동묘지에서보다도 죽음이 덜 음산하게 보였다. 단지 친구들의 발걸음만이 이 적막을 깨뜨리는 것이다.

내가 있는 곳에서 선하게 생긴 노인네가 차분하게 오솔길을 걸어가는 모습이 보이기도 했다. 온종일 그는 나뭇가지를 쳤고, 가래질을 했으며, 물을 뿌리고 시든 꽃들을 아주 조심스럽게 골라내곤 했다. 그리고 해가 지게 되면 죽은 자기 가족들이 있는 작은 예배당으로 들어갔다. 그는 가래, 쇠스랑, 커다란 물뿌리개를 가지런히 놓았다. 이 모든 것은 아주 차분하게 진행되었는데 참으로 조용한 묘지 정원사였다. 그러나 그는 분명 느끼지 못하고 있었을 터인데, 이 선량한 사람은 일종의 신중함을 가지고 일을 했다. 마치 누군가를 깨울까 봐 걱정된다는 듯이 굳이 소리를 내지 않으려 했고, 납골당의 문을 매번 조심스레 닫았다. 이 눈부신 정막 속에서 이 조그만 정원사의 손길은 새 한 마리도 방해하지 않았고, 그의 모습을 보면서 결코 애처롭다는 생각을 하지 않았다. 단지 바다가 더 넓어 보였고, 하늘이 더 높아 보였으며, 저 끝없는 낮잠은 넘쳐 나는 생기에 압도되어 요동치는 자연의 한복판에서 영원한 휴식의 감동을 자기 주위에 펼쳐 놓고 있었다….

고셰 신부님의 묘약

"형제여, 이걸 좀 드셔 보시게나. 새롭다고 말하게 될 걸세."

한 방울 한 방울씩 진주 방울을 세는 보석 세공사의 세심한 주의를 기울이면서 그라브종 주임신부는 나에게 황금빛이 섞인 따끈하면서도 반짝이는 향이 그윽한 초록색 액체를 약간 따라 주었다…. 뱃속에 햇빛이 비치는 것 같았다.

"우리 프로방스에 기쁨과 건강을 주었던 고셰 신부님의 묘약이라네"라며 자랑스럽다는 듯이 이 친절한 신부는 말했다. "자네 풍차방앗간에서 팔 킬로미터 떨어진 곳에 있는 프레몽트레 수도원에서 이 술을 만든다네…. 세상의 어떤 수도원에서 만든 술도 이보다 더 낫지는 않을 걸세….
이 묘약에 관한 이야기가 얼마나 재미있는지 알고 싶지 않은가?… 자, 들어보시게."

예수의 십자가를 그린 작은 그림들이 걸려 있고 주름 접힌 밝은 커튼이 성직자들이 겉에 입는 의복처럼 걸려 있는 아주 소박하면서도 조용한 사제관의 식당에서 꾸밈없고 악의 없이 주임신부는 에라스무스*나 아수시**가 이야기하는 방식처럼 약간은 회의적이고 불경한 이야기를 내게 들려주기 시작했다.

지금으로부터 20년 전, 프레몽트레 수도사들, 아니 우리 프로방스 사람들이 부르는 '백의의 수도사들'은 매우 가난한 상태에 빠져 있었다. 자네가 만약 그 시절의 집들을 보게 된다면 가슴이 무척 아파 왔을 것이다.

거대한 벽과 파콤 탑***은 조각조각 부서져 있었다. 잡초가 무성한 수도원 회랑의 기둥들에는 금이 가 있었고, 성인들의 석상들도 무너져 내렸다. 멀쩡한 스테인드글라스 하나

---

* 네덜란드 출신의 인문주의자(1496-1536).

** 프랑스 시인(1605-1677).

*** 수도원 생활의 규범을 만든 성자의 이름을 딴 탑.

없었고, 버티고 서 있는 문조차 없었다. 수도원 안마당이나 예배당에는 론 강에서 불어오는 바람이 카마르그 전체를 휩쓰는 것처럼 불어와서 촛불을 꺼 버렸고, 창틀을 깨어 부수고, 성수반에 담긴 성수를 사방으로 튀게 만들곤 했다. 그러나 이 보다 더 슬픈 것은 비어 있는 비둘기장처럼 소리 없는 수도원의 종탑이었다. 종을 살 돈이 없었던 신부들은 새벽 미사를 아몬드 나무로 만든 딱따기로 알려야 했다!…

가련한 백의의 수도사들! 여기저기를 실로 기운 소매 없는 외투를 입고 호박이나 수박으로 연명하며 성체 축일 행진을 하던 창백하고 바짝 마른 그들의 모습과 그들 뒤에서 금박이 닳아 버린 사목司牧 지팡이와 벌레가 먹어 버린 흰 모직으로 만든 주교관을 벌건 대낮에 드러낼 수밖에 없어서 창피해진 수도원장이 머리를 숙인 채 걷고 있는 모습이 아직도 눈에 선하다. 수도원 여신도들은 그 모습에 가슴이 아파 행렬에서 눈물을 흘리고 있었고, 뚱뚱한 기수들은 낮은 소리로 가난한 수도사들을 가리키며 자기들끼리 숙덕대고 있었다.

"없는 것들이 몰려다니면 더 배고픈 법인데."

사실, 이 불쌍한 백의의 수도사들은 바깥세상 여기저기로 나가서 각자 나름대로 먹을 것을 찾는 것이 더 낫지 않을까라는 생각을 하기도 했다.

그런데 이 심각한 문제가 수도회 총회에서 논쟁거리가 되고 있던 어느 날, 고셰 형제가 총회에 말씀드릴 것이 있다고 누군가가 수도원장에게 알려 왔다…. 참고 삼아 말하면, 이 고셰 형제는 수도원에서 소를 돌보는 사람이었다. 달리 말해 돌바닥 사이로 난 풀을 찾아 뜯어먹는 비쩍 마른 소 두 마리를 끌고 수도원 회랑 이곳저곳을 온종일 돌아다니는 사람이었다. 열두 살 때까지 베공 이무라고 불린 보지방의 미친 노파의 손에 맡겨졌다가 수도원에 맡겨 자라다가 이 불행한 소 먹이꾼은 짐승을 모는 일과 주기도문을 외는 것 외엔 아무것도 배운 것이 없었다. 게다가 그는 프로방스 사투리를 했다. 왜냐하면 머리가 둔하고 납으로 만든 둔탁한 단검처럼 또렷한 정신이 없었기 때문이다. 그러나 그는 약간의 환영을 보았으며, 마모로 된 속옷을 입어야 편안함을 느꼈고, 투박한 신앙심으로 팔로 몸에 채찍질을 가하는 열렬한 신도*였다….

그가 순진하고 약간은 모자라게 총회에 들어와 발을 뒤로하고 인사를 하자 수도원장과 참사원들 그리고 회계수도사들 모두가 웃음을 터뜨렸다. 머리가 희끗한 착한 얼굴에 염소수염을 하고 두 눈이 약간 멍한 그가 어딘가에 나타날 때마다 항상 이런 일이 벌어지곤 했다. 그러나 고셰 형제는 이것에 마음 아파하지 않았다.

"존경하옵는 신부님들, 빈 통이 소리가 잘 난다는 것은 옳은 말이라고 생각합니다"라고 올리브 씨앗으로 만든 염주를 굴리면서 그는 순진한 어조로 말했다. "제가 이미 비어 버릴 대로 비어 버린 머리를 쥐어짜는 모습을 생각해 보십시오. 그러다가 제 생각으로는 우리 모두를 이 고통에서 구해 줄 수 있는 방법을 마침내 찾았다고 여겨집니다."

"자, 이제 말씀드리지요. 어릴 때 저를 돌보아준 착한 여자였던 베공 이모를 잘 아실 겝니다(하느님, 술 마시고 저속한 노래를 불렀던 저 늙고 천박한 여인의 영혼을 보살펴 주소서!) 존경하옵는 신부님들, 제가 말씀드리고자 하는

* 즉, 몸에서 사악한 것을 없애기 위해 고행도 마다하지 않는 신도.

것은 이 베공 이모는 생전에 코르시카의 늙은 키키새만큼 이나 아니 그 이상으로 야생 약초들을 잘 알고 있었다는 것입니다. 심지어 말년엔 우리가 알피유 산에서 함께 캐 온 대여섯 개의 약초를 섞어서 기가 막힌 묘약을 만들어 냈습니다. 많은 세월이 흘렀지만, 저로서는 성 아우구스티누스의 도움과 원장님의 허락을 얻는다면 이 신비한 묘약의 제조법을—잘 연구해서—찾아낼 수 있을 것 같습니다. 그러면 단지 술병에 담아 약간 비싼 값에 내다팔기만 하면 됩니다. 트라피스트 수도원이나 샤르트르 대수도원 형제들이 그랬듯이 우리 수도원의 살림살이는 더 나아질 겝니다…."

말을 채 끝낼 시간을 사람들은 주지 않았다. 수도원장은 벌떡 일어나 그의 목을 끌어안았다. 참사회원들도 그의 손을 잡았다. 다른 사람들보다도 더 감동한 회계수사는 누더기 같은 두건 달린 겉옷자락에 입을 맞추었다…. 그러곤 모두 제자리로 돌아가 논의를 계속했다. 회의 중에 참사회는 고셰 형제가 온 시간을 묘약 제조법에 쓰도록 트라시빌 수도사에게 소들을 맡기기로 결정을 내렸다.

이 착한 형제가 어떻게 베공 이모의 제조법을 다시 찾게 되었냐고? 어떤 수고를 했느냐고? 얼마나 많은 밤을 지새웠냐고? 이야기는 우리에게 가르쳐 주는 바가 없다. 단지 확실한 것은 6개월 만에 백의의 수도사들의 묘약이 이미 큰 인기를 얻고 있었다는 것뿐이다. 아비뇽의 모든 백작령에서, 아를의 모든 지방에서 식료품 곳간 안쪽 과일주가 담긴 병들과 검은 올리브 절임 항아리 사이에 프로방스 문장紋章이 새겨져 봉인이 된, 황홀경에 빠진 수도사의 모습이 은빛 상표에 그려진 갈색의 작은 토기로 된 병을 놓아두지 않은 농가나 헛간은 단 한 군데도 없었다. 이 묘약이 유행한 덕분에 프레몽트레 수도원은 순식간에 부자가 되었다. 파콤 탑을 다시 세웠다. 수도원장은 새 지팡이를 얻었고, 교회는 예쁘게 공들인 채색유리를 다시 끼웠다. 게다가 가장자리를 세심하게 장식한 종루에서는 온갖 종류의 큰 종들과 작은 종들이 부활절 기쁜 아침에 일제히 한껏 춤을 추듯이 요란하고 큰 소리로 울렸다.

더 이상 수도원에서는 촌스런 행동으로 총회를 한참 즐겁게 만들었던 저 세속 수도사 고셰 형제 얘기를 꺼내지 않게 되었다. 그날부터 사람들은 머리가 좋고 학식이 뛰어난 고셰 신부님만을 알고 있을 뿐이었다. 그는 수도원의 수많은 자질구레한 일에서 완전히 손을 떼고 온종일 주조장 안에 틀어박혀 지냈고, 그동안 서른 명의 수도사들은 그를 위해 향기 좋은 풀을 찾아 산 속을 돌아다녔다…. 아무도, 심지어 수도원장이라도 들어올 권한이 없었던 이 주조장은 수도원 정원 끝에 있는 버려진 낡은 예배당에 있었다. 소박한 마음씨를 지닌 훌륭한 수도사들 덕분에 이 예배당은 무언가 신비롭고 굉장한 것이 되었다. 그래서 겁도 없고 호기심 많은 새까맣게 어린 수도사가 우연히 덩굴이 무성한 벽을 타고 정문의 원화형 큰 유리창까지 올라오는 경우도 있었지만, 고셰 신부님이 마술사처럼 수염을 기르고 손에는 알코올 비중계를 든 채 장밋빛 도기로 만든 목이 굽은 증류기와 엄청나게 큰 증류기, 크리스탈로 된 뱀 같은 유리관에 둘러싸여 화덕을 들여다보고 있는 모습을 보고는 공포에 질려 금방 거기서 굴러떨어지곤 했다. 이 이상한 물건들이 유리창의 붉은 빛을 통해 보면 마치 마법에 걸려 불에 타오르는 것 같았기 때문이다….

해가 지고 마지막 기도시간을 알리는 종이 울리면 이 신비한 장소의 문이 조심스럽게 열리고, 고셰 신부님은 저녁 일과를 위해 교회 안으로 자리를 옮겼다. 그가 수도원 안을 가로질러 갈 때 그를 대하는 게 어땠는지 말해 보자. 수도사들은 그가 지나면 길을 내주며 이렇게 말했다.

"쉿!… 비밀을 알고 계시는 분이야…."

수도원 회계 수사가 그의 뒤를 따라가다 머리를 굽혀 그에게 말을 건네곤 했다…. 이런 경외하는 분위기 한복판에서 머리 뒤쪽에 후광처럼 테가 넓은 삼각모를 쓴 신부님은 이마의 땀을 훔치며 걸어갔다. 주위에 오렌지 나무가 심겨진 커다란 뜰과 새로 단 풍향계가 돌고 있는 파란 지붕 그리고 새하얗게 색을 칠한 수도원에서 — 우아하게 꽃무늬가 새겨진 원주들 사이에서 — 깨끗하게 옷을 입은 수도사들이 두 명씩 짝을 지어 편안한 얼굴로 이동하는 모습을 흡족한 표정으로 바라보면서….

"이 모든 것이 전부 내 덕분이지"라고 신부님은 속으로 생각했다. 이런 생각을 할 때마다 그의 자만심은 부풀어 올랐다.

그런데 이 가련한 사람은 바로 이 자만심 때문에 벌을 받게 된다. 이제 알게 되시리라….

어느 날 저녁, 미사를 드리고 있는 중에 얼굴이 벌겋게 헐떡거리며, 두건이 흐트러진 채 그가 아주 황급하게 성당으로 들어오는 모습을 상상해 보자. 너무 흥분해서 그는 성수로 소매까지 적셨으니. 처음에 사람들은 늦게 도착해서 흥분했다고 생각했다. 그러나 그가 제단 앞에 기도를 드리는 대신 오르간과 오르간을 비치한 누대 앞에서 무릎을 꿇고 기도를 하다가, 휙 하고 성당을 가로질러 5분 동안 자기 자리를 찾기 위해 성가대 속을 휘 집고 다닌 후 일단 앉고 나서는 참으로 행복하다는 표정을 지으며 자기 양쪽에 머리 인사를 하는 모습에 성당 안 사람들은 놀라서 웅성거렸다. 기도석 이곳저곳이 수군거렸다.

"신부님이 대체 왜 저리시지?… 대체 신부님이 왜 저러시는 거야?"

수도원장은 조바심이 나서 두 번씩이나 지팡이로 바닥을 내리치며 조용히 하라고 말했다…. 멀리 성가대 안쪽에서 〈시편〉을 부르는 소리가 들려왔다. 그러나 노래엔 활기가 없었다….

기도를 한참 읊고 있는 중에 갑자기 우리의 고셰 신부님이 기도석에서 몸을 뒤로 젖히더니 쩌렁쩌렁한 목소리로 노래하기 시작했다.

> 파리에는 백의의 신부가 계신다네,
> 프하하, 프하하, 히히히, 히히히.

모두가 기겁을 했다. 사람들 모두 자리에서 일어났다. 누군가가 소리쳤다.

"저 사람을 끌어내라…. 악마에 씌었다!"

참사회원들은 성호를 그었다. 수도원장의 지팡이가 허공을 휘저었다…. 그러나 고셰 신부는 아무것도 보지 못했고 아무것도 듣지 못했다. 그가 마법에 홀린 것처럼 발버둥 치며 "프하하", "히히히" 노래를 계속해서 크게 불러대는 바람에 건장한 두 수도사가 그를 성가대 작은 문으로 끌어내지 않을 수 없었다.

다음 날, 이른 새벽에 이 불행한 신부는 수도원장의 기도실에 무릎을 꿇고 눈물을 쏟아 내며 자신의 죄를 고하고 있었다.

"묘약 때문입니다, 원장 신부님, 묘약 때문에 그 지경에 이른 겁니다"라고 가슴을 치면서 그는 말했다.

자신의 죄를 뉘우치며 한탄하는 것을 본 관대한 수도원장 자신도 큰 감동을 받았다.

"자, 자, 고셰 신부, 진정하시게나. 태양에 이슬이 마르듯 금방 잊힐 것이오…. 여하튼 간에 그 사건은 당신이 생각하는 것처럼 그리 대단하지 않았소. 약간… 음! 음!…한 노래를 부르긴 했지만… 하여튼 견습 수도사들이 그 노래를 듣지 않았길 바랄 뿐이오…. 이제, 자, 어떻게 그런 일이 일어날 수 있었는지 말해 보시오…. 묘약을 마셔 보았던 것이오? 그렇소? 묘약을 좀 많이 마신 것이겠지…. 그래, 그래, 이해하오…. 화약을 발명한 슈바르츠 신부도 그랬으니까. 그댄 그대가 만든 발명품의 희생자였던 것이오…. 그러니 말해 보시오, 이 사람아, 그 무시무시한 묘약을 꼭 자기에게 시험해 봐야 했던 것이오?"

"유감스럽지만 그렇습니다, 원장 신부님…. 시험관으로는 술의 농도와 도수를 알 수 있지요. 허나 결국에 가서 얼마나 부드러운지 확인하기 위해서는 제 혀를 믿는 수밖엔 달리 어쩔 수 없습니다…."

"아! 그렇소?… 그런데 제가 하는 말을 다시 잘 들어 보시오…. 당신이 별 수 없이 그렇게 묘약을 맛보게 되면, 그것이 괜찮던가요? 기분이 좋아지던가요?"

"유감스럽게도 그렇습니다, 원장 신부님"이라며 얼굴이 새빨개져서 이 불행한 신부는 말했다…. "지난 이틀 동안 꽃향기가 났습니다. 그 향기란… 분명히 악마가 제게 못된 짓을 한 것입니다…. 그래서 이제부터는 더 이상 시험관 맛을 보지 않으려고 결심했습니다. 묘약이 아주 감미롭지 않아도, 아주 완벽하지 않아도 별 수 없는 게지요…."

"그리 하지 않도록 조심하시오"라며 원장신부가 생경하게 말을 끊었다. "고객에게 실망을 주어서는 안 됩니다…. 이제 어떤 일이 일어날지 당신이 잘 알고 있으니 만큼, 철저하게 조심하시오…. 보시오, 술을 정확하게 맛보려면 얼마나 맛보아야 하나요?… 열대여섯 방울이면 되지 않겠소?… 스무 방울이라고 해 둡시다…. 스무 방울이면 악마도 어찌하진 못할 것이오…. 그리고 앞으로 일어날 사고를 막기 위해서 이제부턴 교회당으로 오지 않아도 되오. 저녁 기도를 주조장에서 하시구려. 자, 그러니, 이제 편히 쉬시구려, 신부, 그리고 특히… 술 방울을 세는 데 각별히 신경을 쓰셔야 하오."

그러나 불행히도 이 가련한 신부가 방울을 세도 소용이 없었으니… 악마는 그를 사로잡고 더 이상 놓아 두질 않았다.

주조장에서 이상한 기도 소리가 들려왔던 것이다.

낮 동안에는 아무런 문제가 없었다. 신부는 매우 평온했다. 그는 풍로와 증류기를 준비하고는 조심스럽게 향기 그윽하고 태양을 잔뜩 받은 섬세하고도 향이 짙은 깔쭉깔쭉한 프로방스의 온갖 풀들을 종류별로 신중하게 분류해 냈다…. 그러나 저녁이 되어 풀을 달이고, 묘약이 붉은 구리 냄비 속에서 식어 가면, 이 가련한 사내의 시련은 시작되었다.

"열일곱, 열여덟, 열아홉, 스물!"

방울방울이 증류관을 타고 진홍빛 잔 속으로 떨어졌다.

이 스무 방울을 신부는 단숨에 마셨고 거의 아무런 반응이 없었다. 스물한 방울을 그는 마셔 보고 싶어졌다. 스물한 방울이라니…. 시련을 벗어나기 위해 그는 주조장 한쪽 끝에 꼿꼿이 무릎을 꿇고 '하나님 아버지'를 시작하며 자리에 쭉 누웠다. 그러자 여전히 따끈따끈한 액체에서 향기가 진동하는 작은 연기가 피어오르더니 그의 주변을 빙글빙글 돌았고, 자기도 모르는 사이에 그는 냄비 쪽으로 이끌려 갔다…. 액체는 황금빛이 도는 아름다운 녹색을 띠고 있었다. 허리를 굽혀 코를 벌름거리면서 신부는 유리막대로 그것을 천천히 휘저었다. 에메랄드 물결이 만들어 내는 반짝이는 작은 방울들 속에서 그는 자기를 보며 웃고 있는 반짝반짝 빛나는 베공 이모의 눈을 보는 것 같았다….

"자, 자! 한 방울 더 마셔 보렴!"

한 방울 한 방울, 이 불행한 사람은 자기 잔을 가득 채우고 말았다. 그러자 힘이 쭉 빠져서 커다란 소파에 털썩 앉고 말았다. 몸을 축 늘어뜨리고 눈을 반쯤 감은 채 그는 작은 잔으로 자신의 죄를 음미했다. 은은한 회한 속에서 아주 작은 목소리로 혼잣말을 하면서.

"아! 지옥에 가게 될 거야, 지옥에 떨어지겠지."

가장 무서운 것은 이 악마 같은 묘약의 바닥을 비우자 대체 어떤 마력 때문인지는 모르겠으나 베공 이모의 저 저속한 노래들을 그가 다시 들었다는 것이다. '세 명의 천한 아줌마들이 축제를 열자는 말들을 하네….' 혹은 '앙드레 나으리의 양치기 소녀가 혼자서 숲으로 갔다네….' 그러곤 백색의 신부들의 저 유명한 후렴구가 시작되었다. '프하하 프하하.'

다음 날 다른 수도사들이 짓궂은 표정을 그에게 지을 때 그가 얼마나 혼란스러웠을지 상상해 보라.

"어이! 에! 고셰 신부님, 어제 저녁 잠자리에 드실 때 머릿속에 매미가 들어갔나 보죠!"

그러면 그는 눈물을 흘리며 절망하고 금식을 하고, 마모로 된 수도복을 입고 몸을 채찍질을 했다. 그러나 이 악마의 묘약을 막을 수는 없었으니. 매일 저녁 같은 시간에 악마의 의식은 다시 시작되었다.

그러는 동안에 주문이 수도원으로 계속 들어와서 그것

은 은총과 같았다. 님, 엑스, 아비뇽, 마르세이유에서 주문이 들어왔다…. 하루하루 지날수록 수도원은 작은 공장의 모습을 띠어 갔다. 포장을 담당하는 수도사, 상표 붙이는 수도사가 있는가 하면 다른 수도사들은 송장을 작성하고 배달용 수레를 몰았다. 그래서 가끔씩은 기도 시간을 울리는 종소리를 잊어버리곤 했다. 그렇지만 내 단언하건대 마을의 가련한 사람들이 그로 인해 피해를 보는 일은 없었다.

그런데 어느 날 일요일 아침, 회계 수사가 사람들이 가득 모여 있는 회의실에서 연말 대차대조표를 읽어 나가고 참사원들이 번쩍이는 눈으로 입가에 미소를 지으며 그것을 듣고 있을 무렵, 고셰 신부가 이렇게 소리를 지르며 회의 한복판으로 뛰어 들어왔다.

"이제 끝났어…. 더 이상 못하겠어…. 내 소를 돌려 달라구."

"무슨 일이오, 고셰 신부?" 그가 왜 이런 행동을 하는지 잘 짐작하고 있는 수도원장이 물었다.

"무슨 일이냐고요, 원장님?… 이글이글 타오르는, 쇠스랑에 몸을 찔리는 저 아름다운 영원을 제가 지금 준비하고 있단 말입니다. 저는 마셨어요, 제가 정신나간… 처럼 마셨단 말입니다"

"하지만 방울을 잘 세라고 내 말하지 않았소?"

"아! 물론 그렇죠, 방울을 세라고요! 헌데 이제는 잔 수를 세게 되었습니다…. 예, 원장 신부님, 그리되고 말았어요. 하루 저녁에 세 병이나 마시고 있으니…. 언제까지 이래야 하나요?… 원하시는 다른 사람에게 묘약 만드는 걸 시키세요…. 제가 다시 술을 만든다면 신의 저주가 있을 겁니다!"

회의장에 참석한 신부들이 더 이상 웃지 않고 있었다.

"이봐, 이 바보 같은 사람아, 우리를 망치려고 하는 게야!"라고 회계 수사가 큰 장부를 흔들며 소리쳤다.

"내가 지옥에 가도 좋단 말인가?"

그때 수도원장이 자리에서 일어났다.

"고셰 신부님." 성직자 반지가 빛나고 있는 하얀 예쁜 손을 쭉 펴면서 그가 말했다. "문제를 해결할 방법이 있습니다. 저녁이라고 했나요, 신부님, 악마가 유혹을 하는 게?…"

"예, 그렇습니다요, 원장 신부님, 저녁마다 규칙적으

로…. 그런데 이젠 밤이 되는 것만 보아도, 제 표현을 용서해 주세요, 짐 싣는 안장이 오는 것만 보아도 땀을 쭉쭉 흘리는 카피투의 노새처럼 땀을 흘린 답니다."

"자, 이제, 진정하시구려…. 이제부터 매일 저녁 기도시간에 그대를 위해 면죄부가 언급되어 있는 성 아우구스티누스의 기도문을 낭독하겠소…. 그렇게 한다면 무슨 일이 벌어져도 그대는 죄를 용서받게 될 거요…. 그대 죄를 사해 준단 말이오."

"아, 그리해 주신다면, 감사합니다. 원장 신부님!"

그리곤 더 이상의 요구를 하지 않은 채 고셰 신부는 주조장으로 돌아갔다, 종달새처럼 가벼운 마음으로.

실제로 그 날 이후부터 매일 저녁 기도가 끝날 무렵이면 미사 집전 신부는 이런 말을 빼놓지 않았다.

"우리의 가련한 고셰 신부를 위해 기도합시다. 그는 모두를 위해 자신의 영혼을 바쳤으니…. 신이여 기도 드리나니…."

이렇게 교회당 어둠 속에서 무릎을 꿇고 흰 옷을 입은 수도사들이 기도를 드리는 동안에 기도소리는 눈 위로 불어

대는 북풍처럼 떨면서 수도원 끝으로 날아갔고, 증류기로 벌겋게 된 창문 너머로 사람들은 목청을 다해 부르는 고셰 신부의 노래 소리를 들을 수 있었다.

파리에는 백의의 신부가 계신다네,
프하하, 프하하, 히히히, 히히히.
파리에는 백의의 신부가 계신다네
프하하 프하하, 히히히 히히히
파리에는 백의의 신부가 계신다네
수녀들을 춤추게 만드는
얼씨구 얼씨구 얼씨구 정원에서
춤추게 만드는…

… 여기까지 말을 한 이 선한 주임 신부는 깜짝 놀란 채 말을 멈췄다.

"하느님 맙소사! 교구 신자들이 내 말을 들으면 어찌하려고!"

마지막 수업

어느 알자스 소년의 이야기

그날 아침, 나는 학교에 가기엔 너무 늦었고, 게다가 아멜 선생님이 분사分詞에 대해 물어볼 거라고 하셨지만 나는 분사의 비읍도 모르고 있었기에 야단을 맞을까 봐 너무 겁이 났다. 학교에 가지 말고 딴 길로 새어 볼까 생각도 해 보았다.

날씨는 무던히도 따뜻했고 참으로 청명했다!

숲가에선 티티새의 우는 소리가, 리페르 아저씨 목장 제재소 뒤에서는 프러시아 군인들이 훈련하는 소리가 들렸다. 이 모든 것이 분사규칙보다 훨씬 더 나를 사로잡았다. 하지만 꾹 참고서 학교로 아주 급하게 달려갔다.

시청 앞을 지날 때 많은 사람들이 조그만 벽보 근처에 멈춰 서 있는 것이 보였다. 2년 전부터 바로 이 벽보를 통해서 패전과 징집 그리고 사령부 명령과 같은 나쁜 소식들이 우리에게 전해져 왔다. 나는 멈춰 서지 않고 생각했다.

"또 무슨 일이지?"

그런데 내가 뛰어서 광장을 가로질러 가고 있을 때, 거기에서 견습공과 함께 벽보를 읽고 있던 대장장이 바슈테르 아저씨가 나에게 소리를 질렀다.

"그렇게 서두를 것 없다, 애야. 이제 학교에 늦는 법은 없을 게다!"

나는 그가 나를 놀린다고 생각했고, 헐떡거리며 아멜 선생님의 작은 마당으로 들어갔다.

여느 때 같으면 수업이 시작되면 거리에서 들릴 정도로 크게 떠드는 소리, 서랍을 여닫는 소리, 암기를 더 잘하기 위해 학생들 모두가 귀를 막고 큰 소리로 따라서 반복하는 수업 소리 그리고 책상 위를 내리치는 선생님의 커다란 자막대 소리가 들리곤 했다.

"좀 조용히!"

나는 소란스런 소리를 기대하며 몰래 자리에 앉으려고

했다. 그러나 정말이지 그 날에는 모든 것이 조용했다. 마치 일요일 아침처럼. 열어 놓은 창문으로 이미 자리에 앉자 있는 친구들과 옆구리에 그 무시무시한 철 막대기를 들고 왔다 갔다 하는 아멜 선생님이 보였다. 교실 문을 열고 이 무거운 침묵 한복판으로 들어가야만 했다. 내 얼굴이 얼마나 빨개졌는지, 내가 얼마나 겁이 났었는지 상상할 수 있을 것이다.

그런데, 그렇지가 않았다. 아멜 선생님은 화를 내지 않고 나를 바라보셨다. 그리고 아주 부드럽게 말씀하셨다.

"어서 자리에 가 앉거라, 프란츠야. 너를 빼놓고 시작할 뻔했구나."

나는 의자를 뛰어넘어 잽싸게 책상 앞에 가 앉았다. 그때서야 비로소 두려움에서 벗어나게 된 나는 선생님이 장학관 검열일이나 시상식 날에만 입는 멋있는 녹색 예복에 곱게 접은 가슴 장식을 달고 수가 놓인 검은 비단 모자를 쓰고 계신다는 것을 알아차렸다. 게다가 교실 전체에 무언가 이상하고 엄숙한 것이 흐르고 있었다. 하지만 내가 가장 놀란 것은 교실 뒤쪽에, 평소에는 비어 있던 의자에, 마을 사람들이 우리들처럼 말없이 앉아 있는 것을 보게 된 것이었다. 삼각모를 쓴 오제르 할아버지, 전임 시장, 전임 우체부 그리고 다른 사람들이 있었다. 이 모든 사람들은 슬퍼 보였다. 게다가 오제르 할아버지는 가장자리가 닳아 해진 낡은 철자법 교본을 가지고 와 무릎 위에 활짝 펴서 그 위에 커다란 안경을 얹어 놓고 있었다.

내가 이 모든 것에 놀라고 있는 동안 아멜 선생님이 교단에 올라서 나를 맞이할 때와 똑같이 부드럽고 장중한 목소리로 우리들에게 말씀을 하셨다.

"여러분, 이제 마지막으로 여러분께 수업을 합니다. 알자스와 로렌 지방의 학교에서는 오직 독일어만 가르치라는 명령이 베를린에서 왔습니다…. 새로운 선생님이 내일 오실 겁니다. 오늘은 여러분의 마지막 프랑스어 수업입니다. 잘 주목해 주시기 바랍니다."

이 몇 마디 말씀이 나를 뒤흔들어 놓았다. 아! 나쁜 인간들, 그들이 시청에 붙인 벽보가 바로 이거였구나.

내 마지막 프랑스어 수업이라니!…

나는 이제 겨우 글을 쓸 줄 알 뿐인데! 결국엔 영영 배우지 못하게 되는구나! 그러니 이 상태로 남게 되는구나!… 새둥지를 털거나, 사르 강 위에서 미끄럼질을 하기 위해 잃어버린 시간들에 대해 내 자신이 그때는 얼마나 원망스러웠는지! 방금 전까지 그토록 지겹고 정말로 무거웠던 내 책들이, 문법책이, 종교성사책이 이제는 헤어지기엔 너무나 가슴 아픈 오랜 친구처럼 보였다. 그것은 아멜 선생님에 대해서도 마찬가지였다. 그가 떠날 것이며 다시는 보지 못할 거라는 생각에 벌을 받은 것도, 자막대기로 맞았던 것도 잊어버렸다.

가엾은 선생님!

이 마지막 수업에 경의를 표하기 위해 그분은 멋진 외출복을 입으신 거였다. 그제서야 나는 마을 어르신들이 교실 뒤쪽에 와 앉은 이유를 알게 되었다. 그들은 마치 더 자주 학교에 오지 못했던 것을 후회하고 있는 것처럼 보였다. 그것은 또한 40년간 봉직해 오신 선생님께 감사를 표하고 이제 사라질 조국에게 그들의 의무를 다하는 한 방식이기도 했다….

이런 생각에 빠져 있을 때, 내 이름을 부르는 소리가 들렸다. 내가 암송할 차례였다. 저 유명한 분사규칙을 큰 목소리로 또랑또랑하게 실수하지 않고 길게 말할 수만 있다면 내 무엇을 하지 못했으리. 그러나 첫마디부터 꼬이기 시작했으며, 가슴이 저려 와 감히 고개를 들 생각을 하지 못하고 자리에서 몸을 흔들거리며 서 있었다. 선생님께서 내게 하시는 말씀이 들렸다.

"프란츠야, 너를 야단치지 않으마. 충분히 벌을 받아야 겠지만…. 이런 것이란다. 매일같이 여러분들은 이렇게 생각한다. 뭐, 시간은 많아! 내일 하지 뭐. 그러고 나서야 어떤 일이 벌어지는지 알게 된다…. 아! 교육을 언제나 내일로 미룬 것이 우리 알자스의 큰 불행이었다. 이제 저네들은 우리들에게 이렇게 말할 수 있게 되었단다. 뭐라고! 당신들은 프랑스인이길 바라지만 모국어를 말하지도 쓰지도 못한다고!… 이 모든 일에 있어서, 프란츠야, 네가 가장 죄가 많은 것은 아니다. 우리 모두 우리가 한 일에 대해 상당 부분 자책해야만 한단다.

여러분들의 부모님은 애써 여러분을 가르치려고 하지 않았다. 부모님들은 몇 푼을 벌기 위해 여러분을 들일로 혹은 제사공장 직공으로 보내는 것을 더 좋아하셨다. 나라고 해서 스스로를 비난할 일이 없었겠느냐? 공부하는 대신 너희들이 자주 내 정원에 물이나 주도록 하지 않았더냐? 송어 낚시를 가고 싶어 너희들을 집으로 보내 놓고 꺼림칙해한 적이 없었더냐?…"

그래서 아멜 선생님은 하나씩 하나씩 프랑스어에 대해 말씀해 주시기 시작했다. 세상에서 가장 아름다운 언어이며, 가장 명료하고 가장 단단한 언어라고 말씀하셨다. 우리들이 그것을 간직하여 결코 잊어버려서는 안 된다고. 왜냐하면 한 민족이 노예가 되었다 한들 자신의 언어를 잘 간직하고 있다면, 그것은 마치 감옥의 열쇠를 쥐고 있는 것과 같을 터이니까…. 그러고 나서 문법책을 들고 우리가 배워야 할 과목을 읽어 주셨다. 나는 내가 정말로 잘 이해하고 있다는 것에 놀랐다. 선생님이 말씀하신 모든 것들이 내겐 쉽게, 쉬운 것처럼 보였다. 게다가 그동안 제대로 귀를 기울이지 않았다는 것과 선생님 또한 이렇게 정성을 다해 설명을 해 주신 적이 없다는 것을 알게 되었다. 떠나시기 전에 이 가엾은 분은 자신의 모든 지식을 우리에게 전수

하고, 우리 머리에 그 모든 것을 단번에 넣어 주시려고 하는 것 같았다.

문법이 끝나고 쓰기로 넘어갔다. 그날을 위해 아멜 선생님은 새로운 교본을 준비하셨다. 거기엔 예쁘고 동그란 글자로 '프랑스, 알자스, 프랑스, 알자스'라고 쓰여 있었다. 그것은 마치 우리들 책상 가로막대에 매달려 교실 전체에서 펄럭이는 자그만 깃발 같았다. 우리들 각자가 얼마나 열심히 하고 얼마나 조용했었는지 보지 않으면 모를 것이다! 종이 위에 펜이 사각거리는 소리만 들렸다. 한때 풍뎅이가 들어왔지만 아무도 거기에 눈을 돌리지 않았다. 심지어 가장 나이 어린 학생들마저도 마음으로 공들여서 프랑스어라도 되는 것마냥 정성 들여 '작대기'를 그어 대고 있었다…. 학교 지붕 위에서는 비둘기들이 나지막하게 구구하며 울고 있었고, 그 소리를 들으며 나는 이렇게 생각했다.

"저 녀석들에게도 독일어로 울라고 강요하려나?"

가끔씩 책에서 눈을 떼어 고개를 들면 아멜 선생님은 교단 의자에 앉아 꼼짝 않고 주변의 사물들을 응시하시고 계셨다. 마치 이 작은 학교 전체를 눈에 담아 가시려는 듯이…. 생각해 보라! 지난 40년 동안 선생님은 여기, 같은 장소에, 앞마당이 있는 언제나 한결같았던 교실에 계셔 왔다. 단지 의자와 책상이 오랜 세월에 닳아 반들반들해졌을 뿐이다. 마당의 호두나무들이 크게 자랐고, 선생님이 손수 심으신 담쟁이덩굴이 이제는 창문과 지붕까지 뻗어 오르고 있었다. 이 모든 것의 곁을 떠나야 한다는 것이, 윗방에서 이리저리 오고가며 짐을 꾸리고 있는 누이의 발걸음을 들어야 한다는 것이 이 가련한 선생님에게는 얼마나 서글픈 일이었겠는가! 그들은 이튿날 출발해야만 했다. 영원히 이곳을 떠나야만 했다.

그런데도 선생님은 마지막까지 우리에게 수업을 하시는 열성을 보이셨다. 글쓰기가 끝나자 우리는 역사공부를 했다. 이어 어린 학생들은 '바 베 비 보 부'를 함께 노래했다. 교실 뒤쪽의 오제르 할아버지는 안경을 꺼내 쓰고는 두 손에 철자법 교본을 들고 그들과 함께 한 글자 한 글자 읽어 나갔다. 그 역시 열중하고 있다는 것을 알 수 있었다. 그의 목소리는 감정에 떨리고 있었고, 그 소리를 듣고 있자니 너무 낯설어 우리 모두는 웃음을 터뜨리고 눈물을 흘리고 싶을 지경이었다. 아! 그 마지막 수업을 나는 잊을 수 없으리….

갑자기 정오를 알리는 교회 종소리에 이어 앙젤뤼스의 기도를 알리는 종소리가 울렸다. 그와 동시에 훈련을 마치고 돌아오는 프러시아군의 트럼펫 소리가 교실 창문 아래에서 요란하게 들려왔다. 얼굴이 창백해진 아멜 선생님이 의자에서 일어나셨다. 선생님이 그렇게 커 보인 적이 없었다.

"여러분, 여러분, 저…, 저는…" 하고 선생님은 말씀하셨다.

하지만 무엇인가가 선생님을 숨 막히게 했다. 그는 말을 다 끝맺을 수 없었다.

그래서 선생님은 칠판으로 돌아서서 분필 토막을 집어 들었다. 그리고 온 힘을 다해 눌러서 될 수 있는 대로 가장 크게 다음과 같이 썼다.

"프랑스 만세!"

그러고는 칠판에 머리를 기댄 채 아무런 말씀도 하지 않으시고 우리들에게 손짓을 하셨다.

"이제 끝났으니… 돌아들 가거라."

당구

이틀 내내 전투를 한데다 억수 같은 비를 맞으며 배낭을 등에 멘 채 밤을 보내서인지 병사들은 기진맥진해 있었다. 게다가 벌써 세 시간 동안이나 병사들은 총을 내려놓고 큰 길가 물구덩이와 질척한 들판 진흙탕 속에서 목이 빠지게 기다리고 있었다.

피로에 지치고, 물에 흠뻑 젖은 군복을 입고 뜬눈으로 밤을 보냈기 때문에 병사들은 추운 몸을 덥히고 몸을 지탱하기 위해 서로 바짝 달라붙어 있었다. 옆 동료 배낭에 기댄 채 똑바로 서서 잠을 자는 병사들도 있었다. 잠에 취해 긴장이 풀린 이 병사들의 얼굴에는 피로와 궁핍감이 역력했다. 비와 진흙탕 속에서 몸을 녹일 불도 없이 수프도 없이,

낮게 드리운 어두운 하늘 아래 사방에 적들이 있다는 것을 느끼고 있었다. 음산한 풍경이었다….

대체 뭘 하는 것일까? 무슨 일이 벌어진 것일까?

포구를 숲으로 향하고 있는 대포들은 무언가를 노리고 있는 것 같았다. 매복한 기관총들은 지평선을 뚫어지게 바라보고 있었다. 일대 공격할 준비가 되어 있는 것처럼 보였다. 왜 공격을 하지 않는 것일까? 뭘 기다리고 있는 것일까?…

명령을 기다리고 있었지만 사령부는 그것을 하달하지 않고 있었다.

헌데 사령부는 멀리 있지 않았다. 붉은 벽돌이 빗물에 씻긴 이 아름다운 루이 13세의 성은 산 중턱에서 빛나고 있었다. 말 그대로 왕의 거처로서, 프랑스 원수의 깃발을 꽂을 만했다. 길을 따라 늘어선 큰 도랑과 돌 축대 뒤에 있는 고르고 푸른 잔디밭은 꽃 화분이 양쪽으로 늘어선 낮은 층계까지 쭉 펼쳐져 있었다. 반대편 성 안쪽의 소사나무는 훤한 통로를 만들어 내고 있었고, 백조들이 헤엄치는 연못은 거울처럼 펼쳐져 있었으며, 탑 모양으로 지어진 커다란 새장 지붕 아래 나뭇가지 사이에서 공작과 황금빛 꿩들이 날카로운 소리를 내뱉으며 날갯짓을 하거나 꼬리를 부채처럼 활짝 펼치고 있었다. 집주인은 떠나 버렸지만 버려진 집이라고 느낄 수 없었다. 넓디넓은 전쟁 휴식처라고나 할까. 사령관 깃발은 잔디밭의 사소한 꽃 한송이마저도 보호해 주었기에, 전쟁터 근처에 줄 맞춰 늘어선 나무들과 거리의 조용한 침묵처럼 사물들의 질서가 만들어 내는 이런 그지없는 적막을 느낀다는 것은 무언가 깊은 인상을 갖게 했다.

저 아래쪽에서 보기 흉한 진흙탕을 길 위에 만들어 내고 깊은 수레바퀴 자국을 내는 비도 여기에서는 붉은 벽돌과 푸른 잔디를 선명하게 만들고, 오렌지 나뭇잎과 백조의 흰 깃털을 빛나게 만드는 우아하고도 귀족적인 소나기에 불과했다. 온통 빛났고 정말로 고요했다. 지붕 꼭대기에서 흔들거리고 있는 깃발만 없었다면, 쇠창살 앞에서 보초를 서고 있는 두 병사만 없었다면 진정 그 누구도 이곳이 사령부라는 생각을 결코 하지 못하리라. 말은 마구간에서 쉬고 있었다. 여기저기에서 당번 사병과 부엌 근처를 어슬렁거리는 작업복 차림의 연락병 그리고 한가로이 넓은 안뜰의 모래를 고무래로 고르는 빨간색 바지를 입은 정원사가 눈에 띄었다.

잔디밭 쪽으로 창문이 나 있는 식당에서는 반쯤 치운 식탁이 보였다. 마개를 뽑은 술병과 윤기 없는 흐릿한 빈 잔들이 구겨진 테이블보 위에 놓여 있었다. 식사가 끝나자 사람들은 자리를 떴다. 옆방에서는 말소리, 웃음소리, 당구공 굴러가는 소리, 술잔 부딪히는 소리가 들려왔다. 장군께서 당구를 즐기고 계신 것이다. 바로 이것 때문에 군대는 명령을 기다리고 있었던 것이다. 장군이 당구를 시작하면 하늘이 무너질지라도 그 누구도 그의 당구 게임을 멈추게 하지 못했다.

당구라니!

바로 이것이 이 위대한 군인의 결점이었다. 그는 전투를 할 때처럼 진지했다. 가슴에 온갖 훈장들이 달린 정복을 차려 입은 그의 눈은 반짝였고, 식사와 게임 그리고 그로그 술에 상기되어 빰은 불그스레했다. 그를 정중하게 에워싼 충실한 참모들은 그가 한 번 칠 때마다 황홀하다는 듯

경탄을 퍼부었다. 장군이 일 점을 따면 모두들 기록판으로 달려들었다. 장군이 목이 마르다 하면 모두가 그에게 그로그 술을 준비해 주고 싶어 했다. 견장과 깃털 장식이 하늘거렸고, 십자훈장과 어깨 장식이 서로 맞부딪혔다. 정원과 안뜰 쪽으로 나 있는 천장이 떡갈나무 판자로 된 이 방에서 온화한 미소와 아첨꾼들의 세련된 예의 그리고 수를 잔뜩 넣은 새로운 군복을 보고 있노라면 콩피에뉴의 가을이 생각나고, 아래쪽에서 비를 맞으며 길을 따라 꼼짝 않고 대기하며 음산한 무리를 이루고 있는 젖은 군용 외투들로부터 다소간 마음을 놓을 수 있었다.

장군의 상대는 가죽 허리띠에 밝은 색 장갑을 끼고 고수머리를 한 참모부 젊은 장교였다. 그는 당구로 세상의 모든 장군들을 이길 수 있는 일인자였지만, 한 걸음 정중하게 상관 뒤로 물러설 줄도 알아서, 이기지도 않고 그렇다고 너무 쉽게 져 주지도 않았다. 앞날이 창창한 장교라고나 할까….

이봐, 젊은 친구, 잘해 보자구. 장군은 15점이고 자넨 10점이야. 끝까지 그렇게 경기를 끌고 가는 게 중요해. 그러면 다른 친구들과 함께 지평선도 삼켜 버리는 저 억수같은 비를 맞으며 오지 않는 명령을 기다리다 자네의 멋진 군복이 더럽혀지고 황금 어깨장식 색이 바래는 것보다는 진급이 훨씬 빠를 걸세.

정말로 흥미진진한 게임이었다. 당구공들은 구르며 가볍게 스치면서 여러 색깔들을 뒤섞었다. 쿠션에 맞은 공은 탄력 있게 튕겨 나오고, 당구대 바닥은 뜨거워져 갔다….

갑자기 대포 섬광이 하늘을 지나갔다. 엄청난 굉음에 창문이 흔들거렸다. 모두들 몸을 부르르 떨었다. 그러곤 서로를 불안한 듯 바라보았다. 단 한 사람, 장군만 아무것도 보지 않았고, 아무 소리도 듣지 못했다. 당구대에 몸을 숙이고는 쿠션을 어떻게 하면 잘 할 수 있는지 가늠해 보는 중이었다. 쿠션 넣는 것이 그가 제일 자신 있어 하는 것이기 때문이었다!

그러던 중 다시 섬광이 하나둘 지나갔다. 대포 소리는 계속 이어졌고, 점점 빨라졌다. 참모들이 창가로 달려갔다. 프러시아군이 공격을 하는 것인가?

"공격하려면 하라고 해!"라고 흰 공을 놓으며 장군이 말했다. "이봐, 자네 차례야."

참모부 장교는 감탄에 몸을 부르르 떨었다. 대포 위에서 잠을 잤다는 튀렌*도 공격을 해야 하는 순간에 당구대 앞에서 이렇게 태평한 이 장군에 비한다면 아무것도 아니었다…. 그사이에 바깥 소리는 더욱 요란해졌다. 대포 소리에 기관총의 찢어지는 듯한 소리 그리고 일제히 사격하는 소총의 따다다닥 소리가 뒤섞였다. 가장자리가 검붉은 연기가 잔디밭 끝자락에서 피어올랐다. 정원 안쪽이 불타고 있었다. 놀란 공작과 꿩들이 새장에서 요란스레 푸드덕거렸다. 아라비아산 말들은 화약 냄새를 맡으며 마구간 구석에서 앞발을 들고 난리를 쳤다. 사령부는 동요하기 시작했다. 급보가 연이어 들어왔다. 기병 전령들이 전속력으로 달려 도착했다. 장군을 찾았다.

장군을 만날 수는 없소. 아무도 그의 당구를 막을 수 없다고 말하지 않았소!

"이봐, 자네 차례야."

그러나 장교는 당황했다. 젊다는 것은 항상 그런 법이다!

---

* 18세기 장군.

정신을 차리지 못한 그는 자기 역할을 잊어버리고 연달아 두 번이나 공을 때려서 거의 게임을 이기고 있었던 것이다. 이번에 노발대발한 것은 장군이었다. 놀람과 분개심이 그의 사내다운 얼굴에 확 번졌다. 바로 그때 쏜살같이 말이 달려와 안뜰로 뛰어들었다. 진흙으로 범벅이 된 한 참모가 보초의 제지를 무시하고 단걸음에 계단을 뛰어넘었다. "장군! 장군!…" 장군이 그를 어떻게 맞았는지 볼 만했다…. 화가 머리끝까지 나서 수탉처럼 얼굴이 붉어진 장군이 창문에 모습을 드러냈다. 손에는 당구대를 쥔 채로.

"뭐야? 무슨 일이야? 대체 보초 놈들은 어딜 간 거야?"

"저, 장군."

"됐다…. 좀 있다 보자…. 명령을 기다려라, 빌어먹…을!"

그리곤 창문이 요란하게 닫혔다.

명령을 기다려야 한다!

정말로 그렇게 했다, 이 가련한 병사들은. 바람이 얼굴 가득히 비와 산탄을 퍼붓고 있었다. 대대 전체가 무너져 내렸고, 다른 대대는 왜 이렇게 가만히 있어야 하는지 영문도 모른 채 손에 총을 들고서 하릴없이 서 있었다. 할 수 있는 거라곤 아무것도 없었다. 명령을 기다려야 하니까…. 죽는 데 명령이 필요 없다는 듯이 수백 명의 병사들이 숲 뒤에서, 도랑 속에서, 이 잠잠한 큰 성을 앞에 두고 쓰러져 갔다. 심지어 죽은 병사들 위로 기관총은 여전히 불을 뿜었고, 터져 버린 상처에서 프랑스의 고귀한 피가 소리 없이 흐르고 있었다…. 저 위쪽, 당구장 안도 무시무시할 정도로 달구어져 있었다. 장군이 다시 앞서고 있었다. 하지만 키가 작은 장교도 사자처럼 버텨내고 있었다….

17! 18! 19!…

점수를 셀 시간마저 없었다. 전투 소리가 점점 다가오고 있었다. 이제 장군이 한 번만 더 치면 끝난다. 이미 포탄은 정원 안으로 날아오고 있었다. 한 발이 연못 위에서 터져 버렸다. 거울 같은 수면이 산산조각이 났다. 한 마리 백조가 피투성이가 된 깃털을 퍼덕거리며 겁에 질린 채 헤엄치고 있었다. 한 번만 치면 되는데….

이제 큰 정적만이 흐른다. 소사나무 위에 비가 내리고 있고, 언덕 아래에서는 희미하게 으르릉거리는 소리가 들려오고, 흠뻑 젖어 버린 길 위로 가축 한 떼가 급하게 지나가는 것 같은 무슨 소리가 들릴 뿐이다…. 군대는 완전히 패주 중이었다. 하지만 장군은 게임에서 이겼다.

꼬마 스파이

그 아이 이름은 스텐, 꼬마 스텐이라고 했다.

허약하고 얼굴이 창백한 파리 아이로 열 살 아니 열다섯 살쯤 먹어 보였다. 이런 개구쟁이들은 도저히 알 수가 없는 법이다. 어머니는 죽었고 예전에 해군에 복무했던 아버지는 탕플 구의 조그만 공원 관리인이었다. 갓난아기들, 하녀들, 접이식 의자를 들고 다니는 노인네들, 가난한 엄마들같이 자동차를 피해 화단이 양쪽에 늘어선 인도를 종종걸음으로 다녔던 파리 사람이라면 스텐의 아버지를 알고 있었고 그를 대단히 좋아했다. 그는 개들과 학교 불량배들이 두려워한 대상이었지만, 꺼칠한 콧수염 아래에는 다정한, 거의 어머니 같은 미소가 숨겨져 있고, 이 미소를 보기 위해서는 단지 이 선량한 사내에게 "당신 애는 잘 지내지요?"라고 묻기만 하면 그만이라는 것을 모두들 알고 있었다.

이 사람, 스텐의 아버지는 아들을 무척이나 사랑했다. 저녁이 되어 학교에서 돌아온 아들과 함께 공원 의자마다 발걸음을 멈추고는 마을 사람들에게 인사를 하고 그들의 친절한 모습에 대답을 하며 공원 오솔길을 한 바퀴 돌곤 했을 때 그는 무척 행복했다.

그러나 불행한 파리 점령*과 함께 모든 것이 변하고 말았다. 스텐 아버지의 공원은 폐쇄되어 석유 저장소가 되어버렸고, 석유를 뚫어져라 감시하는 것 외엔 달리 할 일이 없었던 이 가련한 사내는 인기척 없는 커다란 드럼통들 사이에서 혼자서 담배도 피우지 못하는데다가 늦은 저녁이 되어야만 아들을 만날 수 있다는 것에 마음이 크게 상한 채 시간을 보냈다. 프러시아군에 대해 얘기할 때의 그의 콧수염은 참으로 볼 만했다…. 그런데 어린 스텐은 이런 새로운 삶에 그다지 불평이 없었다.

* 1870년 보불전쟁 발발 후 두 달 만에 파리는 독일에 점령당했다.

점령이라는 것! 그것은 아이들에겐 무척 재미난 일이었다. 더 이상 학교에 갈 필요도 없었다! 보충자율학습도 없었다! 언제나 방학이었고, 거리는 북적거리는 장터나 마찬가지였다….

아이는 저녁때까지 밖에서 뛰어놀았다. 그는 되도록이면 군악대 음악이 좋은 전투대대를 하나 골라 그들을 따라 성벽까지 가 보기도 했다. 그리고 이런 것을 꼬마 스텐은 훤히 꿰고 있었다. 그는 96대대 군악대는 별 볼일이 없지만, 55대대 군악대는 아주 훌륭하다고 말하곤 했다. 어떤 때는 기동대의 훈련 모습을 지켜보기도 했고, 먹을 것을 얻기 위해 줄을 서기도 했다….

그는 바구니를 옆에 끼고 가스등도 없는 겨울의 컴컴한 아침에 고깃간이나 빵집 앞에 늘어선 긴 줄에 끼여 있었다. 거기에서 닥쳐올 위험을 느끼지 못하던 사람들은 인사를 나누거나 정치 얘기를 꺼냈고, 스텐 씨의 아들이었기 때문에 그의 의견을 물어보기도 했다. 하지만 가장 재미있던 것은 병마개 따기 놀이와 브르타뉴 기동대가 점령 기간 동안 유행시킨 저 유명한 큰 팽이놀이galoche였다. 어린 스텐이 성벽이나 빵집에 가지 않는 날이면 사람들은 어김없이 그를 샤토 도 광장에서 벌어지는 큰 팽이놀이에서 볼 수 있었다. 당연히 그는 놀이에 참여하지 않았다. 돈이 많아야 했기 때문이다. 단지 놀이를 하는 사람들을 바라보는 것에 만족해 할 뿐이었다!

특히 백 수짜리 큰돈만 거는 청색 작업복을 입은 큰 아이가 그의 감탄을 자아냈다. 그 아이가 뛰어가면 작업복 주머니에서 동전이 울리는 소리를 들을 수 있었다.

어느 날 어린 스텐의 발밑까지 굴러온 동전을 줍다가 그 아이는 스텐에게 낮은 소리로 이렇게 말했다.

"부럽지, 응?… 네가 원하면 어디서 이 돈이 났는지 말해 주지."

놀이가 끝나자 그는 스텐을 광장 구석으로 끌고 가서는 자기와 함께 프러시아 군인들에게 신문을 팔러 가자고 제안을 했다. 한 번 갈 때마다 30프랑을 번다는 것이다. 처음에 스텐을 화를 크게 내며 거절했다. 그래서 사흘 동안이나 놀이를 보러 가지 않았다. 견디기 힘든 사흘이었다. 먹지도 자지도 않았다. 밤에는 침대 발치에 큰 팽이가 무더기로 늘어서 있고, 백 수짜리 동전들이 반짝거리며 줄지어 서 있는 모습이 보였다. 유혹이 너무 강했다. 4일째 되는 날 그는 샤토 도로 돌아가서 큰 아이를 만났다. 유혹에 넘어가고 만 것이다….

두 아이는 눈이 내리는 어느 날 아침 어깨에 천 자루를 하나씩 메고 웃옷 속에 신문을 숨긴 채 길을 떠났다. 플랑드르 초소 정문에 도착했을 때 겨우 날이 밝아 오기 시작했다. 큰 아이는 스텐의 손을 잡고 보초—코가 빨갛고 선해 보이는 용감한 주둔군 병사—에게 다가가서 가련한 목소리로 말했다.

"지나가게 해 주세요, 아저씨…. 엄마는 편찮으시고 아빠는 돌아가셨어요. 동생하고 들판에서 감자를 캘 수 있는지 보려고 해요."

큰 아이는 눈물을 흘렸다. 스텐은 너무 창피해서 고개를 푹 숙였다. 보초는 아이들을 잠시 살펴보더니 인기척 없는 희끄무레한 길을 눈짓으로 슬쩍 가리켰다.

"빨리 지나가거라"라고 길을 터 주며 보초가 말했다. 이렇게 그들은 오베르빌리에로 가는 길에 나섰다. 키 큰 녀석은 웃고 있었다!

마치 꿈을 꾸는 것처럼 몽롱한 상태에서 꼬마 스텐은 이제는 병영으로 변한 공장들과 젖은 헌 옷들을 걸어 놓은 인기척 없는 바리케이드, 안개를 뚫고 하늘로 치솟은 비어 있는 깨진 긴 굴뚝들을 보았다. 길을 갈수록 보초들이 있었고, 두건을 두른 장교들이 망원경으로 건너편을 살펴보고 있었으며, 꺼져 가는 모닥불 너머 녹아 버린 눈에 젖은 자그마한 천막들이 보였다. 큰 아이는 길을 잘 알고 있어서 초소를 피하기 위해 들판을 가로질렀다. 그러나 의용군들의 전초前哨만은 아무래도 피할 수 없었다. 의용군들은 수아송으로 가는 철길을 따라 물이 흠뻑 차 있는 도랑 안쪽에 몸을 웅크린 채 조그만 비옷을 걸치고 거기에 있었다. 이번에도 큰 아이가 으레 하던 말을 하려고 했으나, 아무도 그들이 지나가게 내버려 두지 않았다. 아이들이 눈물을 흘리며 부탁을 하고 있는 그때 초소 막사에서 스텐의 아버지를 닮은 수염이 하얗고 주름이 자글자글한 나이 든 중사가 길 쪽으로 나왔다.

"자, 이놈들, 울지 마라! 감자 캐러 가게 해 주겠다. 허나 그러기 전에 들어와서 몸을 좀 녹여라…. 요 녀석은 아주 얼어 버린 것 같네!"라며 아이들에게 말을 건넸다.

어린 스텐이 떨고 있는 것은 추위 때문이 아니었다. 두려움 때문이었고, 창피해서 그랬다…. 초소 안 보잘것없는 난로 주위에는 장화를 신은 군인 여러 명이 있었다. 정말로 별 볼일 없는 난로였다. 그 불꽃에 군인들은 총검 끝에 언 비스켓을 꽂아 녹이고 있었다. 그들은 서로 바싹 다가앉으며 아이들에게 자리를 내주었다. 그리고 약간의 커피를 내주었다. 아이들이 마시는 동안 한 장교가 초소로 와서 중사를 부르더니 낮은 목소리고 뭔가를 말하고는 재빨리 사라졌다. 중사는 흐뭇한 표정을 지으며 들어와 말했다.

"제군들! 오늘 밤에 한바탕 싸움이 있을 거다y aura du tabac…. 프러시아군의 암호를 알아냈다고 한다. 이번에야말로 우린 저 부르제Bourget*를 놈들로부터 탈환하고야 말 것이다."

그러자 군인들이 환호하고 웃어 대기 시작했다. 어떤 이는 춤을 췄고, 어떤 이는 노래를 불렀으며, 총검에 윤을 내

* 파리 북쪽에 위치한 전략적 도시.

는 군인도 있었다. 그런데 이런 혼란을 틈타 아이들은 이곳을 빠져나왔다.

참호를 넘어가면 들판밖에 없고 그 건너편엔 기관총에 구멍이 나 버린 하얀 긴 담벼락만이 있을 뿐이다. 그 벽을 향해 아이들은 걸어갔다. 한 걸음마다 멈춰 서며 마치 감자를 캐려고 하는 것처럼 보이면서.

"돌아가자…. 저기로 가지 말자." 어린 스텐은 계속해서 이런 말을 했다.

큰 아이는 어쩌자는 것이냐며 어깨를 쓱 치켜 올리더니 계속 앞으로 나아갔다. 그러다 갑자기 총을 장전하는 소리가 들렸다.

"숨어!"라고 큰 아이가 말하며 땅바닥에 바짝 엎드렸다.

일단 엎드리고 나서는 휘파람을 불었다. 눈 위에서 다른 휘파람이 대답을 해 왔다. 그들은 기어서 앞으로 나아갔다…. 담벼락 앞 평탄한 땅 위로 수염이 노란 두 사람이 때에 잔뜩 절은 베레모를 쓰고 모습을 드러냈다. 큰 아이는 참호를 건너뛰어 프러시아군 쪽으로 갔다.

"제 동생이에요"라며 어린 스텐을 가리키며 말했다.

그런데 이 스텐이 너무 어려서 그를 본 프러시아군은 웃음을 터뜨렸고, 그를 팔로 안아 올려 참호 위로 끌어내야만 했다.

담벼락 건너편에는 두툼하게 쌓아 올린 흙, 베어 놓은 나무들이 있었고, 눈 속에 시커먼 구멍들이 나 있었다. 그리고 구멍마다 더러운 베레모에 수염이 노란 똑같이 생긴 군인들이 아이들이 지나가는 모습을 보며 웃고 있었다.

한구석에는 나무둥치로 포대를 만든 정원사의 집이 있었다. 아래층은 군인들로 가득 차 있었다. 그들은 카드놀이를 하거나 훨훨 타오르는 커다란 난로에 수프를 끓이고 있었다. 배추와 돼지 비곗살 냄새가 죽여 줬다. 의용군들의 야영지와는 아주 딴판이었다! 위층에는 장교들이 있었다. 피아노를 치고 샴페인 병마개를 따는 소리가 들렸다. 파리 아이들이 들어오자, 모두들 환호를 하며 그들을 맞이했다. 아이들은 신문을 나누어 주었다. 그러자 군인들은 마실 것을 주고는 말을 걸어왔다. 이곳의 장교들 모두는 잘난 체하면서 고약했다. 그러나 큰 아이는 변두리 아이들의 말투와 건달들이 쓰는 말들을 사용하며 그들을 즐겁게 했다. 그들은 웃었고, 그의 말을 따라 하기도 했다. 그리고 파리의 진흙탕 이야기를 들으며 포복절도했다.

꼬마 스텐도 자기가 멍청이가 아니라는 것을 보여 주기 위해 말을 하고는 싶었지만, 무언가 마음에 걸리는 게 있었다. 스텐의 바로 앞에서 다른 군인들보다 더 나이가 들고 진지하게 보이는 한 프러시아 군인이 따로 떨어져서 책을 읽고 있었다. 아니 읽는 체하고 있었다. 왜냐하면 그가 뚫어지게 스텐을 바라보고 있었기 때문이다. 마치 자기 고향에 스텐 또래의 아들이 있다는 듯이 연민과 질책이 뒤섞인 시선으로 그는 이렇게 말하고 있는 것 같았다.

"내 아들 녀석이 이런 짓거리 하는 것을 보느니 차라리 죽어 버리는 게 낫겠다…"라고.

그때부터 스텐은 어떤 손이 자기 가슴을 짓누르며 심장 박동을 방해하는 것처럼 느끼기 시작했다.

이 양심의 가책을 피하기 위해 그는 술을 마셨다. 얼마 안 가서 모든 것이 빙빙 도는 것 같았다. 그는 흐릿하게 마구 웃어 대는 소리들 속에서 국민군과 그들이 훈련하는 모습을 비웃으며, 마레 지역에서 있었던 사열식과 성벽 위의 야간 비상소집을 흉내 내는 친구의 목소리를 들었다. 그러다 큰 아이는 소리를 낮추었다. 장교들이 큰 아이에게 다가갔고 얼굴들이 심각해졌다. 저 파렴치한 아이가 의용군들의 공격을 그들에게 미리 알려 주고 있었던 것이다….

갑자기 어린 스텐은 화가 나서 술에서 깨어나며 자리에서 벌떡 일어났다.

"안 돼, 야, 그건 안 돼!"

하지만 상대방은 웃으면서 계속 말을 할 뿐이었다. 그가 말을 끝내기도 전에 장교들이 모두 일어났다. 그들 중 한 명이 아이들에게 문을 가리키며 말했다.

"꺼…져 버려."

그러고는 독일어로 아주 빠르게 자기들끼리 말을 주고받기 시작했다. 큰 아이는 밖으로 나갔다. 총독처럼 어깨를 쭉 펴고 동전을 잘랑잘랑거리면서. 스텐이 머리를 푹 숙이고 그 뒤를 따라갔다. 그리고 자기를 이상한 눈초리로 바라보던 프러시아 군인 곁을 지날 때 스텐은 "그러면 안 돼, 그건 못써"*라고 말하는 슬픈 목소리를 들을 수 있었다.

* 도데는 프러시아군의 부정확한 프랑스어를 옮겨 놓고 있다.

눈물이 눈에 차오르기 시작했다.

일단 들판으로 나오자 아이들은 뛰기 시작해서 잽싸게 돌아왔다. 프러시아 군인들이 준 감자로 자루가 하나 가득했다. 이 감자들 덕분에 그들은 의용군들의 참호를 아무런 어려움 없이 지나올 수 있었다. 의용군들은 야간 기습공격을 준비하고 있었다. 군인들이 말없이 도착해서 벽 뒤에 집결하고 있었다. 늙은 중사도 거기 있었다. 아주 행복한 표정으로 자기 부하들을 챙기면서. 아이들이 지나가자 금방 알아보고는 선한 미소를 보내왔다.

오! 이 미소가 어린 스텐에게는 얼마나 고통스러웠는지! 한순간 어린 스텐은 이렇게 외치고 싶은 생각이 들었다.

"거기로 가지 마세요…. 우리가 당신들을 배반했단 말이에요."

그러나 큰 아이가 그에게 이렇게 말했다. "네가 말하면 우린 총살당할 거야." 그러자 두려움이 밀려왔다.

라 쿠르뇌브에서 그들은 버려진 집에 들어가 돈을 나누었다. 한 가지 분명히 밝혀 둬야 할 것은 돈이 정확하게 나누어졌다는 것과 웃옷에서 이 예쁜 동전 소리가 울리는 소리를 들으며 머릿속에 그려 놓고 있었던 큰 팽이놀이 생각에 어린 스텐은 더 이상 자기 죄가 그렇게 무서운 것으로 느껴지지 않았다는 점이다.

하지만 혼자가 되자 이 아이는 불행을 느꼈다. 파리로 돌아와 큰 아이가 떠나 버리자, 주머니는 정말 무거워지기 시작했으며, 그의 가슴을 짓누르고 있던 손은 훨씬 더 죄어 오기 시작했다. 더 이상 예전의 파리가 아닌 것처럼 느껴졌다. 마치 그가 어디에서 오는 길인지를 안다는 듯이 지나가는 행인들이 사나운 눈초리로 그를 쳐다보았다. 스파이라는 말, 그는 거리의 소음 속에서, 운하를 따라 늘어선 북치는 소리 속에서 그 말을 들었다. 겨우 집에 들어오면서 아버지가 집에 없다는 것에 안도하며 그는 방으로 올라가 베개 밑에 그토록 무겁게 느껴졌던 동전들을 재빨리 숨겼다.

그날 저녁처럼 스텐 아버지가 즐겁고 기쁜 마음으로 집에 들어온 적은 없었다. 방금 전에 지방 소식을 들었던 것이다. 지방의 사정이 호전되고 있다는 것이다. 식사를 하는 내내, 이 옛날 군인은 벽에 걸려 있는 소총을 바라다보며 아들에게 상냥하게 웃으면서 말했다.

“애야, 네가 지금 어른이라면 프러시아군과 싸우게 되겠지!”

8시가 되자 대포 소리가 들려왔다.

“오베르빌리에구나. 부르제에서 전투를 하고 있구나”라며 요새란 요새는 모두 알고 있는 아버지가 말했다. 어린 스텐의 얼굴은 창백해져 갔고, 너무 피곤하다고 말하고는 잠자리로 올라갔다. 하지만 잠을 자지 못했다. 대포 소리는 계속 울리고 있었다. 그는 프러시아군을 기습하기 위해 밤에 도착했다가 매복에 걸리는 의용군들의 모습을 그려 보았다. 자기를 바라보며 웃던 중사가 수많은 다른 군인들과 함께 그곳 눈 위에 쓰러져 있는 모습을 떠올렸다!… 그 피의 대가가 바로 자기 베개 아래에 숨겨져 있는 것이다. 게다가 그것을 한 자는 바로 군인이었던 스텐 씨의 아들인 자기인 것이다…. 눈물로 목이 메어 왔다. 그는 옆방에서 아버지가 왔다 갔다 하며 창문을 여는 소리를 들었다. 아래 광장에서는 호각소리가 울리고 있었고, 기동대가 출발 점호를 하고 있었다. 이번에는 확실히 진짜 전투가 벌어진 것이다. 불행한 아이는 흐느끼는 눈물을 참을 수가 없었다.

"대체 무슨 일이냐?"라며 스텐 아버지가 방에 들어오며 물었다.

아이는 더 이상 견딜 수 없었다. 침대에서 벌떡 일어나 아버지 발치에 몸을 내던졌다. 그 바람에 동전들이 땅바닥에 떨어져 굴렀다.

"이게 대체 뭐냐? 훔친 거냐?"라고 노인네는 부들부들 떨면서 물었다.

그러자 정신없이 어린 스텐은 프러시아 군인들에게 다녀왔다는 것과 자기가 한 일을 고백했다. 말을 털어 놓으며 아이는 마음이 조금은 가벼워지는 것을 느꼈고, 죄를 고하면서 위안을 받았다…. 아버지 스텐은 무서운 얼굴을 한 채 그 말을 듣고 있었다. 말이 끝나자 손으로 머리를 움켜쥐더니 눈물을 흘리기 시작했다.

"아버지, 아버지…." 아이는 말하고 싶었다.

그러자 노인네는 아들을 말없이 밀치더니 돈은 움켜쥐었다.

"이게 전부냐?"라고 물었다.

어린 스텐은 전부라고 고개를 끄떡였다. 노인은 총과 탄

약통을 꺼내 들고는 주머니에 돈을 집어넣었다.

"됐다, 내가 그놈들에게 돌려주마"라고 말했다.

그러고는 한마디 말도 덧붙이지 않고, 고개를 돌려 바라보지도 않은 채 집을 내려가 야간에 출발하는 기동대 속으로 들어가 버렸다. 그 이후 아무도 그를 다시 보지 못했다.

베를린 포위

우리는 V 박사와 함께 포탄에 구멍이 뚫린 벽과 산탄에 푹푹 패인 인도에게 점령 시기의 파리 역사를 물으면서 샹젤리제 거리를 올라가고 있었다. 에투알 광장에 이르기 직전에 박사는 발을 멈추더니 개선문 주변에 으리으리하게 모여 있는 커다란 집들 중에서 모퉁이에 있는 집 하나를 나에게 가리켰다.

"저기 보이세요? 저기 발코니 위에 닫혀 있는 네 개의 창문 말입니다! 8월 초, 무시무시했던 폭풍우와 재난이 닥쳐왔던 작년 8월 말입니다. 저는 급성 뇌출혈 환자 때문에 저 집에 불려 갔었지요. 저긴 영광과 애국심으로 똘똘 뭉친 제1 제정 시기 기갑연대 주브 대령의 집인데, 그는 전쟁 초기에 발코니가 딸린 저 아파트에 이사를 왔지요…. 왜 그랬는지 아시겠어요? 우리 군대가 의기양양하게 입성하는 모습을 지켜보려고 했던 겁니다…. 불쌍한 늙은이였습니다! 비상부르*의 소식이 식사를 마치고 나올 때 그에게 전해졌지요. 패전 소식을 알리는 신문 하단에서 나폴레옹의 이름을 읽으면서 그는 정신을 잃고 쓰러진 겁니다."

"제가 갔을 때 이 퇴역 기갑대령은 거실 카페트에 길게 뻗어 누워 있었습니다. 얼굴은 피투성이였는데, 마치 머리를 몽둥이로 한 대 맞은 것같이 움직이지도 않았지요. 서 있으면 아마도 키가 무척 컸을 겁니다. 누워 있는데도 체구가 엄청났지요. 얼굴이 단정하고 치열이 나란했고 곱슬곱슬한 백발이었는데, 팔십 세라고 하지만 육십 세처럼 보였습니다…. 그의 곁에는 손녀가 무릎을 꿇고 눈물을 흘리고 있었지요. 손녀는 할아버지를 닮았어요. 두 사람이 나란히 있는 것을 보고 있자니 같은 틀에서 찍어 낸 두 개의 멋진 그리스 메달 같았습니다. 단지 하나는 가장자리가 약간 닳고 때가 낀 오래된 것이고, 다른 하나는 새로 각인되

* 1870년 8월 4일.

어 부드럽고 반짝이며 환하고 선명한 것 말입니다.

이 아이가 고통스러워 하는 것에 가슴이 아팠습니다. 군인의 딸이자 손녀인 그 아이의 아버지는 마크마옹 사령부에서 군복무를 하고 있었답니다. 자기 앞에 누워 있는 이 키 큰 노인의 모습에서 그녀는 약간은 무서웠던 다른 모습을 머리에 떠올렸습니다. 할 수 있는 데까지 그녀를 안심시켰습니다. 하지만 속으로는 별 희망이 없었습니다. 완전한 반신마비 환자였는데다가 팔십 세 나이엔 회복 가능성이 없는 거지요. 결국 사흘 동안 환자는 움직이지도 않고 정신이 나간 상태로 있었습니다…. 그러는 동안에 라이쇼펜*의 소식이 파리에 들려왔습니다. 당신도 기억하시겠지만 정말 이상한 일이었죠. 저녁때까지 우리 모두는 프러시아군 이만 명을 죽이고 프러시아 황태자를 포로로 잡았다는 대승을 믿고 있었습니다….** 대체 어떤 기적인지 어떤 자기 효과인지는 모르겠습니다만, 이 국가 전체의 기쁜 소

---

* 1870년 8월 6일.

** 당시 증권가로부터 승리의 소식이 전해졌지만 진짜 소식은 두 시간 뒤에 파리에 전해졌다.

식이 전신이 마비되어 정신이 혼미한 듣지도 말하지도 못하는 이 불쌍한 사람한테까지 울려온 모양입니다. 그날 저녁 그의 침대에 다가간 내가 본 것은 이전의 그가 아니었습니다. 눈은 거의 총명했고 혀도 덜 굳어 보였습니다. 나에게 웃어 보일 힘도 있었고, 두 번씩이나 이렇게 더듬거렸습니다."

'스…응…리!'

'예, 대령, 대승을 거두었습니다!…'

마크마옹이 거둔 이 엄청난 승리를 자세하게 설명해 줄수록, 나는 그의 모습이 여유 있어지고 얼굴이 밝아지는 것을 보았습니다….

방에서 나오자 손녀딸이 얼굴이 하얗게 질린 채 방문 앞에 서서 저를 기다리고 있었습니다. 그녀는 흐느꼈지요.

'목숨은 건졌습니다!'라고 그녀의 손을 잡으면서 말해 주었습니다.

이 불쌍한 아이는 저에게 대답할 힘도 없었습니다. 라이쇼펜에서 진짜 소식이 전해졌던 것입니다. 마크마옹은 도망갔고, 전 부대가 몰살되었다는…. 어이가 없어 우리는 서로를 바라보았습니다. 아버지를 생각하며 그녀는 슬퍼했습니다. 저로서는 이 늙은이 생각에 몸이 부들부들 떨렸지요. 분명, 노인네는 이 새로운 충격에 견디지 못할 것이었습니다. 하지만 뭘 할 수 있었겠습니까?… 그를 살리려면 그를 기쁘게 하고 환상을 심어 주어야 할 텐데!… 하지만 그러면 거짓말을 해야 하는데….

'그럼, 제가 거짓말을 하겠어요!'라고 눈물을 재빨리 훔치면서 손녀딸이 대담하게 제게 말했습니다. 그러고는 아주 밝은 표정을 지으면서 할아버지 방으로 들어갔습니다.

그녀가 내린 결심은 매우 힘든 것이었습니다. 처음 며칠 동안엔 그럭저럭 해 나갈 수 있었습니다. 노인네는 정신이 약해져서 아이처럼 속아 넘어갔습니다. 하지만 건강이 차츰 나아지면서 그의 생각도 좀더 또렷해졌지요. 군대 소식을 그에게 알려 주고, 전투 신문도 그에게 정리해서 주어야 했습니다. 밤낮없이 독일 지도 위에 몸을 숙여 작은 깃발을 표시하면서 승리를 거둔 전투들을 이리저리 조합하려고 애쓰는 이 착한 아이의 모습을 보면서 참으로 가슴이 아팠습니다. 바젠 장군은 베를린으로 진격하고, 프로사르

장군은 바비에르에 주둔하고, 마크마옹 장군은 발트 해로 향하는 등등…. 이 모든 것을 위해 그녀는 제게 조언을 구했고 저는 할 수 있는 한 그녀를 도왔습니다. 하지만 이 꾸며 낸 진격에 실제적으로 도움을 준 것은 그녀의 할아버지였습니다. 그는 제1제정 시기에 수없이 독일을 점령했었던 거지요! 그는 모든 진격 방법을 알고 있었던 겁니다. '이번에는 이쪽으로 가야 하고…. 이번엔 이렇게 해야 한다'는 둥…. 그러면 그의 예상은 언제나 맞아떨어졌고, 그것에 그는 어김없이 아주 자랑스러워 했습니다.

유감스러웠던 것은 우리가 아무리 도시를 점령하고, 전투에 승리를 거두어도 소용이 없었다는 겁니다. 그가 보기에 우리의 진격은 너무 느렸습니다. 이 늙은이는 만족을 모르는 사람이었던 거지요!… 매일매일 그의 집에 갈 때마다 저는 새로운 군대 소식을 알게 되었던 것입니다.

'의사 선생님, 이번엔 마인츠를 점령했어요'라고 어쩌겠냐는 미소를 지으며 손녀딸이 제 앞에 와서 말해 주었고, 저는 기쁨에 넘쳐 '전진하라! 전진하라!… 일주일 뒤에 우리는 베를린을 접수한다'라고 외치는 소리를 방문 사이로 듣곤 했습니다.

그때 실제론 프러시아군이 파리에서 일주일밖에 안 되는 거리에 있었을 뿐입니다…. 처음에 우리는 그를 시골로 모시는 게 낫지 않을까 생각해 보았습니다. 하지만 밖으로 나가자마자 그는 파리의 상황을 모두 알게 될 것이고, 게다가 제가 보기엔 여전히 쇠약한 상태였고, 지난번 큰 충격으로 마비가 되어 있었기에 그에게 사실을 알려 주기엔 무리가 있었습니다. 그래서 남아 있기로 결정을 내렸습니다.

포위되던 첫 날, 저는 그 집으로 올라갔습니다—지금도 기억이 또렷한데—아주 흥분돼 있었지요. 파리로 들어오는 모든 통로가 폐쇄되었고, 성벽 아래에선 전투가 벌어지고 있었으며, 교외 지역이 국경이 되었다는 소식에 마음이 몹시도 아팠었지요. 노인네가 희색이 만연하게 자랑스럽게 침대에 걸터앉아 있었습니다.

그가 이렇게 말했습니다. '자, 이제 막 시작했소, 포위가!.'

저는 어이가 없어 그를 바라보았습니다.

'뭐라고요, 대령, 어떻게 그걸 아시는지?…'

손녀딸이 제게 몸을 돌리며 말했습니다.

'아, 예! 선생님…. 정말 기쁜 소식이지요…. 베를린을 막 포위하기 시작했어요.'

그녀는 자수를 뜨면서 아주 침착하고 고요하게 이렇게 말했습니다…. 그러니 무슨 의심을 할 수 있었겠습니까? 성벽의 대포 소리를 그는 들을 수 없었습니다. 위기에 빠져 뒤죽박죽이 된 이 불행한 파리를 그는 볼 수도 없었습니다. 그가 침대에서 볼 수 있는 것이라곤 개선문의 벽 일부뿐이었고, 그의 방 안 주변엔 환상을 꾸려 가기에 정말로 적당한 제1제정 시기에 받은 골동품들이 늘어져 있었을 뿐이었습니다. 군대 원수들의 초상화들, 전투 장면을 새겨 놓은 판화들, 아이 옷을 입은 로마 국왕,* 다리가 멋있게 휘어지고 무기 모양의 구리로 장식된 커다란 테이블들, 그리고 그 위에 놓인 메달, 동전, 둥근 유리로 덮인 생 텔렌**의 바위 한 조각, 소매를 부풀린 노란색 무도회 옷을 입은 눈이 맑은 여인의 미니어처 같은 제정시대의 유물들이 놓여

* 나폴레옹 1세와 마리 루이즈 사이에 태어난 아들로 이런 명칭으로 불렸다.

** 세인트 헬레나 섬.

있었습니다.—이러한 탁자들과 로마 국왕, 원수들, 1806년에 유행이었던 허리가 가슴까지 올라오고 목을 옷에 파묻은 채 뻣뻣하게 서 있는 노란 옷을 입은 여인들, 그 모든 것들이 말입니다…. 순진한 대령! 우리가 그에게 말해 줄 수 있었던 그 어떤 것보다도 이런 승리와 정복의 분위기 때문에 그는 그렇게 순진하게도 베를린 포위를 믿을 수 있었던 것입니다.

그날을 시작으로 우리의 전투 작전은 아주 단순하게 되었습니다. 베를린을 점령하는 것, 그것은 단지 인내심의 문제였을 뿐입니다. 가끔씩 노인네가 좀 지겨워하면 우리는 아들의 편지를 읽어 주었습니다. 물론 꾸며 낸 편지지요. 왜냐하면 그 어떤 소식도 파리 안으로 들어올 수 없었고, 세당에서 마크마옹의 전략 참모들은 독일 요새로 보내졌기 때문입니다. 모든 것을 빼앗긴 채 포로가 되어 아마도 병에 걸려 있을 아버지의 소식을 알 수 없는데도, 정복한 나라 안으로 계속해서 전진하는 전장의 군인이 쓴 것 같은 기쁜 소식이 들어 있는 약간은 짧은 편지로 아버지의 소식을 전해야 하는 이 가련한 아이의 절망이 어떠했을지 상상해 보실 수 있으실 겁니다. 때때로 그의 기력이 빠지곤 했습니다. 여러 주 동안 소식이 없을 때도 있었기 때문입니다. 노인네는 걱정을 했고 잠을 자지도 않았습니다. 그러면 당장에 독일에서 편지가 도착해 손녀딸은 침대 옆에 앉아 눈물을 참으면서 기쁜 마음으로 그에게 읽어 주곤 했습니다. 대령은 경건한 마음으로 그 소식을 들으면서 알겠다는 듯이 미소를 지었고, 고개를 끄덕이기도 했으며, 비판을 하면서 약간은 모호한 구절을 우리에게 설명해 주곤 했습니다. 하지만 특히나 감동적이었던 것은 그가 아들에게 보낸 답장에 있었습니다. 그는 이렇게 말했지요. '네가 프랑스 사람이라는 것을 잊지 말거라…. 네가 점령한 곳의 사람들에게 관대하거라. 그들이 견디기 너무 힘든 일은 하지 말거라….' 그것은 그들의 재산을 존중하고 여성들에게 예의를 지키고, 점령군을 위한 명예로운 군인의 진정한 태도에 대한 끝없는 훈계, 그렇고 그런 설교였습니다. 거기에다 그는 정치에 대한 일반적인 생각, 패전국에 부과해야 할 평화조건들을 덧붙였습니다. 여기에 관해 한 가지 말씀드려야 하는 것은 그가 까다롭지는 않았다는 것입니다.

'전비 배상 외에 아무것도 요구하지 말거라…. 그들의 지역을 점령한다고 해서 무슨 소용이 있겠느냐?… 독일을 프랑스로 만들 수는 없는 것 아니겠느냐?…'

그는 이것을 단호한 목소리로 구술하였고, 그의 말 속에는 천진난만함과 아주 꿋꿋한 애국심이 있어서 그 말을 들으며 감동하지 않을 수 없었습니다.

그사이에 포위는 점점 좁혀 들어왔습니다. 유감스럽게도 베를린 포위는 아니었지요…. 엄청난 추위와 폭격, 전염병과 배고픔의 시간들이었습니다. 하지만 우리의 간호와 노력 그리고 그의 주변에서 더해 가는 끈끈한 연민 덕분에 노인네의 평온은 단 한순간도 깨지지 않았습니다. 끝까지 저는 흰 빵과 신선한 고기를 그에게 가져다줄 수 있었습니다. 헌데 단지 그의 몫밖에는 없었지요. 순진하면서도 자기만 아는 이 할아버지의 점심식사보다 더 애처로운 장면을 상상하지는 못하실 겁니다.—노인네는 침대에 앉아 턱에 냅킨을 매고 생기 있게 웃고 있고, 그 곁에서 손녀딸은 먹지 못해 약간은 파릇한 얼굴을 한 채 그만을 위한 맛난 것들을 마시게 하고 먹여 주기 위해 돕고 있었지요. 그러면 밖에서는 삭풍이 불어 대고 흰 눈이 창문을 거세게 두들기는데, 식사에 원기를 회복하고 따뜻한 방 안의 온화한 분위기 속에서 이 늙은 기갑장교는 북부에서 전쟁을 치른 자기 군대를 회상하면서 먹을 것이라곤 얼어붙은 과자부스러기와 말고기밖에 없었던 러시아군의 처절한 퇴각을 백 번도 더 넘게 이야기해 주었습니다.

'얘야? 그걸 이해하겠니, 말고기를 먹었단 말이다!'

나는 그녀가 그것을 이해했다고 생각합니다. 두 달 동안 그녀는 그것 말고는 다른 것을 먹지 못하고 있었으니까요…. 그러나 날이 가면 갈수록 병에서 회복되어 감에 따라 병자에 대한 우리의 노력은 점점 더 어려워졌습니다. 감각과 사지의 마비가 그때까진 우리에게 아주 도움이 되었는데 이제 사라져 가기 시작했습니다. 마이요 성문에서 들려오는 무시무시한 사격 소리에 그는 마치 사냥개처럼 귀를 쫑긋 세운 채 이미 두세 차례 벌떡 일어난 적이 있었습니다. 그래서 우리는 바젠 장군이 얼마 전에 베를린 근교에서 거둔 승리를 축하하기 위해 앵발리드에서 축포를 쏘아 대고 있다고 꾸며 내지 않을 수 없었습니다. 어느 날 창문가로 그의 침대를 갖다 놓았을 때 — 제 기억으로는 뷔장발의 목요일*이라고 여겨집니다 — 그는 그랑 타르메 Grande-Armée 대로에 집결해 있는 국민군을 똑똑히 바라볼 수 있었습니다.

'아니 저기 저 군대는 무엇이냐?'라고 노인네가 물었고, 우리는 그가 입속으로 투덜거리는 소리를 들었습니다.

'옷 입은 게 형편없어! 복장이 저게 뭐야!'

그 외에 다른 일은 없었습니다. 하지만 그때부터 상당히 조심해야 한다는 것을 깨달았습니다. 하지만 불행히도 우리의 주의는 부족했던 모양입니다.

어느 날 저녁, 그의 집에 도착했을 때 아이가 대단히 당황해 하며 제게로 달려왔습니다.

'내일 그들이 들어온대요'**라고 제게 말했습니다".

할아버지의 방이 열려 있었던 것인가요? 어쨌든 나중에 그걸 생각해 보니 그날 저녁 그가 이상하다는 듯한 얼굴을 하고 있었던 것 같았습니다. 우리끼리 하는 말을 들었을 가

---

* 1871년 1월 19일.

** 프러시아군은 1871년 3월 1일 파리에 입성했다.

능성이 있지요. 단지 우리들은 프러시아군에 대해 말했을 뿐인데, 이 노인네는 프랑스군을, 그가 그토록 오래전부터 기다려 왔던 그들의 개선을 생각한 모양입니다. ㅡ꽃으로 장식되고 나팔 세례를 받으며 대로를 내려오는 마크마옹 원수와 그 곁에 서 있는 아들 그리고 루첸에서처럼 정복을 입고 발코니에 서서 구멍 뚫린 깃발과 화약에 그을린 검은 독수리 휘장에게 경례를 하는 자신의 모습을 말입니다.

주브, 가엾은 노인네! 그는 아마도 너무 크게 흥분할까 봐 저희가 우리 군대의 이 화려한 행진을 보지 못하게 하려 한다고 생각했을 것입니다. 그래서 그는 아무에게도 말을 건네지 않았습니다. 하지만 이튿날, 프러시아군대가 마이요 성문에서 튈르리 광장으로 이어지는 긴 길을 따라 머뭇거리며 들어오는 바로 그 시간에 위층 창문이 슬며시 열리더니 대령이 군모에 긴 군도를 차고 예전 미요 기갑부대* 의 영광스러운 낡은 군복을 걸치고서 발코니에 모습을 드러냈습니다. 대체 어떤 의욕과 생명력이 그를 그렇게 일으켜서 옷을 갖춰 입게 만들었는지 지금도 여전히 의문입니

* 워털루 전투에서 혁혁한 공을 세운 부대.

다. 한 가지 분명한 것은 그가 그렇게 난간 뒤에 서서 그토록 넓은 대로에 사람 하나 없이 집들마다 덧문을 내린 채 문을 닫아 놓고 있고, 마치 거대한 검역소처럼 을씨년스런 파리 곳곳에 깃발, 그러나 아주 이상한, 흰 바탕에 붉은 십자가가 그려진 깃발이 휘날리는 가운데 우리 군인들을 마중하는 사람이 아무도 없다는 것에 놀라 그렇게 거기에 있었다는 것입니다.

한순간 그는 자기가 뭔가 잘못 보았다고 생각했을 것입니다.

그러나 아니었습니다! 저기 개선문 뒤쪽에서 뭔가 어수선한 소리가 들려왔고, 떠오르는 태양을 맞으며 검은 대열이 전진해 오고 있었습니다…. 그러고 나선 차츰차츰 철모의 첨봉이 번쩍였고, 이에나에서 작은 북들이 울리기 시작했습니다. 에투알 광장의 개선문 아래로 부대들의 무거운 발자국 소리와 군도가 부딪히는 소리에 리듬을 맞춰 슈베르트의 개선 행진곡이 울려 퍼졌던 것입니다….

그때, 광장의 침울한 침묵 속에서 사람들은 어떤 외침, 처절한 외침을 들었습니다. '무기를 들어라!… 무기를 들어라!… 프러시아군이 쳐들어 왔다.' 그리고 전열의 앞에 있던 네 명의 창기병들은 저기 발코니 위에서 커다란 노인이 팔을 흔들면서 비틀거리다가 뻣뻣하게 쓰러지는 모습을 볼 수 있었습니다. 주브 대령이 이번엔 정말로 죽어 쓰러졌던 것입니다."

나룻배

전쟁 전 그곳에는 멋진 적교吊橋가 하나 있었다. 흰 돌로 만들어진 교각 두 개가 있었고, 타르를 발라 놓은 동아줄이 공중에서 센 강 수면과 나란히 늘어져 있는 모습은 기구氣球와 배가 떠 있는 광경을 멋지게 만들곤 했다. 다리 한복판 커다란 아치 밑으로는 하루에 두 번씩 예인선chaîne이 굳이 굴뚝을 낮출 필요도 없이 연기를 내뿜으며 지나갔다. 양쪽 강기슭에는 빨래터 아낙네들의 빨래 방망이와 낮은 의자, 그리고 쇠고리로 묶어 놓은 작은 고기잡이배들이 있었다. 시원한 강바람에 흔들리는 커다란 녹색 커튼 같은 포플러 가로수 길은 풀밭 사이로 쭉 뻗어 다리까지 연결되어 있었다. 참 멋있었다.

그 모든 것이 올해엔 변했다. 언제나 서 있던 포플러 가로수가 끝나는 곳은 텅 비어 있다. 이젠 다리도 없다. 두 개의 교각은 날아가 버렸고 주변엔 돌들이 사방으로 흩어져 있다. 다리 관리인의 작은 흰 집은 충격으로 반쯤 부서져서 새로 생긴 폐허나 바리케이드 혹은 건물 잔해처럼 보였다. 밧줄과 쇠줄은 처량하게 물에 잠겨 있다. 모래 속에 파묻힌 교각 판자들은 강 한복판에서 뱃사람들에게 위험을 알리기 위해 붉은 기를 흔드는 거대한 난파선 모양을 하고 있다. 그래서 센 강에 밀려오는 풀줄기들, 썩은 나무 토막들이 거기에 걸려서 둑을 만들어 강물이 역류하고 소용돌이친다. 어떤 상처가 생겨 그 틈 사이로 무언가 재난의 냄새가 새어 나오는 풍경이다. 수평선을 더 처량하게 만들기 위해서인지 다리로 이어지던 가로수길이 헐렁해졌다. 울창했던 그 아름다운 포플러들의 꼭대기까지 벌레가 먹어 — 나무에게도 침략이라는 것이 있다 — 싹도 피우지 못한 찢겨진 가느다란 가지들이 축 늘어져 있다. 대로는 인기척 하나 없이 망가져 있고, 커다란 흰색 나비가 지친 듯 날고 있다….

다리가 다시 세워지기를 고대하면서 사람들은 그 옆에 나룻배 하나를 갖다 놓았다. 그것은 소가 끄는 마차도, 쟁기를 단 농사용 말도, 강물이 움직이는 모습에 차분한 눈을 휘둥그레 뜨는 소들을 태울 수 있는 거대한 뗏목이었다. 짐승과 수레 끄는 말들을 가운데에 태웠다. 가장자리에는 지나가는 사람들과 농부들 그리고 마을 학교에 다니는 아이들과 놀러 온 파리 사람들이 자리를 잡았다. 베일과 리본들이 말들에 묶어 놓은 끈들 주변에서 날리고 있었다. 난파한 뗏목이라고 하는 편이 더 나을지도 모르겠다. 나룻배는 천천히 앞으로 나아간다. 가로질러 가기엔 너무 큰 센 강은 예전보다 훨씬 더 폭이 넓어진 것 같았다. 무너진 다리의 폐허 뒤편 서로 아무런 상관이 없었던 강 양쪽 사이에서 수평선은 뭔가 서글픈 엄숙함을 지니고서 펼쳐져 있다.

그날 아침, 강을 건너려고 일찍 나갔다. 강가엔 아직 아무도 없었다. 뱃사공의 작은 오두막은 축축한 모래에 고정시켜 놓은 낡은 열차 객실이었는데 안개에 흠뻑 젖어 닫혀 있었다. 안쪽에서 아이들이 기침하는 소리가 들렸다.

“여보게, 외젠!”

“예, 나갑니다!”라며 몸을 질질 끌면서 사공이 나왔다. 아직도 여전히 젊어 보이는 잘생긴 사공이었지만, 저번 전투에 포병으로 나갔다가 다리 한쪽에 파편을 맞고 얼굴엔 칼자국이 잔뜩 난 채 류머티즘에 걸려 몸을 가누지 못한 상태로 돌아왔다. 이 착한 친구는 나를 보며 미소를 지었다.

“오늘 아침엔 별로 손님이 없을 겁니다. 나으리.”

사실, 나룻배 위에는 나 혼자였다. 그러나 그가 닻줄을 푸는 동안 사람들이 몰려왔다. 처음엔 눈이 맑은 뚱뚱한 농사꾼 아낙네로 코르베이유 시장에 간다고 했다. 옆구리에 커다란 바구니 두 개를 들고 있어서 농사꾼다운 몸집을 쭉 펴고 씩씩하고 반듯하게 걸을 수 있었다. 그녀 뒤 움푹 패인 길 위에 다른 여행자들이 있었는데 안개 때문에 흐릿하게 보였지만 목소리는 들을 수 있었다. 눈물로 흠백 젖은 다정한 여자의 목소리였다.

“오! 샤시노 씨, 우리 좀 힘들게 하지 말아 주세요…. 당신도 아시다시피 그이는 이제 일을 하고 있어요…. 돈을 갚을 테니 시간을 좀 주세요…. 그이도 바라는 게 이것뿐이랍니다."

"시간을 충분히 줬잖아…. 더 이상 그럴 순 없어"라고 이가 빠진 험하게 보이는 한 늙은 농사꾼의 목소리가 들려왔다. "이번엔 집달리가 나갈 거야. 그는 뭐든지 다 한다고…. 이봐, 외젠!"

"빌어먹을 샤시노랍니다"라며 사공이 낮은 목소리로 내게 말했다. "예, 갑니다, 가요!"

바로 그때, 거친 모직으로 만든 프록코트를 걸치고, 골이 너무 높은 비단 새 모자를 쓴 키가 큰 한 노인이 강가에 모습을 드러냈다. 검게 그을린 얼굴에 피부가 텄으며 곡괭이질로 일그러진 뼈마디 굵은 손을 한 이 농부는 신사 차림 때문에 더 검고 햇볕에 탄 것처럼 보였다. 고집스러워 보이는 이마, 아파치 인디언 같은 커다란 매부리코, 악의에 가득 찬 주름, 자글자글한 얼굴에 달린 뾰족한 입은 샤시노라는 이름과 잘 어울리는 험상한 인상을 갖게 했다.

"자, 외젠, 배를 빨리 띄우라고"라며 나룻배에 풀썩 뛰어들며 그가 말했다. 그의 목소리는 화가 나서 떨리고 있었다. 사공이 닻줄을 풀고 있는 동안 농부 아낙네는 그에게 다가

갔다. "대체 누굴 원망하시는 건가요, 샤시노 영감님?"

"어! 자네로구먼, 라 블랑슈!… 그만두세…. 화가 나 미치겠네…. 저 불한당 같은 마질리에 말이야!" 이러면서 그는 움푹 패인 길을 흐느끼면서 다시 돌아가고 있는 초라한 작은 그림자를 주먹으로 가리켰다.

"아니, 저 사람들이 영감님께 무슨 짓을 했길래요?"

"넉 달치 집세와 술값이 있는데, 난 단 한 푼도 받지 못하고 있단 말일세!… 그래 이 길로 집달리한테 가서 저 거지 같은 놈들을 길거리로 나앉게 하고 말걸세."

"하지만 마질리에는 착한 사람인데…. 돈을 지불하지 못했으면 아마도 그의 잘못은 아닐 겁니다…. 전쟁 통에 손해 본 사람이 많은데!"

그러자 늙은 농부의 화가 폭발했다.

"그놈은 바보 천치야!… 그놈은 프러시아 군인들로 한 몫 챙길 수 있었어. 헌데 그놈이 원칠 않은 게야…. 군인들이 점령하던 날, 그놈은 술집 문을 닫아 버리고 간판을 떼어 버렸어…. 다른 카페는 전쟁에서 한밑천 잘 벌고 있는데 말이야. 헌데 그놈은 단 한 푼어치도 장사를 하려고 하지 않은 게야…. 게다가 말일세, 더 낭패는 오만불손하게 굴어서 감옥에 갇히게 되었던 거 아니냔 말이야…. 아주 멍청한 놈이야. 내 뭐라던가…. 지금 벌어지고 있는 이런 일이 지하고 무슨 관계가 있단 말이야!… 자기가 군인이야?… 포도주하고 독주만 손님에게 갖다 주면 되는 거 아니야? 그랬으면 이제 나에게 돈도 갚을 수 있었을 거 아냐?… 비렁뱅이 같은 놈! 꺼지라고 해! 애국자인 체하는 게 어떤 건지 본때를 보여 주고 말 거야!"

화가 나서 얼굴이 벌겋게 된 그는 커다란 프록코트를 입고도 작업복에 익숙한 시골 사람처럼 우둔한 몸짓을 하며 분개하고 있었다.

그가 말을 할수록, 조금 전까지 마질리에 가족에게 연민으로 가득 찬 시선을 보냈던 농부 아낙네의 맑은 두 눈이 냉담하고 거의 경멸적으로 변해 갔다. 그녀 역시 농부였고, 이런 사람들은 돈 벌기를 관두는 사람들을 결코 높이 사지 않는 법이다. 처음에 그녀는 "그 여자한테는 참 안됐어요"라더니 조금 지나서는 "그래요! 그렇지요…. 기회가 생기면 잘 이용해야지요…"라고 말하고서는, "영감님, 어르신 말씀이 맞네요. 갚을 게 있으면 갚아야지요"라고 결론을 내 버렸다. 샤시노 역시 여전히 이를 꽉 앙다물고는 "빌어먹을 놈…. 빌어먹을 놈…"을 되풀이하고 있었다.

뱃전에서 삿대를 저으며 이 말을 듣고 있던 사공은 여기에 끼어들어야 한다고 생각했다.

"그렇게 고약하게 굴지 마세요, 샤시노 영감님…. 집달리한테 가신다고 어쩌시겠습니까?… 저 불쌍한 사람들 물건을 판다고 해서 얼마나 얻으시겠어요? 다시 한 번 좀 기다려 보시지요. 다른 방도가 있지 않으십니까!"

그러자 마치 뭐에 물린 것처럼 노인네가 돌아보았다.

"수능아리 닥치지 못해, 얼간이 같은 게! 너도 그 잘난 애국자 가운데 한 사람이구먼…. 딱하지 않아? 애는 다섯에, 한 푼도 못 벌면서 누가 뭐라고 하지도 않았는데, 대포나 쏘면서 놀려고 하고…. 헌데, 선생, 좀 물어봅시다(그가 나에게 말을 거는 것 같았다, 파렴치한 인간 같으니라고!) 그게 대체 우리에게 뭐 중요하단 말이오? 그놈 예를 들어 보면, 얼굴이나 깨지고 그나마 가지고 있던 괜찮은 일거리마저 잃어버린 것 말고 뭘 얻겠소…. 그러니 그놈은 지금 병에 걸린 자식새끼들과 빨래하느라 진이 빠진 마누라과 함께 바람이 사방에서 들어오는 오두막에 거지처럼 살게 된 것 아니겠소?… 그런 놈이 빌어먹을 놈 아니란 말이오?"

사공의 얼굴에 분노의 기색이 지나갔다. 창백한 얼굴 한복판에 칼자국이 깊고 하얗게 패는 것이 보였다. 하지만 참으려고 애를 쓰고 있었다. 삿대가 비틀어질 때까지 모래 속에 처박으며 자기 분노를 삿대로 옮기고 있었다. 한 마디만 더 나왔으면 그 역시 이 일자리를 잃을 게 뻔했다. 왜냐하면 샤시노 영감은 이 지역 유지였기 때문이다.

그는 면 의회 의원이었다.

기수

I

연대는 철도 비탈 위에서 전투를 벌이고 있었다. 맞은편 숲속에 집결한 프러시아군의 집중 사격 표적이 되고 있었나. 80미터 거리를 두고 서로 총격전을 벌이고 있었다. 장교들이 "엎드려!…"라고 소리쳤지만, 아무도 이 말을 따르려고 하지 않았고, 자부심으로 가득 찬 연대는 몸을 우뚝 일으킨 채 군기 주위에 모여 있었다. 이삭이 팬 밀밭과 초원 위로 석양이 떨어지는 이 넓디넓은 지평선 위에서 희뿌연 연기에 쌓여 동요하고 있던 이 인간 무리들은 훤히 트인 들판에서 엄청난 폭우가 만들어 낸 첫 번째 회오리에 깜짝 놀란 짐승 떼와 같았다.

언덕 위에 포탄이 비 오듯 쏟아지고 있었다! 소총을 갈기는 소리, 도랑 속으로 굴러떨어지는 둔탁한 반합 소리 그리고 전쟁터 저편 끝에서 악기의 팽팽한 줄이 을씨년스럽게 울리는 것처럼 길게 진동하는 총알소리만이 들려왔다. 군기는 가끔씩 머리 위로 올라와 일제 사격이 일으켜 놓은 바람에 흔들거리다 포연 속으로 사라져 갔다. 그러면 엄숙하고도 당당한 어떤 목소리가 소총 소리, 죽어 가는 소리 그리고 부상자들의 욕설 소리 위로 떠올라 들려왔다. "병사들이여, 군기를 쳐들어라, 군기를 들어라!…" 그 말에 불그스레한 안개 속의 그림자처럼 한 장교가 몸을 던지는 모습이 희미하게 보였고, 그러면 되살아난 자랑스러운 군기는 전쟁터 위에서 다시 한 번 휘날렸다.

스물두 번이나 군기가 쓰러졌다!… 스물두 번이나 죽어 가는 병사의 손을 벗어나며 아직도 온기가 남은 깃대를 다른 손이 움켜쥐고 다시 되살렸다. 해가 질 무렵 서서히 퇴각하며 전투를 벌였던 살아남은 연대 병사들—한 주먹밖에 안 되는—에게 남아 있던 이 군기는 단지 누더기에 지나지 않았으며, 그것은 이 날의 스물세 번째 기수였던 오르뉘의 손에 들려 있었다.

II

이 오르뉘 중사는 겨우 이름이나 쓸 줄 아는, 20년 만에 하사관 견장을 차게 된 갈매기 세 개의 노병이었다. 어린 시절의 온갖 불행과 따분하기 그지없는 군대 생활이 고집 있어 보이는 좁은 이마와 배낭 때문에 굽어 버린 등에, 그리고 무의식적으로 나타나는 졸병의 자태에서 엿보이곤 했다. 게다가 그는 약간 말을 더듬었다. 하지만 기수가 되는데 달변이 필요한 건 아니다. 전투가 벌어지던 그날 저녁, 연대장이 그에게 말했다. "제군, 자네가 군기를 맡아라. 음, 잘 지키도록 하라." 그러자 바로 영내 매점 여자가 비와 포화로 이미 낡을 대로 낡아 버린 야전 외투 위에 하사관의 금줄을 단단히 달아 주었다.

그것이 보잘것없던 한 생의 유일한 자랑거리였다. 당장에 노병은 몸을 쭉 펴고 걸었다. 등을 구부리고 땅바닥만 쳐다보며 걷는 데 익숙했던 이 가련한 사내는 그때부터 자랑스런 얼굴을 하고는, 남루한 군기가 흔들리는 것을 보기 위해 그리고 죽음과 배반과 탈영 위로 그것을 더 똑바로, 더 높이 들기 위해 시선을 항상 위쪽으로 향했다.

전투가 벌어지던 그날, 가죽 주머니에 단단히 고정시킨 군기를 두 손으로 꽉 부여잡았던 오르뉘보다 더 행복한 사람은 없었다. 그는 말도 하지 않았고, 움직이지도 않았다. 사제처럼 근엄하게 무언가 신성한 것을 받들고 있는 것 같았다. 그의 모든 인생과 그의 모든 힘은 빗발치는 총탄 세례를 받고 있는 저 멋진 황금 누더기를 꽉 쥐고 있는 그의 손가락 안에 있었다. 결의로 가득 차 정면의 프러시아군을 쳐다보는 그의 두 눈은 이렇게 말하는 것 같았다. "어디, 내게서 이것을 빼앗아 봐라!…"

아무도, 심지어 죽음마저도 그것을 빼앗으려 하지 않았다. 가장 희생이 많았던 보르니와 그라블로트 전투 이후에도 군기는 갈기갈기 찢기고 구멍이 휑하니 뚫린 모습으로 도처에서 휘날렸다. 그런데 그것을 들고 있던 자는 언제나 나이 든 오르뉘였다.

III

9월이 왔다. 군대는 메츠에 집결했으나 포위 상태였고, 진흙탕 속에 오래 머무르다 보니 대포는 녹이 슬었다. 세계 최강의 군대는 전투를 하지 못해 사기가 떨어졌고, 식량과 정보가 부족해 걸어놓은 총 발치에서 고열과 지루함으로 죽어 갔다. 지휘관이나 병사들 모두는 믿음을 상실했다. 단지 오르뉘만이 신념을 가지고 있었다. 그는 너덜너덜해진 삼색기만 있으면 그 어떤 것이라도 상관없었다. 삼색기가 옆에 있는 한, 잃은 것이라곤 아무것도 없다고 느꼈다. 불행하게도 더 이상 전투가 없었기에 대령은 군기를 메츠의 포부르 가街, 자기 집에 보관하였다. 용감한 오르뉘는 마치 아이를 유모에게 맡겨 놓은 어머니 같았다. 그는 끊임없이 군기를 생각했다. 그래서 걱정이 너무 많이 되면 메츠까지 단걸음에 달려갔고, 군기가 아무런 이상 없이 벽에 기대 온전히 한 자리에 있다는 것을 보고는 용기와 인내로 가득 차 비에 젖어 축축한 막사로 돌아오곤 했다. 저 프러시아군 참호 위로 크게 펄럭이는 삼색기를 들고 전진하며 전투를 벌이는 꿈을 꾸면서.

바젠 원수의 명령에 이 꿈은 무너져 내렸다. 어느 날 아침, 아침에 일어난 오르뉘는 부대 전체가 술렁이는 모습을 보았다. 아주 흥분한 병사들이 집결해 있었다. 그들 모두는 시내의 같은 쪽을 향해 주먹질을 해대며 너무 흥분하여 미친 듯이 소리를 질러대고 있었다. 그들의 분노는 마치 한 죄인을 가리키는 것 같았다. "그놈을 잡아 오자!… 그놈을 총살시켜라!" 그런데도 장교들은 내버려두었다. 그들은 머리를 숙인 채 자기 병사들 앞에서 부끄러운 듯 그들과 거리를 두고 걷고 있었다. 사실, 부끄러운 일이었다. 완전무장을 하고 아직도 건재한 15만의 병사들에게 누군가 싸우지도 않고 적에게 항복한다는 원수의 명령을 읽어 주고 있었다.

얼굴이 사색이 된 오르뉘는 "그러면 군기는?" 하고 물었다. 군기는 소총과 남아 있는 다른 장비들과 함께 모두 적들에게 넘겨질 예정이었다.

"이… 이런… 벼락 맞을 일이 있나!…"라며 이 가련한 사내는 말을 더듬었다. "아무도 내 군기를 가져갈 수 없어…." 그러고는 시내를 향해 뛰기 시작했다.

IV

메츠에서도 역시 큰 소란이 벌어지고 있었다. 국민병, 시민, 기동대들이 소리를 지르며 흥분해 있었다. 원수를 만나러 대표자들이 몸을 부르르 떨면서 지나갔다. 오르뉘에게는 아무것도 보이지 않았고, 아무 소리도 들리지 않았다. 그는 포부르 거리를 올라가면서 이렇게 혼잣말을 할 뿐이었다.

"내게서 군기를 빼앗아 간다고!… 그래? 그래 보라지! 그럴 수 있을 것 같아? 그럴 자격이 있냐구? 황금색 사륜마차건 멕시코에서 가져온 예쁜 접시건 제 것이나 프러시아군에게 넘겨주라지! 그건, 그건 내 거야…. 내 명예라고. 아무도 건드리지 못해."

뛰어가며 더듬거리다 보니 말들이 토막토막 끊겼다. 하지만 이 늙은 병사에겐 어떤 생각이 있었다. 그에게는 아주 뚜렷하고 확고한 생각이 있었다. 부대 한복판으로 군기를 가지고 가서 자기와 뜻을 같이할 병사들과 함께 프러시아군을 뭉개 버리겠다는 생각이.

그곳에 도착했지만 들어가지 못하게 막고 있었다. 연대장도 화가 엄청 나서 아무도 만나려고 하지 않았다. 하지만 오르뉘는 막무가내였다.

그는 욕설을 퍼붓고 고함을 지르며 당번병을 밀쳐 냈다. “내 군기, 내 군기 가져와!….” 마침내 창문이 열렸다.

“오르뉘, 자넨가?”

“예, 연대장님, 저는….”

“군기들은 모두 병기고에 있다…. 거기로 가면 된다. 수령증을 줄 것이다….”

“수령증요?… 무슨 수령증요?…”

“원수의 명령이시다….”

“하지만, 연대장님….”

“듣…기 싫다!…” 그리곤 창문이 닫혔다.

나이 든 오르뉘는 술 취한 사람처럼 휘청거렸다.

“수령증이라고…. 수령증?…”이란 말을 기계적으로 반복했다. 그러고는 다시 걷기 시작했다. 그가 이해한 것이라곤 단 한 가지, 군기는 병기고에 있으며, 어떡해서든 그것을 다시 찾아오리라는 것만을.

V

활짝 열린 병기고 문으로 안마당에 정렬하고 있던 프러시아군의 수송차가 마음대로 드나들고 있었다. 안으로 들어서면서 오르뉘는 소름이 끼쳤다. 모든 군기들이 그곳에 있었다. 비통한 모습을 한 5-60명의 장교들이 말없이 거기에 있었다. 비에 더러워진 수송트럭들 뒤에 모여 있는 그들은 군모를 벗고 있었다. 마치 장례식에 온 것 같았다.

구석에 바젠 부대의 모든 군기들이 진흙투성이 바닥 위에 뒤범벅이 되어 쌓여 있었다. 화려한 비단으로 만든 이 너덜너덜해진 군기들, 황금 술로 장식되고 깃대를 공들여 새겨 놓은 이 잔해들, 비와 진흙에 더럽혀진 채 땅바닥에 내동댕이쳐 있는 이 영광스런 물건들보다 더 서글픈 것은 없었다. 행정장교가 그것들을 하나하나 들어 올리며 소속

부대의 이름을 부르면, 기수들은 앞으로 나와 수령증을 받았다. 뻣뻣하고 무표정한 프러시아 장교 두 명이 모든 것을 감시하고 있었다.

오, 신성하고 영광스런 누더기들이여, 그대들은 상처를 드러낸 채 날개 찢긴 새들처럼 바닥에 처량하게 질질 끌리며 이렇게 가고 마는구나! 아름다우나 더럽혀졌다는 수치를 안고 이렇게 가는구나. 그대들 하나하나가 조금씩 조금씩 프랑스를 가지고 가는구나. 대장정의 찬란함이 빛바랜 주름 속에 남아 있구나. 총탄이 지나간 자국 속에 그대는 표적이 된 군기 밑에 쓰러져 이름 없이 죽어 간 병사들에 대한 기억을 간직하고 있구나….

"오르뉘, 자네 차례야. 이름 부르잖아…. 가서 수령증 받아…."

헌데 이젠 수령증이라니!

군기는 그의 앞에 놓여 있었다. 분명 자기의 군기였다. 가장 아름답고, 가장 많이 훼손된…. 그것을 보니 아직도 철도 비탈길에 우뚝 서 있다는 생각이 들었다. 총탄들이 노래하고 반합들이 부서지고 연대장의 목소리가 들리는 것 같았다. "군기를 쳐들어라, 나의 병사들이여!" 그리고 스물두 명의 동료들이 땅에 쓰러지고, 스물세 번째가 된 자신이 지탱해 줄 팔이 없어 비틀거리는 저 가련한 군기를 받들어 세우기 위해 달려가던 모습이. 아! 그날, 그는 죽을 때까지 그것을 지키겠노라고, 그것을 간직하겠노라고 맹세했었다. 그런데 이젠….

이런 생각을 하다 보니 가슴속 피가 머리끝까지 치솟았다. 술 취한 사람처럼 정신이 나간 그는 프러시아 장교에게 달려들었다. 그에게서 사랑하는 군기를 빼앗아 두 손으로 꽉 움켜쥐었다. 그리고 그것을 다시 한 번 아주 높이 똑바로 들어올리며 "군기를…"이라고 외치려고 했다. 하지만 그 외침은 목구멍 안쪽에서 멈춰 버리고 말았다. 깃대가 흔들리며 두 손에서 미끄러지는 것이 느껴졌다. 투항한 도시 위를 무겁게 짓누르고 있는 이 축 처진 대기, 이 죽음의 대기 속에서 군기들은 더 이상 흔들거리지 않았다. 자랑스러운 것 그 무엇도 더 이상 살아남질 못했다…. 늙은 오르뉘는 벼락을 맞은 듯 쓰러졌다.

페르 라셰즈 전투

묘지 관리인이 웃기 시작했다.

"여기에서 전투가 벌어졌다고요?… 글쎄요. 여기에선 전투가 벌어진 적이 없는데요. 신문이 만들어 낸 이야기일 뿐입니다…. 그날 무슨 일이 있었는지 말씀드리지요. 이십이 일 밤은 일요일이었는데, 약 삼십 명가량의 코뮌 포병들이 칠십 밀리 대포와 신식 기관총 한 대를 가지고 들어왔습니다. 그들은 묘지 제일 위쪽에 진지를 쳤지요. 마침 제가 담당한 구역이 바로 그곳이었기에 제가 그들을 맞이했습니다. 기관총은 이쪽 길 구석, 제 관리실 옆에 놓았고, 대포는 조금 아래쪽 평지에 설치했지요. 그들은 들이닥치면서 여러 곳의 예배당 문을 열라고 강요했지요. 저는 그들이 예배당 안을 마구 부수고 약탈하려나 보다 하고 생각했습니다. 하지만 지휘관이 적절한 명령을 내리고는 그들 한복판에 서서 이런 말을 했습니다요. '이곳의 물건들에 손을 대는 바보 같은 놈이 있다면 그놈 목에다 총알을 박아 놓겠다…. 해산.' 그는 크림 전쟁과 이탈리아 전쟁에서 훈장을 받은 백발의 노인이었습니다. 결코 만만해 보이지 않았습니다. 그의 부하들은 명령을 명심했습니다. 분명히 해두어야 할 것은 그들이 묘지에 손을 대지 않았다는 것입니다. 심지어 이천 프랑 정도의 값어치가 나가는 모르니 공작의 십자가도 건드리지 않았습니다.

그런데 이 코뮌 포병들은 참으로 형편없는 놈들이었습니다. 임시방편으로 포병이 된 그자들은 삼 프랑 오십이라는 특별수당을 술로 마셔 버리는 일만을 생각하고 있었지요…. 그자들이 이 묘지에서 한 행동들을 말씀드려야겠네요. 그자들은 모르니 묘소와 나폴레옹 황제의 유모가 묻혀 있는 저 멋진 파브론 묘소에 들어가 떼 지어 잠을 잤습니다. 수반水盤이 있는 샹포 가문의 무덤에는 포도주를 시원하게 하려고 보관했습니다. 그러고는 그 안으로 여자들을 불렀지요. 밤새도록 그자들은 술을 처먹고 흥청망청 놀았지요. 아! 돌아가신 분들도 그 괴상망칙한 소리를 들으셨을 겝니다.

여하튼, 이렇게 엉망이긴 했지만, 이 무지막지한 놈들은 파리에 엄청난 피해를 입혔습니다. 그들이 정말 좋은 곳에 자리를 잡은 것이지요. 가끔씩 그들에게 명령이 떨어졌습니다. '루브르를 향해 발사…. 팔레 루아얄을 향해 포격.' 노병이 대포의 조준을 맞추면 도시 위로 소이탄이 잽싸게 날아갔습니다. 아래쪽에서 무슨 일이 벌어지고 있었는지 그들 누구도 알지 못했습니다. 총소리가 조금씩 다가오는 소리가 들렸습니다. 하지만 코뮌군은 별 걱정을 하지 않았습니다. 쇼몽과 몽마르트르 그리고 페르 라셰즈의 사방에서 날아오는 포격에 베르사유군의 진격이 불가능할 것으로 보인 거지요. 그런데 술 취한 그들의 정신을 번쩍 나게 만든 것은 해병대들이 몽마르트 언덕 위에 올라가 이쪽으로 발포한 첫 번째 포탄이었습니다.

정말로 예기치 않은 일이었습니다.

저 자신도 모르니 무덤에 등을 기대고 그들과 함께 담배를 피우고 있었지요. 포탄이 날아오는 소리를 들었을 땐 땅바닥에 몸을 엎드릴 시간밖엔 없었습니다. 처음에 포병들이 잘못 쏜 거겠거니, 술 취한 동료 병사가 한 것이려니 생각하고 '저리 꺼져 버려!'라고 소리쳤지요. 오 분 뒤에 몽마르트르가 다시 번쩍하더니 포탄 하나가 이쪽으로 또 날아왔습니다. 처음처럼 곧장 말입니다. 순식간에 이 술 취한 놈들이 대포와 기관총을 여기다 내팽개치고는 걸음이 날 살려라 도망쳤습니다. 하지만 묘지가 그들에겐 그리 넓은 편이 아니었지요. 그들은 소리쳤습니다.

'배반당했다…. 배반당했다….'

나이 든 지휘관은 포탄 세례를 받으며 포대 한가운데서 미친 듯 혼자서 애를 쓰면서, 포병들이 자신을 내버려 두고 도망치는 모습에 분노하여 눈물을 흘렸습니다.

그렇지만 저녁 무렵 수당을 받을 시간이 되자 몇 놈들이 되돌아왔습니다. 저기 말이죠! 선생, 내 관리실을 쳐다보세요. 그날 저녁 돈 받으러 왔던 놈들의 이름이 아직도 있습니다. 지휘관이 그들의 이름을 부르고 차례로 적어 놓은 것이지요.

'시덴, 출석, 쇼데라, 출석, 비요, 볼롱….'

보시다시피, 네댓 명뿐이었습니다. 하지만 그놈들은 여자들과 같이 왔습니다…. 아! 수당을 나눠 주던 그날 저녁을 잊지 못할 겁니다. 아래쪽에서 파리는 불타고 있었지요. 시청, 병기고, 식량 창고도 화염에 쌓여 있었지요. 페르 라셰즈는 대낮처럼 밝았습니다. 포병들은 여하튼 대포를 발사하려고 시도했지만, 숫자가 그리 많지 않았고, 게다가 몽마르트가 두려웠던 게지요. 그래서 그놈들은 묘지 안으로 들어가 매춘부들과 함께 술을 마시며 노래를 불렀습니다. 늙은 지휘관은 파브론 묘지 문 쪽에 세워 둔 두 개의 커다란 석상 사이에 앉아서 파리가 불타는 모습을 두려운 표정으로 바라보고 있었습니다. 아마도 자기의 마지막 밤이 될 거라고 생각하는 것 같았습니다.

그때 이후로 어떤 일이 있었는지 더 자세히 알지는 못합니다. 저는 저기 가지들 사이로 별 볼일 없어 보이는 제 조그만 오두막집으로 돌아왔습니다. 너무 피곤했지요. 옷을 입은 채 침대에 누워, 폭풍우 치는 밤처럼 등잔에 불을 켠 채 말입니다…. 갑자기 누군가가 요란하게 문을 두들겼습니다. 집사람이 몸을 부들부들 떨면서 문을 열었지요. 포병들이겠거니 생각을 했었는데…. 그런데 해병대들이었습니다. 지휘관 한 명과 몇몇 장교들 그리고 간호병이었지요. 그들은 '일어나서… 커피 좀 주시오'라고 말했습니다.

자리에서 일어나 커피를 만들어 주었지요. 묘지 안에선 웅성웅성하고 무언가 흐릿하게 움직이는 소리가 들려왔습니다. 마치 돌아가신 분들이 최후의 심판을 받기 위해 잠에서 깨어나는 소리 같았습니다. 장교들은 모두 선 채로 급하게 마시더니 저희들을 밖으로 데리고 나갔습니다.

온통 군인들, 해병대 투성이었습니다. 그들은 저를 분대 제일 앞쪽에 세우더니 부넘을 하나씩 하나씩 뒤지기 시작했습니다. 이따금씩 나뭇잎들이 움직이는 모습을 보고는 군인들이 통로 안쪽이나 흉상을 향해 혹은 철책 안쪽을 향해 총을 쏴 댔습니다. 예배당 구석 여기저기에 숨어 있던 형편없는 놈들이 발견됐습니다. 그들의 목숨이 그리 길지는 않았습니다…. 그것이 우리 포병들의 운명이었습니다. 남자건 여자건 내 관리소 앞쪽에 무더기로 쌓여 있는 모습이 보였습니다. 훈장을 단 늙은 지휘관도 그 위에 있었지요. 쌀쌀한 아침나절에 그런 모습을 보는 게 결코 즐거운 일은 아니었습니다…. 얼마나 추웠던지!… 하지만 제일 놀라웠던 것은 라 로케트 감옥에서 밤을 지새고 그 시간에 끌려 나오는 국민군들의 긴 행렬이었습니다. 마치 장례행렬처럼 천천히 넓은 길을 오르고 있었습니다. 단 한마디, 한마디의 탄식 소리도 들리지 않았습니다. 이 불쌍한 사람들은 너무 기진맥진 녹초가 되어 있었던 것이지요! 걸으면서 조는 사람들도 있었습니다. 곧 죽으리라는 생각도 그들을 깨우지는 못한 것이지요. 묘지 안쪽으로 그들을 데리고 가더니 총살이 시작되었습니다. 백사십칠 명이었습니다. 총살이 얼마나 오래 계속되었는지 상상도 못하실 겁니다…. 바로 이것을 페르 라셰즈 전투라고 부르는 겁니다…."

말을 마치자 이 사람은 감독관의 모습을 보고는 부랴부랴 내 곁을 떠났다. 나는 화염에 휩싸인 파리의 불빛을 받으며 적어 내려간 마지막 수당을 받은 자들의 이름을 그의 관리소에서 혼자 쳐다보고 있었다. 포탄이 날아다니고 피와 불꽃에 붉게 물든 오월의 그 밤에 축제를 벌이는 도시처럼 밝게 빛나는 이 인적 없는 커다란 묘지와 통로 한복판에 내팽개쳐진 대포들, 그리고 주변의 파헤쳐진 묘지들, 통음난무가 벌어지던 무덤 안, 그리고 그 근처 퍼덕퍼덕 튀어 오르는 불꽃 때문에 살아 있는 것처럼 보이는 원형 천장과 원주들 그리고 석상들 안에서, 이마가 넓고 눈이 큼지막한 발자크의 흉상이 그것들을 바라보던 모습을 생각해 보았다.

조그만 파이

1

일요일이었던 그날 아침, 튀렌 가에 있는 제과점 주인 쉬로는 조수를 불러 말했다.

"이건 보니카르 씨가 주문한 조그만 파이*다. 갖다드리고 빨리 돌아오거라…. 베르사유 혁명군이 파리에 들어온 것 같으니까."

정치가 뭔지도 모르는 소년은 따끈한 파이를 접시에 담아 흰색 보자기로 감싸서 납작한 제과용 모자 위에 얹고는 보니카르 씨가 살고 있는 일 생 루이를 향해 종종걸음으로 떠났다. 화창한 아침이었다. 5월의 밝은 햇살을 받으며 과

---

* 생선과 고기를 으깨어 만든 파이.

일가게는 라일락과 버찌로 넘쳐났다. 저 멀리에서 총소리가 들려오고 길가 골목에서 보병 나팔소리가 들려오긴 했어도, 이 오래된 마레 구역은 평온한 얼굴을 유지하고 있었다.

일요일 분위기가 완연했다. 마당에선 아이들이 원무를 추며 놀았고, 대문 앞에선 다 큰 여자애들이 공놀이를 하고 있었다. 한적한 도로 한복판을 따끈한 파이의 기막힌 냄새를 풍기며 종종걸음으로 달려가는 흰 옷 입은 소년의 모습은 전투가 있었던 그날 아침에 무언가 순진하면서도 나들이 같은 느낌을 갖게 했다. 이 거리의 활달한 분위기는 리볼리 가로 퍼진 것 같았다. 대포를 끌어오고 바리케이드를 치고 있었다. 한 걸음마다 모여 있는 국민병들은 분주히 움직이고 있었다. 그러나 이 어린 제과점 소년은 정신을 뺏기지 않았다. 이런 아이들은 거리의 웅성대는 군중들 사이를 능란하게 걸어가는 법이니까! 축제 날이나 행렬이 있는 날, 혼잡한 새해 첫날이나 부활주일 기간에는 이 아이들이 가장 바쁘기 때문이다. 따라서 그들은 혁명에 전혀 개의치 않았다.

군인들의 모자와 총검 사이를 충돌을 피해 조심스레 균형을 잡고서 때로는 빠르게 때로는 더 빨리 뛸 마음이 생기도록 일부러 느릿하게 제과용 흰색 모자가 가로지르는 모습은 정말 볼 만했다. 전투, 그게 그에게 무슨 상관이란 말인가! 중요한 것은 정오 무렵에 보니카르 씨 집에 도착해서 응접실 조그만 테이블 위에서 자기를 기다리고 있을 얼마 되지 않는 팁을 재빨리 챙기는 것이다.

갑자기 그는 군중들에게 심하게 밀리기 시작했다. 공화국 고아들이 노래를 부르면서 빠른 걸음으로 행진을 했다. 사육제 마지막 날 종이모자와 우스꽝스러운 장밋빛 우산 헝겊 조각을 걸치고 대로의 진흙탕을 뛰어다녔을 때처럼 소총과 붉은 색 허리띠 그리고 커다란 신발로 무장한 군인 모습에 자랑스러워하는 12-15세쯤 되는 사내아이들이었다. 다시 한 번 사람들이 밀어붙이는 통에 어린 제과점 소년은 균형을 잡기 위해 무지 애를 써야 했다. 그렇지만 그는 파이 접시를 이고서 얼음 위를 미끄러지듯, 도로 한복판에서 돌 차기를 하듯 스르르 지나갔기에, 조그만 파이는 걱정스럽긴 했어도 별 탈이 없었다. 그러나 불행히도 행렬의 활기, 노래, 붉은 허리띠, 사람들의 환호, 호기심이 소년에게 이 멋진 대열의 끝에 합류하고 싶은 욕망을 불러일으켰다. 자기도 모르게 시청 앞과 일 생 루이 다리를 훌쩍 지나온 소년은 이 흥분한 행렬 때문에 생긴 먼지와 바람을 맞으며 어딘지 모르는 곳으로 가고 있었다.

2

적어도 25년 전부터 보니카르 집안은 매주 일요일마다 조그만 파이를 먹는 선통이 있었다. 정확히 12시에 온 가족—어른, 아이 할 것 없이—이 거실에 모여 있다가 홍겹고 경쾌한 벨소리가 울리면 "야… 제과점에서 왔다!"라고 말하곤 했다.

그러면 식탁 앞에서 부산히 의자가 움직였고, 나들이옷이 팔랑거렸으며, 아이들은 웃음을 터뜨리면서, 이 행복한 부르주아 가족 모두는 따끈한 은쟁반에 균형 있게 포개진 조그만 파이들 주변에 자리를 잡았다.

그날은 초인종이 울리지 않았다. 화가 몹시 난 보니카르 씨는 박제된 왜가리 밑에 달려 있는, 결코 늦게도 빨리 가지도 않았던 괘종시계를 쳐다보았다. 아이들은 창문가에서 제과점 소년이 여느 때와 같이 접어들곤 했던 골목 귀퉁이를 뚫어지게 바라보며 하품을 하고 있었다. 대화는 지루했다. 자수를 넣은 식탁보 위에서 고풍스런 은식기들이 번쩍이고 있었고, 하얀 냅킨이 원뿔 모양으로 빳빳하게 접혀 있었지만, 열두 번을 울리는 종소리에 더욱 심해지는 허기가 식탁을 더 휑하니, 더 서글프게 만들었다.

벌써 여러 번 늙은 하녀는 주인 곁에 와서 고기가 타고 있는데, 완두콩이 너무 익었는데,라며 귓전에 속삭였다. 하지만 보니카르 씨는 조그만 파이가 없으면 식탁에 앉지 않겠노라고 고집을 부렸다. 쉬로에게 화가 난 그는 이 까닭 없이 늦는 이유가 무엇인지 직접 가서 알아보기로 결심을 했다. 그가 엄청 화가 나서 지팡이를 휘두르며 밖으로 나가자 이웃사람들이 그를 말렸다.

"보니카르 씨, 조심하세요…. 베르사유 혁명군이 파리로 들어왔다는데."

그는 아무 소리도 들으려 하지 않았다. 심지어 뇌이에서 희미하게 들려오는 총소리도, 도시의 창문을 뒤흔들어 놓고 있는 시청에서 쏘아 대는 무시무시한 대포 소리마저도.

"음, 이놈의 쉬로…. 이 녀석을!"

빠르게 걸어가면서 그는 혼잣말을 했다. 이미 저기, 저 제과점 안에서 지팡이로 바닥을 내리치면서 창문 유리창과 빵 접시가 흔들거리도록 호통을 치는 자신을 생각하면서. 루이 필립 다리의 바리케이드가 그의 분노를 반쪽으로 쪼개 버렸다. 뜯겨져 나간 포도 위에서 화난 표정을 한 국민군 몇 사람이 햇볕을 쬐고 있었다.

"동무, 어디 가시오?"

이 동무는 설명을 늘어놓았다. 그러나 조그만 파이 이야기는 의심스러웠고, 게다가 보니카르 씨가 일요일에도 걸치고 있는 프록코트나 금테 안경은 영락없이 나이 든 반동분자의 모습이었다.

"스파이 놈이로군. 리고Rigault*에게 보내 버려"라고 국민군들이 말을 했다.

* 파리 코뮌 사령관.

그 말에 바리케이드를 벗어나는 게 서운하지 않았던 네 명의 자원병이 어안이 벙벙한 이 가련한 사내를 개머리판으로 밀고 나갔다.

그들이 어떻게 그럴 수 있었는지는 내 알 수 없지만, 어쨌든 간에 반시간 뒤 그들 모두는 포로 대열에 휩쓸려 베르사유를 향해 떠나게 될 긴 포로 대열과 만나게 되었다. 보니카르 씨는 지팡이를 들어 올리며 점점 더 항의를 해 댔고, 백 번도 넘게 파이 이야기를 해 주었다. 불행히도 갑자기 조그만 파이 이야기를 하는 것이 이런 엄청난 대혼란 중에는 너무도 터무니없어 보였고, 너무도 믿기지 않는 것이어서 장교들은 웃음만 지을 뿐이었다.

"됐어, 됐다고, 이 노인네야…. 베르사유에 가서 말하라니까."

아직도 총탄 연기가 하얗게 드리워 있는 샹젤리제를 지나 포로 대열은 두 줄로 늘어선 군인들 사이에서 흔들흔들 나아갔다.

3

포로들은 다섯 명씩 조를 이루어 바짝 붙어서 서둘러서 걸어가고 있었다. 행렬이 서로 떨어지지 않도록 팔짱을 끼게 했다. 긴 인간 행렬이 길가의 먼지를 맞으며 엄청난 폭풍우 소리처럼 쿵쿵거렸다.

불행한 보니카르 씨는 꿈꾸고 있다고 생각했다. 땀 범벅에 헐떡거리며 공포와 피곤에 얼떨떨해진 그는 행렬 끝, 석유와 독주 냄새를 풍기는 늙은 두 마술사 사이에서 몸을 질질 끌며 걷고 있었다. 주문처럼 계속 반복되는 "제과점 자식, 조그만 파이"라는 말에 주위 사람들은 그가 미쳤다고 생각했다.

사실 이 가련한 사내는 제정신이 아니었다. 오르막과 내리막에서 포로 대열이 약간 느슨해지면, 허공을 가득 메우고 있는 먼지 속 바로 앞에 쉬로 가게 소년의 흰 웃옷과 모자가 보인다고 생각을 했으니! 그것도 오는 길에 열 번씩이나! 그 조그만 흰색 모자는 반짝이며 놀리듯이 그의 눈앞에 나타났다가 넘실거리는 군복과 셔츠와 누더기 한복판으로 사라져 갔다.

마침내, 해가 질 무렵, 베르사유에 도착했다. 끌려온 사람들은 안경을 쓴 이 늙은 부르주아가 흐트러진 옷차림에 먼지를 뒤집어쓴 채 핏발이 곤두선 것을 보고는 모두가 반역자 우두머리라고 생각을 했다.

"펠릭스 피아 아닌가…. 아니야! 데레스클뤼즈야."

호위병들은 베르사유 궁 오랑주리 안뜰까지 그를 다치지 않게 데려오려고 온갖 애를 썼다. 거기에서 이 가련한 포로들은 흩어져서 땅바닥에 눕거나 숨을 돌릴 수 있었다. 어떤 이는 잠을 자고, 어떤 이는 욕설을 퍼붓고 있었고, 기침을 하거나 울고 있는 사람들도 있었다. 그런데 보니카르 씨는 잠을 자지도 눈물을 흘리지도 않았다. 층계 가장자리에 앉아 손으로 머리를 움켜쥔 채, 허기와 수치심, 그리고 피곤에 죽을 지경이 된 그는 머릿속으로 이 비참한 하루를 다시 그려 보았다. 아침에 집을 나온 것, 초조해 하던 가족들, 저녁까지 펼쳐져서 아직도 자신을 기다리고 있을 식탁보, 그리고 수치, 욕지기, 개머리판, 이 모든 것이 모두 때맞춰 오지 못한 제과점 소년 때문이었다.

갑자기 그의 옆에서 목소리가 들려왔다. "보니카르 씨, 여기 당신이 주문하신 조그만 파이가 있는데…." 이 신사는 눈을 들어 공화국 고아들과 함께 붙잡혀 온 쉬로 제과점 소년의 모습에, 그리고 흰 앞치마로 감추어 두었던 파이 접시를 소년이 내미는 모습에 깜짝 놀랐다. 그렇게 일대 혼란이 있었고 잡혀 오기도 했건만, 그날 일요일 보니카르 씨는 여느 때와 마찬가지로 조그만 파이를 먹게 되었다.

프랑스의 선녀들

환상적인 이야기

"피고는 일어나시오." 재판장이 말했다.

방화인들이 앉아 있는 가증스런 좌석에서 움직임이 일어나더니, 무언가 희미하고 바들바들 떠는 듯한 것이 난간에 와 기대었다. 그것은 구멍난 누더기, 천 조각, 끈, 오래된 꽃, 낡은 깃털장식 덩어리였고, 그 위에 시들시들하고 주름진, 피부가 터서 보잘것없는 구릿빛 얼굴이 있었고, 음흉한 작고 검은 두 눈동자가 낡은 담벼락 틈 사이의 도마뱀처럼 주름들 사이에서 반짝이고 있었다.

"이름을 대시오?"라고 물었다.

"멜뤼진이오."

"뭐라고 했습니까?…"

그녀는 엄숙하게 반복했다.

"멜뤼진."

용기병 대령의 짙은 수염을 한 재판장은 미소를 지었다. 그리곤 눈썹 하나 까딱하지 않고 계속 물었다.

"나이는?"

"모르오."

"직업은?"

"선녀라오."

갑자기 방청객과 변호인 그리고 정부 파견 경찰인 재판장마저도 모두 웃음을 터트렸다. 그러나 이것에 그녀는 꿈쩍도 하지 않았다. 맑고 가느다란 그녀의 작은 목소리는 재판정 위로 퍼져 올라 꿈속의 목소리인 양 떠돌았다. 노파는 다시 말했다.

"아! 프랑스의 선녀들이여, 그대들은 어디에 있는가? 여러분, 모두 죽었소. 나는 마지막 선녀요. 이제 나밖엔 남지 않았소…. 사실, 정말 유감스러운 일이오. 프랑스는 선녀가 있을 때 더욱 아름다웠소. 우리는 이 나라의 시였고, 믿음이었고, 순수였으며, 젊음이었소. 가시덤불 뒤덮인 저 공원 안쪽, 샘물가의 돌, 오래된 성탑, 연못의 안개, 늪지의 넓은 뜰, 우리가 드나들던 이 모든 장소는 무언가 신비스럽고 위대해 보였던 우리의 존재를 받아들였소. 전설의 저 신비한 밝은 광채 속에서 사람들은 달빛에 드레스를 끌거나 풀들을 살포시 밟으며 초원 위 사방으로 달리곤 했던 우리를 보아 왔소. 시골사람들은 우리를 사랑했고, 우리를 경배했소.

소박한 그들의 상상 속에서 머리에 쓴 우리의 진주관과 마술봉 그리고 토리개 때문에 숭배의 마음에는 약간의 두려움이 섞여 있었소. 게다가 우리의 샘은 언제나 맑았소. 수레바퀴는 우리가 지키는 길에서 멈춰 서곤 했소. 우리들, 세상에서 가장 오래된 우리들은 오래된 것을 존경하게 만들었고, 사람들은 프랑스 도처에서 숲이 혼자 자라고 돌이 혼자 구르게 내버려 두었소.

하지만 시간은 앞으로 나아가오. 철도가 놓였소. 터널을 뚫고, 연못을 메웠으며, 수없이 나무를 잘라 버려 얼마 되지 않아 우리는 우리가 어디에 있어야 하는지 알 수 없게 되었소. 차츰차츰 시골 사람들은 우리를 더 이상 믿지 않게 되었소. 저녁이 되어 우리가 그들의 덧문을 두들기면 로뱅은 '바람이군'이라고 말하곤 다시 잠이 들고 말았소. 여자들은 우리 샘으로 와서 빨래를 했소. 그때부터 우리에겐 모든 것이 끝나고 만 것이오. 우리는 일반 사람들의 믿음 속에서만 살아남아 있어야 하는데, 그것을 잃은 지금의 우리는 모든 것을 잃어버린 것이오. 우리 마술봉의 힘은 사라져 버렸고, 예선에 막강한 여왕이었던 우리들은 사람들이 잊어버린 선녀처럼 주름투성이에 고약한 늙은 여자가 되고 말았소. 이와 함께 우리는 빵을 얻어야 했지만 우리의 손은 무엇을 할지 몰랐소. 그러는 동안, 사람들은 숲에서 죽은 나무를 모아 질질 끌고 가거나 길가에서 이삭을 그러모으는 우리를 보게 되었소. 하지만 산지기는 우리에게 가혹했고, 농부들은 우리에게 돌을 던졌소. 그리하여 이 나라에서 더 이상 삶을 연명할 방법을 찾지 못한 우리들은 대도시로 나가 일자리를 구하게 되었던 것이오.

제사 공장에 들어간 선녀가 있는가 하면, 어떤 선녀들은 한겨울에 다리 모퉁이에서 혹은 성당 문앞에서 묵주를 팔기도 했소. 우리는 오렌지를 실은 수레를 밀기도 했고, 지나가는 행인에게 1수짜리 꽃다발을 내밀었지만 아무도 사 주지 않았고, 아이들은 우리들의 떨리는 턱을 비웃었으며, 도시의 경찰들 때문에 우리는 뛰어야 했고, 마차에 치여 죽기도 했소. 병들고 궁핍해진 우리는 머리에 구제원의 모포를 쓰게 되었소…. * 이렇게 프랑스는 자기의 모든 선녀들을 죽게 내버려 둔 것이오. 선녀들이 받은 고통은 정말 가혹했단 말이오!

그래, 그래, 비웃으시오, 잘나신 양반들아. 그사이에 우리는 더 이상 선녀들이 살지 않는 나라가 어떠한지를 보아 왔소. 우리는 배부르고 냉소적인 이 사람들 모두가 프러시아 군인들에게 곳간 문을 열어 주고 길을 가리켜 주는 것을 보아 왔소. 그렇소! 더 이상 로뱅은 마법을 믿지 않소. 하지만 자기 조국도 더 이상 믿지 않게 된 것이오…. 아! 우리가 예전 같았다면 프랑스에 들어온 독일 놈들은 단 한 놈도 살아서 나가지 못했을 것이오. 우리의 도깨비불이 그들을 늪지로 끌고 갔을 것이란 말이오. 우리의 이름을 딴 이

* 구제원에서 쓸모없이 죽게 되었다는 뜻.

맑은 모든 샘물에 마법의 물을 섞어 그들을 모두 미치게 만들었을 것이오. 은은한 달빛 아래에서 열리는 우리들의 집회에서 단 한마디 마법의 말로 길과 강을 뒤죽박죽으로 만들고, 그들이 언제나 은신하려고 들어오는 숲 속을 몰트케 장군의 고양이 같은 작은 눈마저도 알아채지 못하도록 가시나무와 덤불로 얽어 놓았을 것이오. 우리가 곁에 있었다면 시골 사람들도 더 나아졌을 것이오. 우리 샘에서 자라는 커다란 꽃으로 우리는 그들의 상처에 약을 발라 주었을 것이고, 성모 마리아의 아드님은 우리에게 붕대를 감아 주었을 것이오. 그리고 전쟁터에서 죽어 가는 병사들은 자기 고향의 선녀들이 반쯤 감겨 들어가는 자기들의 눈을 몸을 숙여 바라보며 고향을 떠올리는 숲의 한구석, 길모퉁이 같은 그 무언가를 그려 주는 모습을 바라보았을 것이오. 바로 이런 식으로 국가를 위한 전쟁, 신성한 전쟁을 치르는 것이라오. 하지만 아쉽게도, 더 이상 선녀를 믿지 않고, 선녀가 사라진 나라에서 이렇게 전쟁을 하기란 불가능하오."

여기에서 가느다란 작은 목소리는 잠시 멈추었고 재판장이 입을 열었다.

"이 모든 것이 군인들이 당신을 체포할 당시, 당신 몸에서 발견한 석유로 당신이 벌인 행동을 설명하지는 않는다."

"나는 파리를 불태우고 있었소, 재판장"이라며 이 늙은 선녀는 아주 차분하게 대답했다. "나는 파리를 불태웠소, 왜냐하면 파리를 증오하기 때문이고, 파리가 모든 것을 비웃었기 때문이고, 파리가 우리 선녀들을 모두 죽였기 때문이오. 학자들을 보내 우리의 저 아름다운 기적의 샘물을 분석하게 만든 것도, 그 속에 철분과 유황이 얼마나 있는지 정확하게 말하도록 만든 것도 바로 파리라오. 파리는 자기가 차려 놓은 무대 위에서 우리를 조롱했소. 우리의 마법은 속임수가 되었고, 우리의 기적은 상스러운 것이 되었으며, 사람들은 달빛 아래 섬광 신호 속에서 장밋빛 드레스를 입고 날개 달린 수레를 탄 우리들의 얼굴에서 추악한 얼굴을 보게 되었소. 그래서 이젠 우리를 볼 때마다 조롱 섞인 웃음을 터트리지 않을 수 없게 되었소…. 우리를 이름으로 알고, 우리를 사랑했으며, 약간은 두려워한 아이들이 있었소. 온갖 금빛과 그림들로 장식된 멋진 책 속에서 그 아이들은 우리의 이야기를 배웠는데, 파리는 이제 그들 손에 청소년용 과학책과 칙칙한 먼지처럼 지루함이 피어나고, 그 작은 눈에서 우리의 마법의 성과 우리의 신비한 거울을 사라지게 만드는 두툼한 책을 쥐어 주었소…. 오! 그렇소, 그대들의 파리가 불타는 모습에 정말로 행복했었소…. 바로 내가 방화인들의 석유통을 가득 채워 주었소. 내가 그들을 직접 적당한 장소로 안내하였소. '자, 내 딸들아, 모든 것을 불태워라, 불태워라, 불태워라!'라면서…."

"정말로 이 노파는 미쳤다. 그녀를 끌고 가라"라고 재판장이 말했다.

마지막 책

"그는 죽었소!…" 계단에서 누군가 내게 이렇게 말했다.

이미 며칠 전부터 나는 이런 침통한 소식이 올 것을 느끼고 있었다. 조만간 이 문전에서 이런 소식을 듣게 되리라 알고 있었다. 그렇지만 예기치 않은 것인 양 소식은 나에게 충격을 가져다주었다. 슬픈 마음을 안고 입술을 떨면서 한 문인의 초라한 처소로 들어갔다. 서재가 가장 큰 자리를 차지한, 집 안의 모든 평안과 광명을 앗아가 버린 포악한 작업이 이루어진 그곳으로.

그는 매우 낮은 철재 침대 위에 그렇게 누워 있었다. 종이로 가득 쌓인 책상과 종이 한복판에 멈춰 버린 그의 커다란 필체 그리고 여전히 잉크병 안에 꼿꼿이 꽂혀 있는 그의 펜은 얼마나 갑작스레 죽음이 그를 엄습했는지 말해 주고 있었다. 원고와 종이 꾸러미들로 넘쳐 나는, 전나무로 만든 침대 뒤 큰 책장의 문이 그의 머리에 닿을 듯 슬며시 열려 있었다. 주변에는 책들만, 오직 책들만이 있을 뿐이었다. 책꽂이 위에도, 의자 위에도, 책상 위에도, 서재 구석에서 심지어 침대 발치까지 책들만이 바닥에 쌓여 있었다. 그가 책상 앞에 앉아 글을 쓰고 있었을 땐 이런 혼잡스러움이, 먼지 내려앉을 새 없는 이 책 무더기들이 그의 눈을 기쁘게 하였으리라. 거기에서 생명과 일의 활기를 느낄 수 있었으리라. 그러나 이 죽음의 방에서 그것들은 음울했다. 이 가련한 책들은 한 무더기씩 쓸어 남겨 떠날 준비가 된 듯 보였다. 경매에서, 바람이나 사람들이 뒤적이는 강변이나 노점에 흩어져서, 낯 모르는 자의 큰 서재 안으로 사라질 준비가 되어 보였다.

침대에 누워 있는 그에게 입을 맞춘 나는 돌처럼 차갑고 묵직한 이마의 느낌에 온몸이 오싹하여 선 채로 그를 쳐다보았다. 갑자기 문이 열렸다. 서점 점원이 짐을 잔뜩 가지고 헐떡거리며 기쁘게 들어와서 방금 인쇄되어 나온 책 꾸러미를 책상 위에 밀어 놓았다.

"바슈랭에서 가져온 겁니다"라고 그는 큰 소리로 말했다. 그런 다음 침대를 보고는 뒷걸음질쳐 모자를 벗으며 슬그머니 방을 나갔다.

환자가 그토록 초조하게 기다렸으나 한 달이나 늦게, 죽은 뒤에 받게 된 바슈랭 서점의 배달엔 무언가 몸서리치는 아이러니가 있었다…. 가련한 친구! 그것은 그가 기대를 가장 많이 걸었던 마지막 책이었다. 열 때문에 이미 떨리기 시작했던 그의 손은 얼마나 섬세하고 조심스럽게 원고의 교열을 보았겠는가! 초판본을 쥐기 위해 얼마나 서둘렀겠는가? 더 이상 말을 할 수 없게 된 마지막 시간 동안 그의 눈은 방문에 고정되어 있었으리라. 한 사람의 작품을 만드는 데 동원된 인쇄공, 교정원, 제본공들, 이 사람들 모두가 만약 고뇌와 기대에 찬 그의 시선을 볼 수 있었더라면 그들의 손은 서둘렀을 것이고 활자들은 좀 더 빠르게 조판되어 제 시간에, 즉 하루 일찍 책으로 만들어져 죽어 가는 이에게 새 책의 향기와 선명한 활자 속에서 이미 달아나고 있다고 느꼈던 생각, 자신 안에서 흐릿해지고 있다고 느꼈던 생각을 다시 만나는 기쁨을 주었으리라.

심지어 멀쩡하게 살아 있는 동안에도 작가가 결코 싫증 내지 않는 행복이 사실은 바로 여기에 있는 것이다. 작품 초판본을 펴서 언제나 약간은 모호한 머릿속의 커다란 흥분이 아닌, 부조된 것처럼 고정된 그것을 바라볼 때 그 느낌이 얼마나 감미롭겠는가! 한창 젊은 날의 그대에게 그것은 황홀함을 자아낸다. 마치 머릿속에 햇빛이 가득한 것처럼 글자들은 파랗고 노랗게 늘어서며 밝게 빛난다. 시간이 좀 지나면 발명가의 이 기쁨에 약간의 슬픔이, 말하고자 했던 모든 것을 말하지 못했다는 후회가 뒤섞이게 된다. 자기 속에 간직한 작품은 만들어진 작품보다 언제나 더 아름다워 보이는 것이다. 머리에서 손으로 가는 여정에서 많은 것들이 사라지는 법이니! 저 깊은 꿈속에서 보면 책에 대한 구상은 마치 바다에 부유하는 색깔들 같은 지중해의 저 우아한 해파리들을 닮아 있다. 그러나 모래 위에 갖다 놓으면 약간의 물, 바람에 순식간에 마르고야 마는 색채 잃은 물방울 몇 개에 지나지 않는다.

아아! 이런 기쁨을, 이런 환멸을 이 가련한 사람은 마지막 작품에서 결코 얻지 못했던 것이다. 움직이지 않고 축 늘어져 베개 위에 잠이 든 이 머리와 그 옆에 방금 나온 새 책을 본다는 것은 서글픈 일이었다. 이 책은 서점 진열창에 전시되어 길거리의 소음 그리고 하루의 생활과 뒤섞일 것이며, 지나가는 사람들은 기계적으로 제목을 읽고 나서 기억 속에 그리고 자기들 시선 저 깊숙한 곳에 저자의 이름, 시청의 저 서글픈 명부에 새겨질 그 이름, 그러나 밝은 색 표지 위에서 참으로 즐겁게 웃고 있을 그 이름을 담아 가져갈 것이다. 땅에 묻혀 잊힐 이 딱딱한 육체와 눈에 뚜렷이 보이는 이 생생한, 아마도 불멸할 영혼처럼 그에게서 떨어져 나온 이 책 사이, 바로 거기에 영혼과 육체의 문제가 온전히 있는 것 같았다….

"그는 나에게 책 한 권을 주겠노라고 약속을 했습니다만…" 내 곁에서 슬픔에 젖은 목소리가 나지막이 말을 했다. 몸을 돌리자 금테 안경 아래 나도 알고 그대들, 글을 쓰는 나의 벗들인 그대들도 알고 있는 생기 넘치면서도 호기심 많은 작은 시선을 보았다. 그는 책 광고가 나가자마자 그대 방문 앞에서 그답게 소심하게 그러나 끈질기게 두 번쯤 벨을 울리는 책 수집광이었다. 웃으며 집 안으로 들어와 허리를 숙이며 그대 곁에서 안절부절, "존경하는 선생님"이라고 그대를 부르는 사람이다. 당신의 신간을 반드시 얻고서야 자리를 뜨는 그런 사람이다. 오직 신간만을! 그에게는 다른 모든 책이 있다. 다만 신간만이 그에게 없는 것이다! 그를 거부할 방법이 있던가? 그는 적절한 때에 방문한다. 방금 내가 말한 그런 기쁨에 푹 빠져서 증정할 사람과 헌정사를 곰곰이 생각하고 있을 당신을 만나러 온다. 아! 두들겨 봐야 대답 없는 대문도, 냉랭한 응대도, 바람도, 비도, 먼 거리도 매정하게 거절하지 못할 가혹하기 그지없는 키 작은 사내이다. 아침나절엔 퐁프 가街의 파시Passy 어르신*네 작은 문을 두들기는 그를 만나기도 하고, 저녁나절엔 사르두Victorien Sardou의 신작 희곡을 옆에 끼고 마를리에서 돌아오는 그를 만나게도 된다. 그리고 언제나 이렇게 뛰어다니며, 언제나 쫓아다니며 그는 아무 일도 하지 않고 돈도 내지 않고 자신의 삶과 서가를 채워 나간다.

* 쥘 자냉Jules-Gabriel Janin, 당시 "비평가들의 왕자"라고 불린 소설가 겸 비평가로 1870년 생트 뵈브의 뒤를 이어 아카데미 회원이 된.

분명, 책에 대한 열정이 너무 커서 이 사람은 고인의 침대까지 오게 되었으리라.

"자, 받으시오, 당신 것이오." 나는 서둘러 그에게 말했다. 그는 책을 받았다기보다는 삼켜 버렸다. 그러고는 일단 책을 주머니 깊숙이 넣고 나서 움직이지도 않고 말도 하지 않은 채 고개를 늘어뜨리고 침울한 표정으로 안경을 닦았다…. 뭘 기다리는 거지? 왜 저러고 있는 거지? 아마도 약간의 수치심을 느껴서, 이것 때문에 왔기에 바로 떠나기 난처해서?

아니, 천만에!

책상 위, 반쯤 뜯겨진 종이 포장지 안에 있는 꽃문양과 장식 컷이 새겨지고 여백이 넓고 귀 끝이 재단된 두툼한 몇 권의 양장본을 그는 알아본 것이다. 애도를 표하는 듯한 태도에도 불구하고 그의 시선은, 그의 생각은 모두 거기에 놓여 있었던 것이다…. 이 망할 놈은 곁눈질을 하고 있었던 것이다!

그런데 그 관찰력이라니! 나는 마음의 동요에서 벗어나고 있었다. 그리고 눈물 너머로 고인의 베갯머리에서 벌어지는 이 서글픈 희극을 바라보고 있었다. 천천히, 눈에 띄지 않게 몸을 움직이며, 이 수집광은 책상에 다가갔다. 그의 손은 마치 우연이라는 듯 양장본 한 권 위에 놓였다. 그는 그것을 뒤집어 펼치더니 페이지를 만져 보았다. 그의 눈이 빛나면서 얼굴에 혈기가 올랐다. 책의 마법이 그에게 효력을 보이기 시작한 것이다…. 마침내 더 이상 참을 수 없었는지 한 권을 집어 들었다.

"생트 뵈브Sainte-Beuve 씨에게 드릴 겁니다"라고 낮은 목소리로 그는 말했다. 흥분과 곤혹 속에서, 다시 빼앗길까 두려워, 그리고 또한 그 책이 생트 뵈브 씨를 위한 것이라고 나를 납득시키기 위해서 그는 표현할 수 없는 겸손한 어조로 아주 무겁게 덧붙였다. "아카데미 프랑세즈의…" 그러고는 사라졌다.

교황님이 돌아가셨다

나는 어린 시절을 지방의 대도시에서 보냈다. 이 도시의 한가운데를 강 하나가 가로지르고 있었는데 배들의 왕래가 아주 복잡하고 빈번하였다. 거기에서 나는 여행의 취향과 강 위의 생활에 대한 열정을 갖게 되었다. 특히 생 뱅상이라는 작은 다리 근처에 있는 부둣가 모퉁이는 지금도 생각할 때마다 가슴이 벅차오른다. 배 돛 끝에 못으로 박아 놓은 '임대선 코르네'라는 간판과 물속에 잠겨 있어 번들번들해진 거무스레한 작은 계단, 밝은 색으로 얼마 전에 다시 칠한, '벌새', '제비'라는 뱃고물에 흰 글자로 써 놓은 예쁜 이름 때문에 날렵하게 보이는 작은 배들이 사다리 아래에 줄지어 늘어서서 현과 현을 부딪히며 조용히 출렁거리는 모습이 떠오른다.

그리고 언덕에 세워 놓고 말리고 있던 하얗고 긴 노들 사이로 페인트 통과 긴 붓을 들고 왔다갔다 하던 코르네 영감, 선선한 바람이 부는 저녁 무렵의 강물처럼 수없이 많은 주름으로 패어 있는 구릿빛 얼굴이 떠오른다…. 오! 코르네 영감. 그는 내 어린 시절의 악마였고, 내 번민의 열정이었으며, 나의 죄악이었고, 나의 회환이었다. 그의 배 때문에 나는 얼마나 많은 죄를 지었던가! 학교도 빼먹었고, 책도 내다 팔았다. 오후를 배를 타고 보내기 위해서라면 내 무엇을 팔지 않았겠는가!

학교 공책은 모두 배 안쪽에 던져 놓고 웃옷을 벗은 채 모자를 목 뒤로 넘겨 시원하게 불어오는 강바람을 머리칼에 담으면서 나는 나이 든 노련한 뱃사공처럼 보이도록 눈썹을 찌푸리며 노를 힘차게 젓곤 했다. 도시를 벗어나기 전까진 양쪽 강기슭의 거리가 같도록 강 한복판에서 배를 몰았다. 그렇게 해야 나이 든 노련한 뱃사공이라는 것이 눈에 띌 테니까. 단지 물거품을 사이에 두고 살짝 떨어져서 나란히 서로 스쳐 지나가는 작은 배들, 뗏목들, 목재선들, 그리고 증기선들의 힘찬 움직임에 내 배가 끼어 있다는 것이 얼마나 자랑스러웠던지! 물살을 따라 방향을 바꾸는 커다란 배들이 있었고, 그러면 그것 때문에 다른 수많은 배들이 모두 자리를 바꿔야만 했다.

갑자기 증기선의 바퀴가 내 옆에서 파도를 일으키거나, 내 위로 커다란 그림자가 드리워지면, 그것은 사과를 실어 나르는 배의 뱃머리였다.

"조심해라, 이 녀석아!"라고 컬컬한 목소리가 내게 소리를 쳤다. 노를 저을 때마다 강물에 모습을 비추며 지나다니는 합승마차들의 저 다리들, 저 구름다리들을 쉼 없이 지나가는 거리의 일상생활, 그리고 그것이 스쳐 가는 이 분주한 강 위의 삶에 휘말려서 나는 땀을 흘렸고 허우적거렸다. 다리 아치 끝자락의 물살들은 험했고, 또 역류와 소용돌이, 저 유명한 '감쪽같은 죽음Mort qui trompe'이 있었다! 생각해 보시라, 열두 살 먹은 소년의 팔로 그런 곳을 지나가는 것이 결코 쉬운 일이 아니었다. 게다가 아무도 키를 잡아 주지 않았다.

가끔은 운 좋게 예인선을 만나기도 했다. 예인선이 끌고 가는 배들의 긴 행렬 꼬리에 잽싸게 배를 갖다 매고는 노를 젓는 대신 하늘을 나는 날개처럼 활짝 펴서는 커다란 거품 리본을 펼치면서 강물을 가로지르며 강가의 나무와 집들을 양쪽으로 쭉 늘어놓는 이 소리 없는 속도에 배를 맡겼다. 내 앞쪽 멀리, 좀 먼 쪽에서 추진기가 단조롭게 돌아가는 소리와 낮은 굴뚝에서 가느다란 연기가 새어 나오는 예인되는 배들 위에서 개가 짖는 소리가 들려왔다. 이 모든 것이 대단한 여행, 진정한 뱃사람의 삶이라는 환상을 내게 심어 주었다.

불행하게도 이런 예인선을 만나는 일은 아주 드물었다. 대부분은 쨍쨍 내리쬐는 햇빛을 받으며 노를 젓고 또 저어야만 했다. 강물 위로 수직으로 떨어지는 한낮의 태양은 지금도 내 몸을 불태우는 것 같다. 모든 것이 타올랐고 모든 것이 번쩍였다. 배들의 움직임에 진동하는 파도 위를 넘실거리는 소리가 공명하는 눈부신 대기 속에서, 물속으로 들어갔다가 다시 나오는 내 짧은 노와 번들거리는 물 위로 끌어올린 예인선 어부들의 그물은 윤이 나는 은그릇처럼 찬란한 빛을 펼쳐놓았다. 그러면 나는 눈을 감고 노를 저었다. 한순간은 힘차게 노를 젓고 배 밑을 힘차게 지나가는 물살 때문에 내가 아주 빨리 나아가고 있다는 느낌이 들기도 했다. 하지만 눈을 뜨면 언제나 같은 나무, 같은 담벼락이 내 눈 앞 강변에 펼쳐져 있었다.

그러다 결국엔 땀에 푹 젖고 더위에 몸이 빨갛게 탄 나는 전력을 다 한 덕분에 시내의 외곽에 이르게 된다. 샤워장과 세탁선 그리고 승선소 다리의 소란스러움이 이곳에서는 덜하다. 다리는 넓어진 강을 따라 띄엄띄엄 늘어서 있다. 교외의 정원들과 공장의 굴뚝이 점점 드문드문 그림자를 드리우고 있다. 수평선에 푸른 섬들이 걸려 사르르 떨고 있다. 피곤에 지쳐 버린 나는 그러면 강변에 배를 댄다. 벌레들 날아다니는 소리가 들리는 갈대숲으로. 그러면 태양과 피곤함 그리고 노란 큰 꽃들이 별처럼 흩어져 있는 강물에서 올라오는 무거운 열기에 정신이 아찔해져, 이 늙은 뱃사람은 그곳에서 몇 시간이고 코피를 쏟았다. 나의 이 여행이 이런 식과 다르게 끝난 적은 단 한 번도 없었다. 하지만 어쩌겠는가? 나에겐 그것이 그렇게 황홀했었으니까.

그렇긴 하지만, 무서운 건 다시 돌아가는 것, 집으로 돌아가는 것이었다. 힘껏 노를 저어 가도 소용이 없었다. 언제나 너무 늦게, 학교가 파하고도 한참이나 늦게 도착했기 때문이다. 해가 지고 있다는 느낌, 안개 속에 들어오는 길가의 첫 번째 가스등, 부대의 귀영 나팔 소리, 그 모든 것들은 나의 걱정을 더하게 만들었고 후회하게 만들었다. 아주 편한 마음으로 집으로 돌아가는 거리의 사람들이 나는 부러웠다. 햇빛과 강물로 가득 찬 무거운 머리를 안고 나는 귓속 깊은 곳에서 조개껍데기가 울리는 소리를 들으며 뛰었다. 그러면 내가 말하게 될 거짓말로 얼굴이 불그스름하게 달아올랐다.

방문을 가로질러 나를 기다리고 있는 "어디서 오는 길이냐?"라는 저 무시무시한 질문에 똑바로 답하기 위해서는 매순간 거짓말이 필요했기 때문이다. 내가 가장 무서워 한 것은 집으로 돌아왔을 때의 바로 그런 질문이었다. 계단에서 바로 그것에 답을 해야 했고, 언제나 준비된 이야기를, 그것도 모든 질문을 단 한 번에 잘라 버릴 수 있는 뭔가 놀랍고도 어안이 벙벙하게 만들 수 있는 무언가를 가지고 있어야만 했다. 그러고 나면 나는 방 안으로 들어가 숨을 고를 수 있었다. 그리고 이런 목적을 이루기 위해서라면 어떤 변명이라도 좋았다. 나는 재난이나 혁명을, 뭔가 무시무시한 것을, 한쪽이 완전히 불타 버린 도시를, 강 위로 무너져 내린 철교를 생각해 냈다. 그러나 지금도 내가 한 것 중 가장 심했다고 생각한 것은 이런 것이었다.

그날 저녁, 나는 아주 늦게 집에 들어갔다. 나를 한 시간이나 기다렸던 어머니는 계단 위에 선 채 지켜보고 있었다.

"대체 어디서 오는 길이야?"라고 어머니가 소리쳤다.

어린아이의 머릿속에 얼마나 짓궂은 흉계가 자리 잡고 있는 것일까? 나는 아무 생각도 안 했었고, 아무 변명도 준비하지 않았었다. 너무 급하게 집으로 왔었으니까…. 그런데 갑자기 엉뚱한 생각이 떠올랐다. 나는 사랑하는 어머니가 로마의 여인네처럼 신앙심이 깊고 열렬한 가톨릭 신자라는 것을 알고 있었으므로, 매우 놀랐다는 듯이 헐떡이며 대답을 만들어 냈다.

"어, 엄마…. 큰일 났어요!"

"대체 뭐가 큰일 났어?… 또 무슨 일이냐?"

"교황님이 돌아가셨대요."

"뭐, 교황님이 돌아가셨다고?"라며 이 불쌍한 엄마는 얼굴이 아주 창백해지며 벽에 몸을 기댔다. 나는 방으로 잽싸게 들어왔다. 내 변명이 성공한 것에 그러나 이 엄청난 거짓말에 약간은 두려움을 느끼면서. 하지만 용기를 내서 끝가지 밀고 나가기로 했다. 침울하고도 조용했던 그날 저녁이 떠오른다. 아버지는 아주 심각했고, 어머니는 너무 놀라 있었다…. 식탁에서 조용조용 얘기를 나눴다. 나는 눈을 내리깔았다. 하지만 내가 학교를 빼먹은 것은 이 커다란 슬픔 속에 빠져 아무도 그것을 생각하지 않았다.

모두가 피오 9세의 뛰어난 품덕을 앞다투어 이야기했다. 그러다 조금씩 대화는 교황들에 대한 이야기로 거슬러 올라갔다. 로즈 고모는 피오 7세에 대해 말했다. 그녀는 남부 지방에서 교황이 높은 의자에 앉아 근위병들의 호위를 받으며 지나가는 모습을 보았다며 기억을 떠올렸다. 또 누구는 교황이 황제와 만났던 '코메디앙트!… 트라제디앙트!…'라는 유명한 장면*도 생각해 냈다. 언제나 똑같은 목소리, 똑같은 몸짓으로 그 무시무시했던 장면을 이야기하

* 1813년 나폴레옹 황제와 교황의 퐁텐블로 상봉.

는 것을 나는 백 번도 넘게 들었다. 그렇게 하는 것은 수도원의 이야기처럼 오래전부터 전해져 내려와 순진하고도 촌스럽게 남아 있는, 집안의 판에 박은 모습이었다.

상관없었다. 그 이야기가 그처럼 흥미롭게 보인 적이 없었다.

나는 일부러 한숨을 짓고, 질문을 하며, 가짜지만 관심 있다는 척하며 귀를 기울였다. 그러고는 계속해서 이런 생각을 했다.

"내일 아침, 교황이 돌아가시지 않았다는 것을 알면 가족은 너무 기뻐서 아무도 나를 힐책하지는 않겠지"라고.

온통 이런 생각을 하는 동안 눈이 스르르 감겼다. 푸른색으로 칠한 작은 배들이 더위로 무거워진 손Saône 강 구석구석을 지나가고, 마치 유리 절삭용 다이아몬드 칼처럼 흐릿한 강물 위를 훤하게 가로지르며 사방으로 지나가는 '물거미'*의 기다란 발이 꿈속에 떠올랐다.

---

* 배 이름.

거울

북부의 니에멩 상가에 편도나무 꽃처럼 희고 발그스레한 15세의 식민지 태생 백인 소녀가 도착했다. 그녀는 벌새의 나라에서 왔다. 사랑의 바람이 그녀를 데려온 것이었다…. 그녀가 살던 섬의 사람들은 "떠나지 말기라, 대륙은 춥단다. 겨울 때문에 죽게 될 거야"라고 말해 주곤 했다. 그러나 이 식민지 소녀는 겨울을 믿지 않았고 차가움이라곤 아이스크림 먹을 때만 느껴 보았을 뿐이다. 게다가 그녀는 사랑에 빠져 있었고, 죽는다는 것이 두렵지 않았다…. 그런 그녀가 이제 안개 속에서 니에멩에 발을 디딘 것이다. 부채와 해먹과 모기장 그리고 섬에서 가져온 갖가지 새가 들어 있는 황금빛 새장을 들고서.

북부에 살고 있던 할아버지는 남부가 햇빛에 싸서 보내준 이 섬에서 온 꽃을 보면서 안쓰러움으로 가득 찼다. 추위가 소녀와 벌새들을 한입에 먹어 치울 것이라고 생각한 그는 커다란 황금빛 태양에 불을 지피고 여름옷을 입고 그녀를 맞이하였다…. 소녀는 착각을 하였다. 그녀는 찌는 듯한 북부의 더위가 계속될 것이라 생각했고, 이 영원히 지속되는 음산한 푸르름을 봄날의 푸르름으로 여기게 되었다. 그래서 해먹을 공원 안 두 전나무 사이에 걸어 놓고는 매일매일 부채질을 하며 몸을 흔들어 댔다.

"그런데 북부는 너무 덥군요." 웃으며 그녀는 말했다.

하지만 무언가 염려되는 것이 있었다. 어째서 이 이상한 지방의 집들에는 베란다가 없는 것일까? 어째서 벽은 두껍고, 카페트와 이 무거운 장막은 왜 있는 것일까?

커다란 도자기 난로, 마당에 잔뜩 쌓아 놓은 장작더미들, 푸른 여우 가죽 털, 속을 댄 외투들, 장롱 안에서 잠자는 모피들, 이 모든 것들은 대체 어디에 쓰이는 것일까?… 불쌍한 소녀, 이제 곧 그것을 알게 될 것이었다.

어느 날 아침 자리에서 일어나며 식민지 소녀는 몸이 으

스스 떨리는 걸 느꼈다. 태양은 사라졌고, 밤사이에 지상으로 다가온 것처럼 보이는 칙칙하고 무거운 하늘에서 하얀 털 조각들이 마치 솜나무 아래에 있을 때처럼 소리 없이 송이송이 내려오고 있었다…. 겨울이 된 것이다! 겨울이 온 것이다! 바람이 불어오고, 난로가 활활 타올랐다. 커다란 금빛 새장 안에서 벌새들은 더 이상 지저귀지 않았다. 파란색, 붉은색, 루비색, 바다색, 자그마한 날개들이 더 이상 움직이지 않았다. 날렵한 부리와 자그마한 머리의 새들이 눈을 뜨고서 커다란 몸을 서로 맞대며 추위에 감각을 잃어 꼼짝 않고 있는 모습을 보기란 참으로 애처로웠다. 공원 안쪽에서 서리를 잔뜩 먹은 해벅은 추위에 오슬오슬 떨고 있었고, 전나무 가지들은 유리로 짠 실과 같았다…. 식민지 소녀는 추웠다, 더 이상 밖에 나가고 싶지 않았다.

새들처럼 몸을 움츠리고 난로 구석에서 그녀는 불꽃을 바라보며 시간을 보냈고, 추억을 더듬어 태양을 만들어 보았다. 이글거리며 타오르는 커다란 난로 속에서 고향이 보였다. 녹아서 흘러내리는 갈색 사탕수수나무, 금빛 모래처럼 굴러다니는 옥수수 알들로 넘쳐 나는 햇볕 가득한 넓은 부두, 오후의 낮잠, 훤히 비치는 블라인드, 지푸라기로 만든 돗자리, 그리고 별이 비치는 밤, 개똥벌레, 꽃들 사이에서 혹은 모기장 안에서 퍼덕이는 수많은 작은 날개들이.

이렇게 난롯불 앞에서 꿈을 꾸고 있는 동안, 겨울의 한낮은 나날이 짧아졌고 더 어두워져 갔다. 아침마다 새장 안에서 죽어 간 벌새들을 그러모았다. 그러다 딱 두 마리만 남게 되었다. 털이 녹색인 두 마리만이 구석에서 서로 몸을 비벼 대고 있었다….

그날 아침 식민지 소녀는 자리에서 일어날 수가 없었다. 북부의 얼음에 갇힌 마혼*의 돛배처럼, 추위가 그녀의 몸을 조여 와서 움직일 수 없었다. 날은 어두웠고 방은 으스스했다. 성에가 끼어 창문엔 칙칙한 두꺼운 비단 커튼이 생겼다. 마을은 죽은 것 같았고, 소리 없는 거리에서 제설차 소리만이 처량하게 들리고 있었다…. 마음을 딴 데로 돌리기 위해 침대 위의 식민지 소녀는 고향에서 가져왔던 커다란 인디언 깃털 장식이 달린 거울에 부챗살을 비춰 보거나 얼굴을 비춰 보며 시간을 보냈다.

* 지중해 서쪽에 있는 스페인 항구.

하루하루 더 짧아져 갔고 더 어두워져 가는 겨울의 날들이 이어졌다. 레이스가 달린 침대 커튼 안에서 식민지 소녀는 쇠약해져 갔고 마음이 구슬퍼졌다. 그녀를 무엇보다 슬프게 한 것은 침대에서 난로의 불꽃을 볼 수 없게 된 것이었다. 고향을 두 번이나 잃은 것 같았다…. 이따금씩 그녀는 물었다. "이제는 방에 불이 없는 건가요? ―물론 아니란다, 얘야. 아직 불이 남아 있단다. 벽난로가 불에 활활 타고 있어. 장작 타는 소리가 들리지 않니? 솔방울 타는 소리가 들리지 않니? ―그래요, 좀 보여 주세요, 보고 싶어요." 하지만 아무리 몸을 일으키려 해도 불은 너무 멀리 있어서 소용이 없었다. 불을 볼 수 없게 된 그녀는 절망에 빠졌다. 그런데 어느 날 저녁, 그녀가 창백한 얼굴로 생각에 잠겨 베개 가장자리를 베고 누워 저 보이지 않는 따뜻한 불꽃 쪽으로 머리를 돌려놓고 있을 때, 그녀의 애인이 다가와 침대 위에 있던 거울 하나를 집어 들었다. "불꽃이 보고 싶지…. 자, 잠깐만 기다려 봐…." 그러고는 벽난로 앞에 무릎을 꿇고 앉아 그는 거울에 신비하게 타오르는 불꽃을 비춰 주려고 했다. "이제 보이니? ―아니, 아무것도 보이지 않는

데. —그럼, 지금은? —아니! 아직 안 보여…." 그러다 갑자기 자신을 감싸는 불빛을 정면으로 받으며 "아! 이제 보여!"라고 기쁨에 가득 차 그녀는 말하더니 웃으면서 두 눈에 두 개의 자그만 불꽃을 담으면서 죽어 갔다.

| 작품 해설 |

현실에 맞서는 서정적 글쓰기

한국의 독자들에게 널리 소개된 프랑스 작가 가운데 한 사람인 알퐁스 도데(1840-1897)에 대해 말하고자 할 때에는 무언가 뭉쳐 있던 서글픔이 잔잔한 파도를 타며 가슴 한켠으로 밀려오는 것을 느끼게 된다. 〈별〉과 〈마지막 수업〉으로 알려진 그의 서정적인 세계 저편에는 현실의 우울한 주름들이 널리 펼쳐져 있으며, 그 주름의 굴곡들을 작가는 잔잔한 목소리로 우리에게 전해 주고 있기 때문이다.

무엇보다도 도데는 인간 삶의 다양한 측면을 감정 어린 따스한 붓으로 그려 나간 작가이다. 사랑의 열정, 수치스런 삶, 비극적인 인생, 딸에 대한 아빠의 애정, 문화에 대한 열정, 자기 일에 대한 애착, 드러내지 않는 영웅주의 등, 모든 인간의 정념이 그의 소재가 된다. 인간의 다양한 삶의 조건이 그의 글쓰기의 무대인 것이다. 이런 그가 소개하는 주인공들은 자신의 인생을 부정하거나 결의에 차서 운명에 대항하는 자들과는 거리가 멀다. 그들은 자신에게 주어진 불행의 운명들을 비극적인 확고함을 가지고 받아들인다. 그것은 이들이 자기의 한계를 인식하면서도 자기에게 주어진 인생에 대해 무한한 연민을 지니고 있기에 그러하다.

또한 그것은 도데가 영광의 환희를 경험하지 못하는 이들의 삶에 대해 관대한 시선을 가지고 있기 때문이기도 하다. 이들 주인공들의 삶은 보잘것없다. 그들은 희생이라는 단어를 인생의 앞에 위치시킨 자들이다. 도데가 그려 보이는 공간들은 이미 낡아 부서진 세계이며, 이곳을 차지하고 있는 군상들은 처량하면서도 애틋하다. 비록 도데가 사회 전반보다는 개별적인 인간들에게 더 관심을 가지고 그들의 삶을 작품 속에 새기고 있을지라도, 바로 거기에서 현실에 대한 이 작가의 비전과 개인의 삶에 대한 시선이 제시된다. 역사의 온갖 굴곡들이 스치고 지나가며 깊은 흔적을 남기던 시대, 때로는 피 흘리는 상처를 영원히 남겨 놓고 말았던 한 시대를 살아간 도데가 그것들에 대한 인상을 비껴갈 수는 없었을 것이다. 하지만 그는 개인의 희생을 강요하는 시대에 신랄한 목소리로 대항하지 않는다. 〈세관 선원들〉의 "반항할 줄도 몰랐고, 파업도 몰랐다. 오직 한숨 그것뿐이었다!"라는 구절처럼 그는 체념을 비판하기보다는 오히려 그것을 삶에 대한 하나의 철학으로 간주하며 소중하게 담아 낸다. 냉엄하면서도 비판적인 시선으로 현실을 바라보는 이 작가에게서 연민에 가득 찬 숨결이 느껴지는 것은 그래서 당연하다.

게다가 도데는 자연의 힘에 따라 인간이 그 생명을 유지하던 시절에 대한 애틋한 향수를 지니고 있기도 하다. 그러나 그 애틋함의 배경에는 자본주의와 물질주의의 가혹함에 대한 냉정한 작가의 태도가 자리하고 있다. 예를 들어, "소란스럽고 칙칙한" 파리는 먹잇감을 유혹해서 잡아먹는 괴물로 등장한다. 이 도시가 열정의 공간이고 열망의 대상일지라도 빅시우를 닮는 것을 두려워하는 도데는 이곳이 절망의 도시임을 간파해 낸다. 문학적 열망을 가지고 도착한 한 사내에게 도시가 마련해 주는 것은 참혹한 절망일 뿐이다. 도시는 작가에게 가혹한 현실의 칼날을 견딜 것을 요구하지만, 작가의 펜을 통해 진실을 마주하기를 바라지 않는다.

오직 이윤과 탐욕으로 작가의 생명력을 위협하는 이곳에서 사랑을 얻기란 불가능하다. 아니 사랑이라는 단어는 도시에 자리하지 못한다고 도데는 말한다. 한 여인에 대한 사랑을 얻기 위해 황금 뇌를 가진 사내가 마주하게 되는 것은 바로 자기 파멸의 거울이다. 자기희생이 이 도시의 경구이다. 따라서 억제되고 통제되지 않은 발걸음에 자신을 내맡기며 희망의 신선한 공기를 마시려는 자에게 이곳은 자유로운 정신이 사망하는 무덤이 된다. 도시를 벗어나기 위해 몸부림치는 이런 도데에게 아작시오의 오렌지들은 그리움의 대상으로 다가온다. 자본으로 포장된 도시의 오렌지에 비교되는 아작시오의 오렌지들이 맑은 대기 속에서 생명력을 키워 가며 만들어 내는 경건하면서도 충만한 이미지들은 상품화된 도시의 오렌지들을 더욱 낡고 초라한 것으로 만들어 버린다.

눈부신 태양의 강렬함 속에서 자유를 꿈꾸었던 도데에

게서 모든 권력 역시 비판의 대상이 될 수밖에 없다. 신의 사제이면서도 인간의 올바름과 그름을 구분하지 못하는 종교에 의지한 성직자들의 어리석음은 그 어리석음 때문이 아니라 어리석음이 개인들에게 요구하는 억압 때문에 풍자의 대상이 되고, 자신의 공적인 임무를 무시하고 개인적인 집착에 빠져 버린 전쟁광들의 이미지들이 명령을 기다리다 쓰러져 가는 병사들의 모습과 겹쳐지며 초라하게 등장하게 된다.

하지만 이들을 대하는 도데의 태도에서 현실에 대한 서릿발 세운 눈초리와 그것을 나무라는 억압적인 목소리를 발견하기란 힘들다. 오히려 잔잔한 아이러니와 풍자적 어조가 그것을 대신한다. 그는 인간의 허영이 인간에게 얼마나 잔인할 수 있는지를 보여 주기 위해 그리고 고통에 고개를 돌리는 부르주아들의 허영에 가득찬 삶과 그들이 만들어낸 위선의 시대를 고발하기 위해 그는 차분하고도 서정적인 목소리를 선택한다. 바로 이것만이 인간의 헛된 권력과 물질에 대한 욕망의 잔인함을 가장 효과적으로 드러낼 수 있는 방식이 될 수 있다는 것을 그는 알고 있었다. 그리고 그 방식을 연장하기 위해 그는 수수하고 소박한 믿음에 대한 탐색을 멀리까지 이끌고 간다.

도시와 권력 그리고 추잡한 욕망의 속물성에서 벗어나기 위해 그가 떠나는 여행의 종착지는 자연과 지방 그리고 먼 과거이다. 스테파네트 아가씨와 밤을 지새우게 된 목동의 심정을 노래하는 〈별〉에서 "당신이 아름다운 별을 보며 밤을 지새운 적이 있다면 그대는 알 것이다. 우리가 잠자는 이 시각에 신비한 세계가 고독과 침묵 속에서 깨어난다는 것을. 그때 샘물은 더 맑게 노래하고 연못은 자그마한 불꽃들을 반짝인다. 산의 모든 정령들은 자유롭게 오고 간다. 대기 중에서 마치 나뭇가지가 자라는 듯한, 풀이 땅을 뚫고 나오는 듯한, 들릴 듯 말 듯 스쳐 가는 소리들이 들린다. 낮은 살아 있는 것들의 세상이고, 밤은 사물들의 세상이다"라는 화자의 목소리는 신비로움에 대한 존중의 자세를 여전히 견지하고 있는 공간과 시간에 대한 깊은 애정을 드러낸다. "아! 행복했던 시절이여! 행복했던 도시여! 날카로운 창과 칼로 사람을 죽이지도 않았고, 감옥은 포도주 저장고로 사용되었다! 기근도 전혀 없었고, 전쟁도 단 한 번 치르지 않았다!"는 〈교황의 노새〉에서 발견되는 이런 언급도 자연스러움의 미덕에 이 작가가 희망을 걸었기 때문에 가능했다. 또한 자신의 사랑으로 인해 고뇌를 경험하고 죽음을 선택하게 되는 한 청년의 운명을 〈아를의 여인〉을 통해 그려 보이는 것도 바로 그것이 인간 내면의 꾸밈없는 고통의 한 단면임을 드러내고 나아가 인간이 정념의 희생물이 되지 않는 시대의 회복을 그가 그리워했기 때문일 것이다.

도데가 세상의 변두리에 던져진 자들에 대해 연민을 지닌 작가라는 것을 부정할 수는 없다. 그는 인간의 욕심을 버리고 오직 작은 기억과 만남에 대한 희망에 의지하여 살아 가는 소박한 인간에 대해서 다정한 눈길을 주고 있으며, 자기의 운명을 받아들이며 묵묵히 살아가는 자들의 불행한 운명과 그 운명을 비껴 가지 못한 사람들 그리고 그들의 죽음을 어찌하지 못하고 역시 바라보아야만 했던 살아 있는 인간들의 숙명을 진지하게 추구한다. 그러나 그의 탐색이 단지 이들 운명을 소개하는데 그치는 것은 아니다. 오히려 그는 〈세미양트 호의 최후〉의 말미에서 난파 사건을 상상으로 되살리려고 하는 화자의 모습이 암시하는 것처럼 오직 글과 상상력만이 인간의 불행한 운명을 위로할 수 있는 유일한 무기라고 생각한다. 도데가 생각하는 작가는 바로 인간 운명의 처절함을 대변하고 위로하는 의사이어야 하며, 소박한 언어로 그들의 언어와 풍습 그리고 운명을 그리는 자이어야 하는 것이다.

여기에서 그가 대기의 투명함 속에서 건강함과 정직함이 배어 있는 지방어, 특히 프로방스의 언어를 작품에서 즐겨 사용하는 이유를 알 수 있다. "나는 프로방스를 보면 가슴이 터질 듯하다"라고 아들 레옹에게 보낸 편지에서 고백하고 있듯이 프로방스의 풍경과 언어는 언제나 그가 사랑한 대상이다. 권력을 얻지 못한 소박한 언어에 대한 그의 애정이 바로 이곳을 배경으로 살아가는 인간의 모든 것을 글쓰기의 대상으로 삼게 만든 것이다. 프로방스는 그의 낭만적 서정성과 상상을 불러일으키는 풍요의 공간이다. 그가 〈시인 미스트랄〉의 마지막 대목에서 폐허 상태에서 지방어의 순수함을 발견하는 탐험자로서 시인을 묘사하는 것도 바로 이런 이유 때문이다. 지방어는 다른 지방의 언어와 서로 소통해야만 진정한 감동의 울림을 자아낼 수 있다고 그는 말한다. 그의 작품 곳곳에 놓인 프로방스 고유의 울림이 강한 어휘들과 문장들은 바로 독자들을 증인으로 삼아 그들에게 토속어의 아름다움을 전달하려는 의도를 반영한다. 그는 무엇보다도 고유의 언어에 깊은 애정을 가지며, 그것을 발전시키려 한 작가인 것이다. 그래서 "왜냐하면 이 시에는 무엇보다도 프로방스, 바다의 프로방스, 산의 프로방스가 그 역사와 풍습과 전설과 풍경 그리고 죽기 전에 이 위대한 시인을 만났던 순박하면서도 얽매이지 않는 사람들과 함께 있기 때문이다…. 그런데 이제 철실을 놓고, 전선주를 심어 대고, 학교에서 프로방스어를 추방하여 보시라! 프로방스 지방은 〈미레이유〉와 〈칼랑달〉 안에서 영원히 살아남아 있을 것이다"라는 외침을 독자들은 들을 수 있게 되는 것이다.

독자와의 소통을 강렬히 지향하는 그의 애정 어린 이런 글쓰기에는 단속적이지만 매우 빠른 리듬성이 있다. 구어성을 띠고 있다는 인상을 갖게 한다. 원문에서 약간의 비문법적 요소가 발견된다면 그것은 그가 즉흥적으로 문장들을 이어 나갔다는 흔적이 된다. 그러나 이런 리듬 가운데에서도 그는 이야기의 완급을 조절하는 능력을 보여 줌으로써 독자를 사건의 굴곡 속으로 이끌고 들어가는 능력을 발휘한다. 언제나 강한 이미지를 남겨 놓는 이야기의 종말 그리고 묘사와 사건을 적절하게 배합하여 배치하는 그의 리듬성에서 독자는 인상주의 화가들의 기법을 연상할 수도 있다. 이 회화의 조류가 현실의 재배치와 재분석을 지향한 것과 마찬가지로, 도데 역시 현실을 분석하여 잔잔한 목소리로 전달하는 뛰어난 이야기꾼으로서의 자신을 드러내고 있다. 그의 이야기는 사실에서 시로 이동하는 황홀한 여정의 시작을 알리는 이야기꾼의 산물인 것이다.

여기에서 독자는 도데가 사실주의 작가들 가운데에서 독특한 위상을 차지하게 된다는 것을 알게 된다. 물질화된 권력의 통제하에서 인간성이 상실되던 시대에 그는 객관적이면서도 하나하나의 묘사에 자기 영혼의 떨림을 담아낼 줄 알았던 서정작가였다. 그의 작품은 사실주의의 특징인 몰개성적 묘사와는 길을 달리한다. 설령 비참한 상황을 소재로 삼았을지라도 그의 묘사에는 정감이 묻어 있다. 비

관주의와 과학적 방법의 글쓰기에서 벗어나려는 그는 현실에 대한 예리한 관찰력을 서정적인 연민과 애정 어린 목소리로 담아낸다. 오직 애달픔과 연민만이 집단의 폭력을 와해시킬 있는 가장 큰 무기가 될 수 있다는 것을 도데의 서정적 작품들은 우리에게 보여 주고 있다. 그의 서정적 글쓰기는 냉정한 현실로부터 인간을 구원하는 유일한 도구였던 것이다.

알퐁스 도데의 작품을 번역하기 위해서 갈리마르 출판사 플레이아드 총서의 《작품집*Oeuvres*》(Paris, Gallimard, 1986) 제1권에 실린 《풍차방앗간 편지》와 《월요이야기》에서 단편들을 신별하였다.

| 알퐁스 도데 연보 |

1840 5월 13일 님므에서 견직물 공장을 운영하던 아버지 뱅상 도데와 어머니 아델린 레노 사이에서 알퐁스 도데는 태어난다. 세벤이라는 시골의 농부 출신인 아버지는 1829년 님므에서 비단 중개상의 딸이었던 아델린과 결혼을 했다. 알퐁스의 위로는 형 앙리 도데와 에르네스트가 있었는데, 특히 앙리와는 사이가 좋았다.

1840-1846 도데는 건강한 아이가 아니었다. 그래서 경제적으로 여유가 있었던 아버지 덕분에 네 살부터 여섯 살까지 유모의 손에서 자랐다. 님므 근교의 시골에 살았던 유모에게서 자란 도데는 그곳에서 프로방스 방언을 배우게 된다.

1845-1849 도데는 학교를 여러 군데 다녔다. 후에 그는 자신이 매우 민감하고 때로는 과격할 정도로 신경질적인 아이였

다고 묘사하고 있다.

1848 기계공업의 발달로 아버지의 견직물 사업은 점차 쇠락했다. 게다가 두 차례에 걸친 화재와 한 번의 파업 그리고 소송 사건에 휘말린 나머지 아버지의 견직물 사업은 마침내 파산을 하고 만다.

1849 도데의 가족은 일자리를 구하던 아버지를 따라 견직물 산업이 여전히 활발했던 리옹으로 이사를 온다. 그러나 집안의 경제적 상황은 최악에 이르게 된다. 1857년에 가서야 아버지는 포도주 중개상으로 다시 일어서게 된다.

1849-1857 도데는 생 피에르 데 테로 교회 부속 성가대 양성소와 앙페르 고등학교에서 공부를 한다. 도데는 머리는 좋았지만 공부에는 별로 관심이 없는 학생이었다. 〈교황님이 돌아가셨다〉에서 묘사되고 있는 것처럼 그는 강에 나가 친구들과 뱃놀이를 즐겼던 학생이었다. 문학에 대한 취향과 상상력 그리고 민감한 감수성덕분에 그는 열다섯 살 때부터 소설과 시를 쓰게 된다.

1857 어려운 집안 살림 때문에 도데는 스스로 학비를 마련해야만 했다. 고등학교 3학년이었던 그는 알레스 중학교의 보조교사로 일하게 된다. 그러나 경제적 곤궁을 벗어나지는 못하고 결국엔 고등학교 과정을 포기하게 된다. 1857년

11월 1일 파리로 올라와 형 에르네스트의 집에 머무르게 된다. 에르네스트는 기자로 일하면서 작가로서의 성공을 꿈꾸고 있었다. 그의 집은 남부 지방 사람들이 많이 살고 있던 투르농 가에 있었다.

1858 도데는 형 에르네스트와 함께 주점에서 열리는 여러 문인들과 예술인들의 모임에 드나든다. 도데의 능란한 이야기 솜씨는 문학 살롱 사람들의 호기심을 끌었다. 처음으로 《연인들*Les Amoureuses*》이라는 시집을 발표한다. 평론가들로부터 좋은 평가를 받은 이 작품은 대중적인 성공을 거두진 못했지만 도데의 이름을 널리 알리는 계기가 되었다.

1859 도데는 파리에서 처음으로 트루바두르의 문화, 남부 지방의 문화에 대한 관심을 불러일으킨 바 있던 시인 프레데릭 미스트랄을 만난다.

1860 제2제정 시기 국가 서열상 2위인 모르네 공작의 비서가 된 도데는 덕분에 정치계와 문화계의 여러 면면을 관찰할 기회를 얻게 된다.

1861-1862 성병에 걸린 도데는 의사의 권유에 따라 남부지방에 머물게 된다. 그곳에서 프레데릭 미스트랄과 자주 접촉하게 된다. 1862년 겨울, 알제리 여행에서 돌아온 그는 여행의 경험을 살려 〈타라스콩 출신 타르타랭*Tartarin de*

Tarascon〉을 쓰게 된다.

1862 도데가 알제리에 체류하는 동안 그의 작품 〈마지막 우상 *La Dernière Idole*〉이 대성공을 거두게 됨으로써 작가로서의 높은 명성을 얻는다. 12월 코르시카에 머물며 건강을 돌보던 그는 이 시기에 〈상기네르 등대〉와 같은 여러 작품을 쓰게 된다.

1863 3월 말 코르시카에서 돌아온 도데는 《르 피가로》지에 〈타라스콩 출신 타르타랭〉의 초안을 발표한다. 이 해 겨울 다시 남부로 내려가 프레데릭의 집에 머문다.

1864 남부 지방의 몽토방 성에 한동안 머물렀던 도데는 이곳에서 《풍차방앗간 편지》를 구상한다. 그리고 작품 〈코르니유 영감의 비밀〉을 낳게 될 〈풍차방앗간의 명예〉 초고를 쓴다. 희극 오페라인 〈실종자들*Les Abscents*〉은 별 성공을 거두지 못한다.

1865 모르네 공작이 사망한 후 경제적 어려움을 겪게 된 도데는 이곳저곳을 뜨내기처럼 드나드는 생활을 한다. 당시 방브 고등학교 보조교사였던 폴 아렌을 만나 그와 함께 《풍차방앗간 편지》에 실릴 작품들을 같이 쓴다. 《파리에 대한 편지》와 《마을에서 보내는 편지》가 출간되기 시작한다. 이 해 12월 15일 자신의 정신적, 지적, 문학적 동반자가 될

쥘리아 알라르Julia Allard를 만난다. 그녀는 이미 10여 편의 작품들을 출간한 바 있었다.

1866 《풍차방앗간 편지》의 첫 열두 편이 《레벤느망》지에 발표된다.

1867 쥘리아 알라르와 결혼을 한 도데는 신혼여행을 남부 지방으로 떠난다. 11월 16일 첫아이 레옹 도데가 태어난다. 레옹 역시 후에 작가로 활동하게 된다.

1868 《르 프티 쇼즈》가 발간된다. 《풍차방앗간 편지》의 두 번째 시리즈가 《르 피가로》지에 발표된다.

1869 도데의 오페라 작품들은 언제나 큰 성공을 거두지 못하였다. 3막으로 된 〈희생*Le Sacrifice*〉 역시 실패로 끝나게 된다. 《르 피가로》지는 《풍차방앗간 편지》의 세 번째 시리즈를 발표한다. 그리고 이 해 겨울 《풍차방앗간 편지》이 단행본으로 출간된다.

1870-1873 1870년 《르 피가로》지에 후에 《타라스콩 출신 타르타랭》에 실릴 〈프로방스의 돈키호테〉가 발표된다. 국민병으로 군대에 들어간 도데는 이곳에서의 경험을 《월요이야기》 등에서 되살리고 있다. 8월 15일 레지옹 도네르 훈장을 받는다. 1871년 《월요이야기》가 《르 수아르》지에 발표된다. 그러나 1872년에 출간된 《타라스콩 출신 타

르타랭》에 대한 독자와 평단의 반응은 시들했다. 이 시기에 그는 졸라와 플로베르를 자주 만나게 된다. 그리고 공쿠르 형제와는 매우 긴밀한 관계를 맺게 된다. 1873년에 《월요이야기》가 단행본으로 간행된다.

1874 파리를 배경으로 한 사실적인 작품 〈잭, 파리의 풍속〉을 집필하기 시작한다. 〈동생 프로몽과 형 리슬레〉가 역시 신문에 발표되었는데 대단한 성공을 거두게 된다. 이 작품 덕분에 독자들과 평론가들은 도데의 이전 작품, 특히 《풍차방앗간 편지》에 다시 관심을 갖게 된다.

1875-1878 1875년 형 뱅상 도데가 사망한다. 1876년에 출간된 《잭, 파리의 풍속》은 큰 성공을 거둔다. 1878년 둘째 아이 뤼시앙이 태어난다

1879-1884 1879년 《풍차방앗간 편지》의 마지막 작품인 〈유형을 떠난 국왕들〉이 발표된다. 1881년 〈누마 루메스탕〉이 발표되는데 도데는 남부 지방 언어로 소설을 가득 채우고 있다. 1882년 도데의 어머니 아들린 레노가 사망한다. 1884년 샤르팡티에 출판사에서 《전집》의 일환으로 《풍차방앗간 편지》가 발간된다. 1884년 도데의 척수병이 악화된다. 사망할 때까지 도데는 이 병 때문에 극심한 고통을 겪었다. 《사포》가 발간된다. 도데는 시대의 가장 뛰어난

작가들 중의 한 명으로 인정을 받는다. 특히 스테판 말라르메는 도데의 산문을 대단히 높게 평가한다.

1885-1896 1885년을 기점으로 도데의 건강은 급격히 악화된다. 그는 자신이 높게 평가하지 않은 작품들을 간행한다. 그러나 이 시기는 도데의 문학적 평판이 가장 높은 시기였다고 할 수 있다. 오테이유에 있는 그의 집에는 시대의 대작가들이 드나들었고, 젊은 문인들은 그의 조언을 구하러 오기도 했다. 특히 1870년부터 알게 되었던 에드몽 공쿠르와의 관계는 이 시기에 와서 더욱 긴밀해졌다. 그는 후에 도데의 유언 집행자가 된다. 1885년 이후 도데는 〈파리에서의 30년〉, 〈한 작가의 추억〉, 〈삶을 위한 투쟁〉 등의 단편들과 희곡 〈장애물〉, 〈거짓말하는 여인들〉 등을 간행한다. 1895-1896년 동안 그는 런던과 이탈리아를 여행한다. 그리고 이 여행에서 영감을 얻은 〈아를라탕의 보물〉, 〈라 페도르〉, 〈세 개의 추억〉을 발표한다.

1897 12월 16일 도데는 57세의 나이로 세상을 떠난다.

손주경

고려대학교 불어불문학과를 졸업하고, 대학원에서 석사학위를 받은 후, 프랑스 투르의 르네상스 고등연구소(CESR)에서 문학박사학위를 받았다. 현재 고려대학교 불어불문학과 부교수로 재직 중이다. 르네상스 프랑스 시학, 수사학, 번역론에 대한 다수의 논문 이외에 저서로는《르네상스 궁정의 시인 롱사르》가 있고, 옮긴 책으로는《프렌치 프랑스》,《19세기 미술》,《누스페어》 등이 있다.

아를의 여인 외 | 고려대학교청소년문학시리즈 022

초판발행·1쇄 2011년7월15일 | 지은이 알퐁스 도데 | 옮긴이 손주경

펴낸곳 고려대학교출판부 | www.kupress.com kupress@korea.ac.kr

136-701 서울특별시 성북구 안암동 | Tel 02-3290-4230, 4232 Fax 923-6311

찍은곳 한국컴퓨터인쇄정보

값9,000원 ISBN 978-89-7641-749-7 04860 | ISBN 978-89-7641-639-1 (세트)

* 잘못 만들어진 책은 바꿔드립니다.